Walter Bachauer
Jasmin und Chickenwings

BoD

Wie ein Leben sich verändert, von einem Tag auf den anderen, von jetzt auf gleich. Und wie verdammt schwierig es sein kann, danach alles richtig machen zu wollen. Davon handelt dieses Buch. Die Geschichte von Rebecca und Marco.

Walter Bachauer
Jasmin und Chickenwings

Roman

Bibliografische Information der Deutschen Nationalbibliothek:
Die Deutsche Nationalbibliothek verzeichnet diese Publikation in der Deutschen Nationalbibliografie; detaillierte bibliografische Daten sind im Internet über http://dnb.dnb.de abrufbar.
© 2020 Walter Bachauer
Herstellung und Verlag: BoD – Books on Demand, Norderstedt
ISBN: 978-3-751901604

Kapitel 1 – Sommer 2006 –

„Hallo, bin ich da mit der Station N23 verbunden?"

„Ja, da sind Sie richtig. Um was geht es?"

„Ich rufe wegen Becci an, Rebecca Haunstein. Ich bin ihr Mann. Wegen der Biopsie. Ist alles gutgegangen?"

„Moment, ich hole die Oberschwester."

Das Telefon wurde abgelegt, man konnte das Klappern von Metall hören, vielleicht Besteck, und undeutliche Gesprächsfetzen, irgendwer lachte kurz auf. Dann scharrte es laut im Hörer, gleich darauf meldete sich eine energisch klingende Stimme.

„Doro Wiegand hier. Über wen wollten Sie Auskunft? Und wie war Ihr Name?"

„Hier ist Marco Haller, Rebeccas Mann. Also ich meine Frau Haunstein."

„Ah, Sie sind das ... Entschuldigen Sie bitte, aber ich muss da nachfragen. Ja, ich kann Sie beruhigen. Ihre Frau schläft jetzt. Die Operation ist gut verlaufen, allerdings hat sie länger als geplant gedauert."

„Wieso, gab es Komplikationen? Wie lange war sie im OP?"

„Nein, keine Komplikationen. Der Eingriff fiel nur etwas umfassender aus auf Grund des aktuellen Schädel-CT´s. Sechs Stunden wurde sie operiert. Aber machen Sie sich keine Sorgen, es ist alles gutgegangen."

„Gibt es schon Ergebnisse? Ist was raus gekommen?"

„Das dauert noch. Das müssen Sie dann sowieso vor Ort mit dem Chef der Chirurgie, Professor Dr. Bartholdy besprechen. Ich darf Ihnen da keine Auskunft erteilen."

„Wann kann ich denn kommen? Wie lange dauert das?"

„Nun, Ihre Frau können Sie jederzeit besuchen, das wird ihr guttun. Das Ergebnis wird wohl zwei, drei Tage dauern."

„Ja gut, dann komme ich morgen. Danke erstmal, Tschüß!"

„Ja, Wiederhören. Bis morgen dann."

Das Telefon war schweißnass, als er es in die Ladeschale zurückstellte.

Marco Haller ging zum Tisch, setzte sich behutsam auf einen Stuhl, lehnte sich zurück. Er schloss für einen Moment die Augen und atmete tief durch. Die OP war gut gelaufen, zum Glück. Aber sie haben mehr gemacht als geplant –, was hatte das zu bedeuten? Er stand auf, griff wieder zum Telefon. Jetzt standen die unvermeidlichen Informations-Telefonate an. Zu allererst Rebeccas Mutter, dann seine. Die führten dann die Info-Kette familiär weiter, danach meldete er sich bei Andrea und Lucie, ihren beiden Trauzeuginnen, die informierten wiederum ihren Freundeskreis. Sie hatten das so organisiert, damit nicht alles an ihm hängenblieb. Anfangs hatte er das alleine gemacht, doch das schaffte er bald nicht mehr. Manchmal hing er zwei, drei Stunden am Telefon oder Handy, immer wieder dieselben Fragen, dieselben Antworten.

„Ja Marco? Schön, dass du anrufst. Wie ist es gelaufen?"

„Hallo Regina, es ist soweit alles gut gegangen, die OP hat sie gut überstanden, sagt die Oberschwester, keine Komplikationen ..."

„Gottseidank! Ich habe schon so auf deinen Anruf gewartet, ging es nicht früher?"

„Nein, die OP hat einfach viel länger gedauert als geplant und ..."

„Oh Gott, also gab es doch Probleme? Sei ehrlich Marco."

Es war wie immer, wenn Marco mit Rebeccas Mutter sprach. Die kleinste unbedachte Bemerkung, ein Zögern in seiner Antwort und schon vermutete Regina das Schlimmste.

Rebecca war Regina Haunsteins einziges Kind. Unehelich in den späten 60ern geboren, der Vater, ein italienischer Gastarbeiter aus Apulien, war lange Zeit verschollen, bis er sich vor ein paar Jahren auf einmal von sich aus gemeldet hatte. Regina wohnte immer noch in derselben Stadt, derselben Wohnung, in der sie schon mit ihren Eltern aufgewachsen war.

„Beruhige dich Regina. Es gab keine Probleme. Sie haben nur wegen der neuen MRT- Aufnahmen den OP Bereich etwas weiter gesetzt als ursprünglich geplant. Deshalb hat es länger gedauert. Alles gut, hörst du?"

Natürlich war das nur eine gut klingende Floskel, das war Marco klar, aber es half auch dieses Mal. Wie immer. Er konnte mit ihren Ängsten gut umgehen, im Gegensatz zu Rebecca, die regte sich immer maßlos auf wegen der übertriebenen Fürsorge ihrer Mutter. Die häufigen, oft mit leicht durchschaubaren Vorwänden nur unzureichend kaschierten Kontrollanrufe tagsüber und besonders auch spätabends, wenn sie wusste, dass die beiden eingeladen waren. Auswärts, bei Freunden ein Fest, oder auch beruflich – Marco war Künstler, ein gefragter Bildhauer und viel unterwegs auf Vernissagen und Kunstmessen – natürlich mit dem Auto, wie auch sonst. Regina war getrieben von der Sorge, dass ihren beiden Liebsten, so nannte sie sie immer, etwas Schlimmes passieren könnte. Überall und jederzeit und ganz besonders beim Autofahren, nachts. Sobald im Radio, der von früh bis spät in ihrer Küche lief, in den Verkehrsnachrichten von einem Unfall gesprochen wurde, war es um ihre Ruhe geschehen.

„Und ich dachte schon –, bin ich froh! Darf man sie schon besuchen?"

„Ich fahre morgen hoch und kümmere mich mal. Ich rufe dich dann an, ob es schon Sinn macht, dass du sie besuchst, okay?"

Natürlich wollte er zuerst abklären, wie es tatsächlich um Rebecca stand, wie belastbar sie war und ob sie ihre Mutter überhaupt sehen wollte.

„Ja, Marco, mach das. Aber melde dich wirklich gleich, wenn du mehr weißt, versprich mir das!"

„Versprochen. Wenn du meine Mutter jetzt anrufst, grüße sie schön von mir. Ich melde mich bald, ja?"

„Mach ich. Gut Marco, bis morgen dann. Und nochmal danke, dass du angerufen hast. Und fahr vorsichtig, hörst du?"

„Ja, Mama ..." Marco spielte den Genervten,

„Ach hör auf! Ich meine das ernst!"

„Ich weiß, Mama ..." Jetzt musste Regina lachen. Marco hatte es wieder geschafft, sie zu beruhigen und ihr die Angst wenigsten für den Moment zu nehmen.

„Grüß sie lieb von mir, ja?"

„Mach ich, klar! Also Tschüß!"

Marco legte das Telefon auf den Tisch, ging in die Küche, ließ einen Espresso aus der Maschine und setzte sich auf den kleinen buntbemalten Hocker vor dem offenen Küchenfenster.

Der begleitete sie schon ein halbes Leben lang. Er wusste noch genau, wie Rebecca ihn zuhause bemalt hatte, nachdem sie ihn auf einem Flohmarkt in Südfrankreich erstanden hatten, die ganze Reise über ging er ihnen im Weg um. Er war einfach zu sperrig für den sowieso schon bis obenhin vollgestopften Opel Caravan, mit dem sie damals bis nach Marokko fuhren. Ein paarmal war er kurz davor gewesen, ihn wegzuwerfen, aber da gab es Stress mit ihr. Der Hocker musste mit, nichts zu machen.

Dass der dann so was wie der Start zu ihrer kleinen Möbel-Design Karriere werden würde, war nicht wirklich vorauszusehen. Vor bald 20 Jahren war das. 1989 die Reise nach Marokko, kurz nach ihrer Hochzeit.

Marco kam ins Grübeln. Wie sie sich kennengelernt hatten, zwei Jahre zuvor auf einer seiner ersten Ausstellungen in München, es war nicht einmal eine Galerie, sondern ein Laden für Wohnaccessoires, draußen in Untergiesing. Damals wie heute keine besonders angesagte Gegend, schon gar nicht für Kunst.

Aber trotzdem, er nutzte jede Gelegenheit die sich bot, seine Arbeiten zeigen zu können. Es waren nur eine Handvoll Leute auf der Vernissage – und sie war da, Rebecca: fast schwarze Locken, dunkle Augen, dunkler Teint, sie sprühte vor Lebensfreude, lachte andauernd, rauchte hektisch eine nach der anderen und trank sicher auch zu schnell und zu viel vom dargebotenen Sekt. Er auch. Es brannte sofort lichterloh zwischen ihnen. Sie kannte einen der Besitzer des Möbelladens, deshalb war sie überhaupt da. Dafür war Marco ihm heute noch dankbar. Sie waren noch immer befreundet. Helmut Brenniger. Er war es auch, der Rebeccas Talent entdeckte und später dann, als er schon zwei, drei Möbelhäuser besaß, auch förderte. Rebecca und ihre Möbel, ja, das war schon eine gelungene Liaison.

Sie hatte an der Hochschule für Gestaltung in Ulm studiert, danach mal hier mal da gejobbt, hatte bedient, als Verkäuferin in einem Jeansla den gearbeitet –, und hin und wieder hatte sie kleinere Möbelstücke bemalt oder umgestaltet, versah sie mit Metallecken oder schraubte ihnen Flügel an, so was in der Art. Sie machte das für Freunde, mal als Auftrag für ein bisschen Geld, öfter noch als Geschenk, es machte ihr einfach Spaß. Irgendwann lernte sie Helmut kennen, der betrieb eine kleine Möbelschreinerei und hatte auch besagten Laden, in dem Marco seine Ausstellung hatte. Von ihm bekam sie dann immer wieder kleinere Aufträge, durfte seine Werkstatt nutzen. Als er dann langsam richtig groß wurde, die Möbelhäuser besaß, eines in München, eines in Stuttgart und namhafte Möbelmanufakturen sein Programm bestimmten, war es genau dieser Hocker aus Südfrankreich, der Brenniger dazu bewog, Rebecca die Chance zu geben, bei ihm ihre erste eigene Designer Kollektion exklusiv vorzustellen.

Sie hatte den Hocker nach der Marokkoreise zuhause bemalt – mit orientalisch inspirierten Ornamenten, zusätzlich ummantelte sie mit Messingblech die Ecken, sie nagelte es einfach irgendwie drauf, so kam es Marco zumindest vor, aber genau damit bekam die Gestaltung etwas ganz Eigenes, archaisch Anmutendes.

Bei einem Besuch Helmuts in ihrer damaligen kleinen Wohnung in Haidhausen, einem in den 90er Jahren noch ziemlich verschlafenen Viertel im Münchner Osten, entdeckte er den Hocker in einer Ecke, halb zugedeckt mit Zeitungen und achtlos hingeworfenen Geschirrtüchern und war sofort begeistert. Natürlich wollte Rebecca alles selbst und alleine machen, aber Brenniger konnte sie schließlich davon überzeugen, dass das in der Größenordnung selbst für sie nicht zu schaffen sei und stellte ihr in seinen Werkstätten ein Team von Schreinern, Lackierern und was es eben sonst noch so brauchte zur Verfügung, um eine ganze Möbel-Kollektion auf die Beine zu stellen. Sie musste nur ihre Entwürfe und Ideen, den ein oder anderen Prototyp und –, was ihr ganz wichtig war, ihre Farbentwürfe beisteuern.

Rebecca Haunstein exclusiv by Brenniger, so nannte sich die Linie, bescherte Helmut Brenniger und natürlich Rebecca selbst einen beachtlichen Erfolg. Von dem Geld leistete sie sich ihren eigenen kleinen Laden mit Werkstatt in einer Passage zur Schellingstraße, unweit vom Universitätsviertel und vom Englischen Garten gelegen. Ein Traum, eigentlich unbezahlbar, aber Helmut hatte da so seine Beziehungen. Ja, und seitdem war Rebeccas Laden ein Geheimtipp für außergewöhnliche Möbel und Wohnaccesoires in München und ermöglichte ihr eine einigermaßen gesicherte Existenz. Bis zum letzten Jahr. Bis kurz vor dieser Messe in Hannover, an der sie unbedingt teilnehmen wollte und sich deshalb komplett verausgabte.

Kapitel 2 – Frühjahr 2008, Lazise –

Sie liefen nun schon zum dritten Mal die Seepromenade hinunter. Immer noch auf der Suche nach einem Ristorante oder einer Pizzeria, wo Rebecca irgendwas für sie Essbares finden konnte. Und wo es vor allen Dingen nicht nach Jasmin roch.

„Mensch, Becci, es ist jetzt schon nach neun ..., wir sollten endlich mal was essen. Der kleine Laden da hinten, da war es doch ganz okay."

„Dann geh du doch dahin und iss! Ich muss da kotzen, mir wird schon schlecht, wenn ich nur dran denke. Da ist es viel zu eng!"

„Aber wenigstens gibt's da keinen Jasmin."

„Sag nichts davon! Ich will nichts davon wissen!"

Rebecca drückte sich den leichten Schal, den sie trug gleich wieder vor Mund und Nase, obwohl es hier direkt am Wasser kein bisschen nach Jasmin roch. Normalerweise sind die Menschen begeistert, wenn der Jasmin blüht um diese Jahreszeit – Frühling am Gardasee, und atmen beglückt seinen zugegebenermaßen schweren Duft ein, der sich besonders am Abend nach Sonnenuntergang über die ganze Landschaft legt. Betörend süßlich verströmen die weißen Blüten dann verschwenderisch ihr Aroma. Und die meisten Restaurants schmücken ihre Lokale und Außengärten mit dieser für das Trentino so typischen Pflanze.

Nur Rebecca konnte der romantisierten Version eines Frühlings am Gardasee mit stinkenden Blumen nichts abgewinnen. Irgendwann in der Zeit nach den langen Krankenhaus-Aufenthalten und den nachfolgenden Therapien hatte das angefangen – sie reagierte überempfindlich gegen viele Gerüche und auch Geschmäcker. Und das hier in Italien! Die Blumen, das Essen, der Wein, Marco hatte gedacht, jetzt beim zweiten Mal nach dem ganzen Mist hätte es sich vielleicht schon etwas gebessert.

Letztes Jahr im Herbst waren es die ätherischen Düfte der Pinien oder irgendwelcher anderer Nadelbäume, er hatte gar nichts gerochen, aber für sie war es fast nicht auszuhalten. Dann der Gang durch die Städte, das Bummeln über Märkte, vorbei an Ständen mit unterschiedlichsten Waren und natürlich auch Gerüchen. Kräuter, Seifen, Öle, Fischstände und Wägen mit Bergen von Käse- und Wurstsorten. Eigentlich köstlich, für Rebecca jedoch die reinste Qual und für beide immer wieder Ausgangspunkt vieler Diskussionen und Streitereien. Marco war durchaus klar, wie schlimm es für sie sein musste, solch einen Ekel vor Essen zu haben, gerade sie, die einst eine begnadete und leidenschaftliche Köchin war. Aber er wusste auch, das alles hatte psychosomatische Ursachen, und er hatte manchmal einfach keine Lust und auch keine Kraft mehr, damit mit professioneller Distanz umzugehen und warf Rebecca ihr Verhalten als Macke vor.

Um kurz vor zehn hatten sie endlich ein Lokal gefunden, welches für Rebecca auszuhalten war. Kein Jasmin, kaum Gäste, nicht einmal Platz nehmen musste man. Es war ein kleiner Imbiss-

Laden, ein Schnellrestaurant namens Turbo-Grill, in einer der Gassen von Lazises malerischer Innenstadt. Rebecca bestellte sich Chickenwings mit Pommes, für Marco gab es eine Margherita auf die Hand. Immerhin hatten sie auch akzeptablen Rotwein, sie kauften eine Flasche und gingen mit ihrem Menü an den See, fanden eine freie Bank und ließen es sich schmecken, so gut es eben ging.

Marco kaute auf seiner Pizza herum und schüttelte den Kopf.

„Eigentlich nicht zu fassen ..."

„Was meinst du?" Rebecca nagte mit sichtlichem Genuss an einem Hühnchenflügel. Chickenwings war so eine Art Standard-Gericht für sie, das ging immer, nur ganz rösch und knusprig mussten sie sein, da hakte sie nach, das forderte sie von jedem Laden ein, indem sie die bestellte. Auf Deutsch, Italienisch, Griechisch und wenn's sein musste, auch auf Chinesisch. Und die Pommes durften in keinem Fall labberig sein, lieber ein paar Minuten länger in der Friteuse lassen, Herr Koch!

„Na, wir sitzen hier in Italien, einem Land mit der besten Küche der Welt und ziehen uns Junkfood rein!"

„Ja ja, und wer ist schuld daran? Ich! Wie immer ... Verdammt Marco, jetzt wird mir wieder schlecht!"

Angewidert stopfte sie das eben noch heiß begehrte Hühnerteil zurück in die braune, fettglänzende Papiertüte.

„Ach komm Becci, das werd ich doch wohl noch sagen dürfen! Iss weiter, hier –, trink einen Schluck Wein, schmeckt gar nicht übel ..."

„Mir ist der Appetit vergangen. Kann nix mehr essen – glaubst du, ich mach das gerne? Mir am Straßenrand irgendein Zeug reinzuziehen, von dem ich glaube, ich kann's behalten, weil's mir halbwegs schmeckt? Scheiße, ich würd auch gerne in ein tolles Restaurant gehen, aber ich kann nicht! Ich trau mich nicht – was, wenn ich wieder nichts runter kriege? Ich mach das doch nicht absichtlich, das weißt du doch!"

Sie schnappte sich die Flasche Wein, Marco reichte ihr einen der zwei Plastikbecher rüber, doch Rebecca hatte die Flasche schon an ihren Lippen und nahm einen tiefen Schluck. Wein trinken ging wieder seit letztem Jahr, zum Glück, der Alkohol half in ihrem Fall manchmal. Nicht dass sie jetzt auch noch Gefahr lief, Alkoholikerin zu werden, nein, da war sie nicht gefährdet, doch das Weintrinken schaffte des Öfteren eine gewisse Lockerheit zwischen ihnen, etwas, dass sie im Normalfall nur noch selten hin bekamen. Auch ihren Humor fanden sie dann leichter wieder. Den hatten sie immer noch nicht ganz verloren und der half über viele Klippen im Alltag hinweg. An Abenden wie diesem war Marco sehr froh, dass Rebecca wieder gerne Wein trank und auch vertrug. Sie durfte auch Alkohol zu sich nehmen, in Maßen natürlich, sagten die Therapeuten.

„Gib mal ein Stück von deiner Pizza, vielleicht –", Marco gab ihr ein kleines Stück, sie schob es sich in den Mund und kaute vorsichtig. Schließlich schluckte sie hastig und verzog dabei angewidert den Mund.

„Bäh, viel zu weich! Richtig matschig, kann ich nicht essen!"

Und spülte den Bissen mit einem weiteren Schluck Wein hinunter.

„Dachte ich mir schon, dass sie dir nicht schmeckt ... Ist auch wirklich nicht der Renner", pflichtete Marco ihr bei.

„Aber du kannst es trotzdem essen! Guten Appetit!"

„Na ja, ich hab Hunger, Becci."

„Ich hab auch Hunger, verdammt!"

Rebecca stand auf und begann ihre restlichen Hühnerflügel per Zielwurf in einen etwa fünf Meter entfernten Abfallkorb zu entsorgen. Marco beklatschte jeden Treffer. Die Mehrzahl der vorbei flanierenden Touristen bedachten die beiden mit missbilligenden Blicken. Zwei ganz offensichtlich Angetrunkene störten mit ungebührlichem Verhalten die abendliche Beschaulichkeit an der Hafenpromenade Lazises. Das dachten wohl die meisten. Und zur Randale neigten sie scheinbar auch. Denn Rebecca, der die Reaktion der Passanten nicht entging, fing an, ihrem Ärger darüber freien Lauf zu lassen. Sie ärgerte sich über die Leute, über ihren ungestillten Hunger, über Marco, der trotz mangelnder Qualität seine Pizza komplett verspeiste, und sie war wieder mal wütend auf sich selbst. Auf sich und ihren blöden Kopf, auf ihre schmerzende Narbe und auf ihre bescheuerten Missempfindungen und ihr gestörtes Verhalten, welches sie niemandem erklären konnte, keiner verstand sie.

„Was glotzen Sie denn so doof? Sprechen Sie Italienisch? Vaffanculo!"

Als einige Personen in die Wurfbahn zwischen Rebecca und ihrem Abfalleimer gerieten, rief sie denen mit gespieltem Entsetzen zu:

„Oh Gott! Achtung, aus dem Weg! Heiß und fettig ... Vorsicht auf die schöne Bluse!"

„Was soll das denn? Sind Sie irre?"

Da ließ sich doch tatsächlich einer aus der Touristengruppe provozieren und stellte sie zur Rede. Marco stand schnell auf und beeilte sich, die Situation zu schlichten.

„Ah, entschuldigt bitte, sie hat einfach etwas zu viel Wein getrunken ..."

„Na ich bitte Sie, das ist doch keine Art, sich hier so aufzuführen!", gab eine Dame aus der Gruppe, die mit der weißen Bluse, empört zurück. Rebecca mischte sich wieder ein. Sie drängte sich an Marco vorbei, er hatte sie ja vor der Gruppe abschirmen wollen, stemmte ihre Arme in die Hüften und meinte trotzig:

„Ob ich irre bin? Natürlich bin ich irre! Da, operiert am Kopf – und im Hirn –", sie schob ihre schwarze Mähne zur Seite und ließ die immer noch deutlich sichtbare rötlich linierte Narbe knapp oberhalb des Haaransatzes sehen.

„Und das sind Chickenwings, ja? Die müssen fliegen, ist doch klar!"

Damit kramte sie aus der Tüte ein weiteres Flügelteil und fuchtelte dem Typ, scheinbar der Begleiter der weiß beblusten Frau, vor der Nase herum. Er schlug danach, allerdings weniger in der Absicht, Rebeccas Hand zu treffen als sich zu schützen. Trotzdem erwischte er sie unglücklich und fügte ihr mit dem Fingernagel einen leichten Kratzer zu. Rebecca flippte aus und schrie:

„Der hat mich gekratzt! Ich glaub ich spinne! Marco, Marco! Ich blute, schau bloß!"

„Ist nur ein Kratzer, beruhig dich … Nicht schlimm!"

„Das wollte ich nicht, tut mir leid –"

Der Mann entschuldigte sich und wollte Rebeccas Arm in Augenschein nehmen, doch sie zuckte erschrocken zurück.

Ihre Lippen begannen zu zittern, im nächsten Augenblick flossen schon die Tränen.

„Lassen Sie sie, Mann!"

Marco zog Rebecca weg und nahm sie in den Arm. Der Typ seinerseits wurde von seinen Begleitern in die Mitte genommen und die Gruppe entfernte sich, nicht ohne noch ein paar böse und verständnislose Blicke zurückzuwerfen.

Rebecca weinte inzwischen hemmungslos.

„Alles gut, alles gut. Sie sind weg."

Marco versuchte sie zu trösten und zu beruhigen. Er kannte das. Rebecca reagierte seit ihrer Entlassung aus der Klinik im vergangenen Jahr, nach all den OP's und Untersuchungen immer sehr emotional und drastisch auf alles. In die eine wie in die andere Richtung. Anfangs fiel es ihm sehr schwer, damit umzugehen. Ihre extremen Gefühlsäußerungen, die Distanzlosigkeit im Umgang mit anderen Menschen, sie hatte sich so verändert, es war ihm manchmal regelrecht peinlich, wie sie sich verhielt. Inzwischen kam er besser damit klar, konnte auch wie jetzt eben mal beherzt eingreifen und ihr aus einer Situation heraus helfen.

Sie gingen ein paar hundert Meter an der Seepromenade stadtauswärts Richtung Pacengo, der Weg wechselte vom luxuriösen Marmor-Plattenbelag zu Teer und ging schließlich in einen unbefestigten Kiespfad über, die Straßenlaternen wurden immer seltener und hörten dann ganz auf. Beinahe war es still, die Wellen des Sees plätscherten gemächlich und schläfrig an das flache Ufer. Der laue Nachtwind trug ab und zu einen Fetzen Musik zu ihnen herüber, von irgendwoher konnte man Gelächter und Stimmen hören. Sie setzten sich auf eine der Bänke, welche im regelmäßigen Abstand entlang des Weges platziert waren.

„Scheiße Marco, tut mir leid …"

Rebecca hatte sich wieder einigermaßen beruhigt, sie schniefte die letzten Tränen weg.

„Die waren aber auch blöde, oder?" Fragend blickte sie Marco an.

„Na ja, du hast sie aber auch ganz schön angemacht, Becci. Die fanden das nicht lustig mit deinen Chickenwings."

„Ach komm, sie hätten mich ja fragen können, warum ich das mache, dann hätte ich's ihnen schon erklärt ...“

„Becci, die wollen das nicht. Die machen hier Urlaub, genießen ihren Abend und wollen nix von den Problemen anderer Leute wissen. Schon gar nicht die Geschichte von 'ner Verrückten, die mit Chickenwings um sich schmeißt!“

Er grinste und Rebecca musste lachen.

Später, auf dem Rückweg zu ihrem Hotel am Stadtrand von Lazise fanden sie eine kleine Bar, wo sie sich vorne raus sitzen konnten, die kühler werdende Nachtluft genossen und noch eine weitere Flasche Wein tranken. Wie schön das Leben dann doch trotzdem sein kann, dachte Marco glücklich. Morgen würden sie wieder in die Natur-Therme gehen. Der Parco termale von Colá di Lazise mit seinem 300 Jahre alten botanischen Garten und den zwei Thermal-Seen war schon immer einer ihrer absoluten Lieblingsorte.

Kapitel 3 – Sommer 2006, Uniklinik Tübingen, Neurochirurgie –

Marco kam erst gegen 16:00 Uhr in Tübingen an. Die Fahrt von München hatte diesmal länger als sonst gedauert, ständig hatte es kleinere Staus gegeben, zwei neue Baustellen auf der A 8 vor Stuttgart behinderten den Verkehr zusätzlich, es war heiß, der Sommer hatte jetzt Mitte Juli doch noch Einzug gehalten in Deutschland, nachdem der Frühling dieses Jahr praktisch ausgefallen war und auch der Juni komplett verregnet war. Er war genervt. Wenigstens hatte er wieder ein Zimmer in dem kleinen Hotel bekommen, welches gleich unterhalb am Fuße des Klinikberges gelegen war. Er hatte erst heute Morgen anrufen und reservieren können, denn er musste vorher noch einen Termin mit seinem Agenten canceln, der war extra aus Leipzig angereist, um mit ihm die anstehende Ausstellung eben dort vorzubereiten und sich Marcos neueste Arbeiten ansehen zu können.

Hagenthal, so hieß der Mann, war nicht eben begeistert, sah und akzeptierte aber letztlich die Dringlichkeit, welche Marcos Handeln bestimmte. Sie vereinbarten einen neuen Termin eine Woche später. Insgeheim bezweifelte Marco, ob er diesen dann auch einhalten könne, sagte aber nichts, um Hagenthal nicht noch weiter zu verunsichern. Armin Hagenthal war wichtig für ihn. Seit Marco Haller als Name in der Kunstszene über München hinaus eine gewisse Bedeutung erlangt hatte, häuften sich natürlich auch die Verpflichtungen. Anfragen für Ausstellungen, Ankäufe, ab und an Pressetermine, all so was musste geplant und koordiniert werden. Ihm selbst war das zu viel, ja auch lästig, aber er wusste, diese Dinge waren unerlässlich, wollte er weiterhin Erfolg haben. Schließlich war er kein Baselitz, Richter, oder sonst einer der deutschen Malerfürsten oder Kunstgötter, für die wirtschaftliches Auskommen nun wirklich keine Vokabel ihres Wortschatzes mehr war. Er musste noch richtig arbeiten, jede Gelegenheit, jede angemessene Gelegenheit einer repräsentativen Ausstellung nutzen, er hatte keine Heerscharen williger Kunststudenten, die seine Entwürfe realisierten. Alle seine Skulpturen waren noch echte Unikate, vom Entwurf bis zum Finish ein Ergebnis seiner Hände Arbeit. Selbst die Bronzearbeiten goss er eigenhändig, er hatte sich bei einer großen Gießerei in der Nähe von Stuttgart eingemietet, konnte dort ein kleines Atelier nutzen und zu bestimmten Zeiten, in denen der Betrieb nicht ausgelastet war, das vorhandene Werkstatt-Interieur verwenden.

Der Besitzer, Sepp Kugler hieß er, war wiederum einer aus dem Freundeskreis von Helmut Brenniger, über ihn lernten sie sich kennen. Vorher hatte Marco immer in München gießen lassen, doch nun schätzte er die Möglichkeit, auch das selbst machen zu können. Und Kugler hatte natürlich gleich den Werbewert erkannt, welchen er mit der Bereitstellung des Ateliers für Marco nutzen konnte. Die weitere Vermarktung, das Management übernahm dann Hagenthal.

Der war ein eher kleiner Fisch im Haifischbecken der Kunstagenten, unter denen es ja die schillerndsten Existenzen gibt.

Armin Hagenthal aber war ein Glücksfall für Marco. Ende 50, beleibt und dabei keine 170 cm groß, keine Haare auf dem Kopf, große schwarze Brille und immer eine Zigarette im Mund. Er hatte selbst einmal Kunst studiert, war ein ganz passabler Zeichner, hatte es aber nie auch nur annähernd geschafft, die Kunst als Broterwerb in seinem Leben zu etablieren. Früh hatte er sich daher aufs Managen verlegt, da lag sein Talent. Zuerst hatte er es in der Musik-Branche versucht, kam aber nicht mit dem ganzen exaltierten Drumherum der Szene klar und verlegte sich so nach und nach auf das Kunst-Management. Das lief in weiten Teilen doch viel ruhiger ab, gediegener, nicht so nervös und ungesund, er musste sich keine Nächte um die Ohren schlagen, es sei denn, er versumpfte mal mit einem Klienten oder Kunden, den er mochte. Marco Haller und Hagenthal hatten sich bei der Art Karlsruhe, einer kleinen Kunstmesse mit ansehnlichem Ruf im schwäbisch-badischen Speckgürtel kennengelernt. Marco wurde dort von einer Münchner Galerie vertreten, Breck & Gerland. Ihre Galerie lag in einer Passage an der Lindwurmstraße, nahe dem Zentrum, sie bediente hauptsächlich Stammkundschaft aus München direkt, Geschäftsleute, Unternehmer, ein bisschen Prominenz, ein bisschen Schicki-Micki.

Die Art Karlsruhe war die einzige auswärtige Unternehmung der Galerie, mehr Engagement war nicht zu erwarten. Die Betreiber waren etwas satt, wie Hagenthal das bezeichnete.

Er hatte Marco in der Ausstellungs-Koje der Galerie einfach angesprochen, seine Arbeiten gefielen ihm wirklich, Marco spürte das. Sie hatten sich sofort gut verstanden und dieses erste Treffen mündete gleich in einer jener Sumpf-Nächte, von welchen vorher die Rede war.

Das war nun beinahe 10 Jahre her und seit dieser Zeit arbeiteten sie zusammen. Hagenthal, Marco nannte ihn nur so, obwohl sie sich natürlich seit jeher duzten, hatte beträchtlichen Anteil am künstlerischen Erfolg Marco Hallers. Er war es, der ihm die Türen öffnete zu den großen Kunsthäusern der Republik, ihm die wichtigen Rezensenten für seine Ausstellungen besorgte, er kämpfte darum, dass er wahrgenommen wurde von der seriösen Kunst-Journaille, was Marco letztendlich ermöglichte, mit einigen der bekanntesten Galerien der Republik zusammen zu kommen. Finanziell profitierten beide davon. Marcos Arbeiten erzielten mittlerweile recht ansehnliche Preise, was ihm ein ganz passables Auskommen sicherte. Die Bäume wuchsen nicht in den Himmel, doch er konnte ganz gut leben von seiner Kunst, musste nicht mehr wie in den Anfangsjahren nach dem Studium, in Kneipen bedienen oder Museums-Aufsicht machen, um über die Runden zu kommen. Er hatte es geschafft, seine Arbeit lohnte sich. Hagenthal hatte natürlich noch weitere Klienten, für die er tätig war, aber Marco war inzwischen schon sein bestes Pferd im Stall.

Bevor Marco sich auf den Weg hinauf zur Klinik machte, rief er noch bei Lucie an, er hatte es ihr versprochen, sich zu melden, sobald er angekommen war.

„... Taurich, ja?"

Lucie, eigentlich hieß sie Ludmilla – Ludmilla Taurich, meldete sich wie immer etwas zögerlich. War so ihre Art, die schnelle Rede war nicht ihr Ding.

„Ich bin´s, Marco. Gerade angekommen. War eine Scheiß-Fahrt diesmal."

„Echt? War viel los, oder?"

„Kann man sagen, und dann noch die Hitze. Bin ganz schön geschlaucht. Aber ich geh jetzt gleich rauf zu ihr –, bin schon gespannt."

„Ah, ja ... Sag ihr ganz liebe Grüße von mir – wenn's geht ..."

„Ja, wenn sie wach ist, sonst morgen. An dich erinnert sie sich ja ..."

„Hoffentlich hat sie das alles gut überstanden, die Operation ist ja schon gefährlich. Und die ganzen Mittel dazu ..."

„Ich weiß. Scheiß Cortison. Das werden sie ihr jetzt wieder literweise einflößen. Aber was soll man machen?"

„Ja blöd ... Aber in dem Fall, nach so einem Eingriff – es geht einfach darum, dass die Gehirnschwellung schnell wieder zurückgeht. Das macht nun mal das Cortison."

Lucie war Krankenschwester, deshalb kannte sie sich mit den medizinischen Vorgängen etwas aus. Mit neurologischen Problemen hatte sie zwar im Bogenhausener Krankenhaus, in welchem sie arbeitete nichts zu tun, aber sie hatte sich natürlich informiert und schlau gemacht, was Rebeccas Geschichte betraf. Sie wollte Marco eine Stütze sein, ihm helfen, wo es ging. Ein, zweimal die Woche besuchte sie ihn, zusammen hielten sie den Garten und das kleine Wohnhaus in Schäftlarn am Starnberger See in Schuss.

Seit 1998 wohnten sie nun dort. Das Haus gehörte Helmut Brenniger, er hatte es von seinen Eltern geerbt, nachdem diese es aus Altersgründen aufgegeben hatten. Brenniger brauchte das Haus nicht, er selbst wohnte in einem Loft im Münchner Westend und hatte auch noch eine Wohnung in Stuttgart. München mit seinen Parks, dem englischen Garten und der Isar mittendurch, das war für ihn fast schon Landleben. Mehr hielt er nicht aus. Er war der absolute Stadtmensch, das Haus in Schäftlarn war für ihn Outback, finstere Provinz, wo nachts um elf keiner mehr auf der Straße war und man die Gartentüre mit der Taschenlampe suchen musste, wie er gerne sagte. Aber für Rebecca und Marco war es genau richtig, wieder so ein Glücksfall, der mit Helmut Brenniger zu tun hatte.

„Morgen wird scheint's ein neues MRT gemacht, der Eingriff wird bewertet, da bin ich dann dabei. Mal schauen ..."

„Ich drück ganz fest die Daumen. Hoffentlich ist alles gut gegangen ... Vielleicht haben sie ja was entdeckt?"

„Ich weiß gar nicht, ob ich das will, dass sie was entdecken, Lucie ..."

„Hast auch wieder recht. Aber vielleicht gibt es wenigstens einen Ausschluss –, was es auf jeden Fall nicht ist. Für irgendwas muss so eine Biopsie doch gut sein, oder?"

„Tja, auf jeden Fall ist es die letzte Diagnosemöglichkeit, die sie haben. Wir werden ja sehen. Ich hoffe nur, das wirklich nix verletzt worden ist, Sprachzentrum, Motorik, was weiß ich."

„Ach Marco, das wünsch ich auch ganz fest ..." Lucies Stimme zitterte jetzt.

„Wird schon werden, Lucie, ich glaub dran, ja? Und du auch ..."

„Ja, klar ..."

„Rufst du bitte noch Regina an? Dass ich gut angekommen bin. Sonst hat sie wieder keine Ruhe ..."

„Ja mach ich. Und melde dich bitte, sobald du was weißt, wenn's was Neues gibt, ja? Ich bin echt aufgeregt. Ich rauch viel zu viel ..."

„Pass du bloß auf dich auf, Lucie –, Regina sag ich das auch schon ständig. Nicht, dass ihr mir auch noch Probleme macht, könnt ich gar nicht gebrauchen jetzt, hörst du?"

„Ja, klar, mach dir um mich keine Sorgen. Ich pass schon auf! Kannst mich auch im Krankenhaus erreichen, oder auf dem Handy, okay? Ich hab gerade so viele Schichten, komplett durcheinander der Plan – Urlaubsvertretung, krank, ganz schlimm ist das gerade bei uns."

„Oje, du Arme! Na, ich werd dich schon irgendwo erwischen. Also, du Liebe, mach's gut, ich melde mich, sobald ich mehr weiß ... Ciao, Bella!"

„Ja, mach's auch gut – Ciao, Bello!"

Marco verließ das Hotel und machte sich auf den Weg rauf zur Klinik.

Kapitel 4
– Sommer 2006, Uniklinik Tübingen–

„Entschuldigen Sie bitte, Dr. Bartholdy, von einem Eingriff dieser Größenordnung war doch nie die Rede –, Sie sprachen doch immer von einer Nadel-Biopsie, ein kleines Loch hinten am Schädel! Und jetzt liegt meine Frau da mit einer Riesen-Naht quer über die Stirn ...“

„Herr Haller, wir mussten so handeln, da die Läsionen im Kopf Ihrer Frau sich ständig verändern. Und in diesem vorderen Bereich des rechten Gehirnlappens zeigte sich beim MRT vor der OP ein sehr stabiler Entzündungsherd, da wollten wir hin. Ziel war, eine Gewebeprobe genau aus solch einem Herd zu bekommen um endlich Klarheit zu bekommen über die Ursachen der neurologischen Ereignisse Ihrer Frau.“

„Ereignisse nennen Sie das – na ja, und, haben Sie schon was? Und wie sieht's mit möglichen Kollateralschäden nach der OP aus, die Gefahr bestand doch auch?“

„Die histologischen Untersuchungen des Gewebematerials sind noch nicht abgeschlossen, aber hinsichtlich einer möglichen Schädigung durch den Eingriff kann ich Sie beruhigen. Ihre Frau zeigt keinerlei Auffälligkeiten, weder sprachlich noch motorisch –, wir haben die Biopsie sehr sorgfältig geplant und die Wundheilung des Schnitts verläuft ebenfalls zufriedenstellend. Den Pressverband muss sie leider noch zwei Tage ertragen, das ist nicht angenehm, ich weiß.“

„Die Naht sieht aus wie bei Frankenstein, ent-schuldigen Sie, auch wenn der Kollege von Ihnen meinte, sie sähe wie ein Perlen-Haar-Reif aus, so gut gelungen sei die ... Warum ist der Schnitt so lang?"

„Nun ja, um die Platte heraussägen zu können, mussten wir natürlich Platz schaffen, sprich wir mussten die Kopfhaut so weit verschieben damit wir ein ausreichendes OP-Feld hatten. Und das so schonend wie möglich, was nur mit einem langen Schnitt zu machen ist."

„Sie sieht aus, als hätte man sie skalpiert!"

Professor Dr. Bartholdy musste lächeln und meinte dann beschwichtigend, indem er Marcos Oberarm zwei, dreimal tätschelte:

„Das wird schon wieder, glauben Sie mir. Ihre Frau ist eine starke Person."

Marco reagierte zunehmend unwirsch und blaffte zurück:

„Das wird schon wieder, das wird schon wieder, ich kann's nicht mehr hören! Jeder meint das! Der Augenarzt, die Neurologen, die MS-Klinik, selbst unsre Freunde – alle sind sich einig ... Und warum wird es immer schlimmer? Noch 'ne Un-tersuchung und noch ein Test, jetzt die Biopsie –",

„Bitte beruhigen Sie sich, Herr Haller, wir tun wirklich alles, was in unsrer Macht steht ... Blei-ben Sie zuversichtlich! Entschuldigen Sie mich nun bitte, ich muss weiter!"

Der Neurochirurg wandte sich zum Gehen.

„Ist doch wahr ... Und die Ergebnisse, wann? –"

Dr. Bartholdy drehte sich nochmal halb zu ihm um und rief:

„Natürlich, sobald die da sind, kriegen Sie Bescheid. Vermutlich morgen schon. Bis dann!"

Weg war er. Marco stand eine Weile einfach so da, dann ging er in die Cafeteria und holte sich einen Cappuccino und ein Glas Wasser. Er setzte sich an einen Tisch draußen auf der Terrasse und schlürfte nachdenklich den heißen Kaffee. Als er Rebecca da liegen sah heute Nachmittag mit ihrem Turbanverband und dann, als er aufgewickelt wurde um die Wunde zu kontrollieren, war er wirklich schockiert gewesen. Die frisch vernähte Wunde zog sich als bläulich-roter Wulst vom linken Ohr über die Stirn durch die blutverkrusteten Haare bis fast zum rechten Ohr. Sie endete etwas oberhalb der rechten Schläfe. Sie hatten ihr nicht einmal die Haare ordentlich weggeschnitten, nur gerade so viel, dass sie ihren Schnitt setzen konnten. Rebecca zupfte ärgerlich und missmutig daran herum. Die Schwester musste sie mehrmals ermahnen, sich zurückzuhalten, um die Wunde nicht unnötig zu reizen, aber ihr war das ziemlich egal. Sie hatte einiges an Schmerzmitteln intus und dementsprechend unempfindlich und unsensibel war sie.

„Das ist mir zu blöde, das zerrt und klebt da fest – ich mag das nicht!", meckerte sie in einem fort, die Schwester war sichtlich genervt.

„Frau Haunstein, jetzt seien Sie doch vernünftig! Das stört doch wirklich nicht. Wir legen das Haar jetzt ein bisschen auf die Seite – so, und schon geht das doch, oder?"

„Nein! Das geht überhaupt nicht! Ich spür´s doch, das drückt dann erst recht, wenn ich den blöden Verband wieder bekomme. Das tut weh!"

Jetzt mischte sich Marco ein. Auch er fand die Beschwichtigungs-Versuche der Schwester unmöglich, sie nahm Rebecca nicht ernst, behandelte sie wie ein Kind.

„Geben Sie mir eine Schere, ich schneide das jetzt weg, was ist schon dabei? Sie sehen doch, dass es sie stört!"

„Aber die schönen Haare! Außerdem ist das nicht so einfach, da muss ich erst nachfragen, ob ..."

„Da brauchen wir überhaupt nichts nachfragen, hören Sie?"

Marco reichte es langsam. Er ging zu dem Rollwagen, auf dem die ganzen Verbands-Utensilien lagen, nahm eine Schere und begann dann vorsichtig die verklebten Haare von Rebeccas vorderer Kopfpartie wegzuschneiden. Sie hatte die Augen geschlossen und hielt den Kopf ganz still. Als er fertig war, trat er einen Schritt zurück und betrachtete sein Werk. Er musste lachen.

„So schlimm?", fragte Rebecca und tastete mit zittrigen Fingern ihre Stirn ab.

„Nein, es sieht einfach lustig aus! Sehr punkig ... Oder Schwester, was meinen Sie?"

„Na ja, ich weiß nicht... Aber mit dem Verband tun wir uns jetzt schon leichter, da hatten Sie doch recht", gab sie zu und machte sich daran, den neuen Pressverband vorzubereiten.

„Warten Sie!"

Rebecca machte Anstalten aufzustehen,

„ich will das anschauen – im Spiegel. Marco, hilf mir bitte!"

Als sie dann im Bad ihren malträtierten Kopf mit den abgeschnittenen Haaren im Spiegel betrachtete, fing sie zuerst an zu weinen, doch gleich darauf musste sie lachen. Marco hielt sie fest, sie war sehr wackelig auf den Beinen, streichelte ihre Wange und küsste zärtlich ihren Nacken.

„Wir schaffen das, Liebes, ganz sicher …", flüsterte er ihr ins Ohr.

Kapitel 5 – 2008, Cola di Lazise –

Obwohl die Nacht sehr warm gewesen war, noch um 1:00 Uhr hatte das Thermometer 27 Grad angezeigt, hatten sie ganz gut geschlafen. Er hatte richtigen Frühstückshunger und hoffte, dass Rebecca einigermaßen fertig wurde, damit sie in der nahegelegenen Cafe-Bar bei Rinaldo unten an der Dorfstraße noch ein oder zwei Brioche bekämen. Die Chancen standen recht gut heute, es war erst 9:00 Uhr, in einer halben Stunde öffnete er. Richtiges Frühstück gab es ja üblicherweise in Italien nicht und hier in der Residenza der Villa dei Cedri hatten sie ein Appartement mit Selbstversorgung gebucht, es war eine kleine Küche vorhanden, Kühlschrank, Herd, und das Personal füllte tagtäglich eine Schale mit allen möglichen Snacks nach. Kleine Tüten mit Chips, Nüssen, Tuk-Keksen und pappsüßes italienisches Naschzeug, nicht wirklich gut, aber manchmal griff sich Marco doch das ein oder andere Teil, wenn die Wartezeit, bis sie endlich das Zimmer verlassen konnten, wieder mal nicht enden wollte. Rebecca brauchte einfach immer ewig, bis sie alles zusammen hatte und fertig gerichtet war. Manchmal kamen sie so spät aus dem Zimmer, dass sie mit dem Reinigungspersonal diskutieren mussten, die schon mit ihren Wischmobs vor der Türe standen und anfangen wollten. Mit denen hatten sie sowieso schon vereinbart, dass sie ihr Appartement erst am Schluss ihrer Tour machten, und trotzdem klappte es selbst dann nicht immer. Am meisten aber nervte es Marco, wenn sie dann endlich bei Rinaldo einliefen, dass es womöglich keine Croissants oder ähnliches mehr gab, weil alles weg war, aufgegessen von den früh aufstehenden Touristen-Familien und den Italienern, die vor Arbeitsbeginn noch schnell einen Cappuccino tranken und dazu ihr Brioche verzehrten.

„Mensch Rinaldo, leg mir doch einfach zwei Cornetti zurück und alles ist gut!"

„Weiß ich nicht ob du auch kommst … und wenn ich zurücklege, es ist alles weg, dann kommt diese kleine Bambina mit so großen Augen und sagt, sie hat Hunger, dann geh ich und hole deine Brioche. Scusi, kann ich nicht anders!"

Sie unterhielten sich immer in einer Mischung aus Italienisch und Deutsch, Marcos Italienisch war ganz ordentlich, aber Rinaldo bestand darauf, er wollte unbedingt Deutsch lernen.

Rebecca hingegen sprach beinahe perfekt Italienisch, sie hatte es gelernt, als vor Jahren ihr Vater Lucio Panella in Deutschland auftauchte und sie daraufhin des Öfteren bei ihm in Süditalien, auf der Halbinsel Salento ganz unten am Absatz Italiens, Urlaub machte, seine Frau Ornella und ihre beiden Halb-Geschwister Chiara und Paolo kennenlernte und später dann auch in ihrem Ristorante aushalf, welches die Familie in einem kleinen Urlaubsort am Meer betrieb.

Lucio Panella tauchte in Rebeccas Leben auf, da war sie 28 Jahre alt und hatte eigentlich längst die Tatsache akzeptiert, dass sie keinen Vater hat. Sie hatte ihn nie kennengelernt, ihre Mutter und er hatten sich getrennt, da wusste Regina noch gar nicht, dass sie schwanger war. Lucio ging nach Italien zurück, fand eine neue Liebe, Ornella, die beiden zogen nach Pioppi auf Salento und fingen mit einem kleinen Strandcafé am Rande des Ortes an. Das war es erstmal. Regina machte sich nie die Mühe, nach Lucio zu suchen. Als Rebecca zur Welt kam, machte das ganz automatisch das Jugendamt für sie, obwohl sie klipp und klar erklärte, von ihm kein Geld oder Unterhalt zu wollen. Da war sie eigen. Sie hatte sich auf diese unsichere Liaison eingelassen und jetzt wollte sie auch die Verantwortung dafür alleine tragen. Sie wollte Lucio nicht dafür belangen, sie hatten sich nicht im Streit getrennt und sie wusste, wie schwer es für ihn war, damals einen Neuanfang drunten in Süditalien zu wagen. Die Gegend da war noch touristisches Niemandsland, es gehörte schon viel Mut dazu, gerade dort neu anfangen zu wollen. Also machte sie auf dem Amt falsche oder unzureichende Angaben, sein ehemaliger Arbeitgeber wusste auch nicht viel mehr, in dem provisorischen Arbeitsvertrag stand nur L. Panella, Apulien, Italien – mehr gab es da nicht, den Lohn gab es noch in der Tüte bar auf die Hand, keine Bankverbindung über die man hätte weiter recherchieren können. So ein lückenhafter Nachweis eines Arbeitsaufenthalts in Deutschland war damals nichts Ungewöhnliches. Die Italiener bildeten die erste große Gastarbeiter-Welle nach dem Krieg und wurden mit offenen Armen empfangen. Die neu wachsende deutsche Wirtschaft war auf die ausländischen Arbeiter angewiesen, zu viele Männer waren gefallen, die Nachkriegsgeneration war noch zu jung um den Mangel an Arbeitskräften ausgleichen zu können. Da nahm man es mit den Formalitäten nicht so genau. Die Untersuchungen verliefen somit im Sande, Regina war damit offiziell alleinerziehende Mutter einer Tochter mit ausländischem Vater, Wohnort unbekannt. Rebecca wuchs also ohne Vater auf. Als Kind und auch später noch, als junge Frau, fragte sie ihre Mutter immer wieder mal nach ihm. Regina erzählte ihr dann von ihm, wie er aussah, dass er ein fröhlicher und lustiger Mensch gewesen sei, aber dass er jetzt eben wieder in Italien lebte und sie bestimmt schon längst vergessen hätte. Und dass er auch gar nicht wisse, dass er eine Tochter hatte und dabei sollte es auch bleiben. Wer weiß, meinte sie, was das für Schwierigkeiten mit sich bringen würde. Rebecca akzeptierte das, obwohl sie manchmal schon den Drang verspürte, nach ihm zu suchen. Dann holte sie aus ihrem Portmonee ein Foto heraus, das einzige, welches von Lucio existierte, Regina hatte es ihr geschenkt, als sie ihren 18. Geburtstag feierte, sie hütete es wie ihren Augapfel. Es war schon ganz zerknittert, die Ecken eingerissen, das Bild selbst, eine schwarzweiß Aufnahme, vergilbt und etwas unscharf. Es zeigte einen schelmisch lächelnden Männerkopf mit dunklen, lockigen Haaren und einem akkurat geschnittenen Oberlippenbart. Die großen Augen mit den kräftigen Brauen blickten offen und freundlich in das Objektiv der Kamera. Wer das Foto wo gemacht hatte, konnte Regina nicht sagen, Lucio hatte es ihr am Anfang ihrer gemeinsamen Zeit gegeben.

Ja und dann, eines Tages im Sommer 1995, vor dreizehn Jahren stand er plötzlich vor Reginas Wohnungstür. Es war an einem Freitag Nachmittag, gegen 17:00 Uhr, Rebecca wusste das Jahre später noch ganz genau, zufällig war sie an jenem Tag zu Besuch bei ihrer Mutter, was auch nicht so häufig vorkam. Letztlich war es für sie auch kein Zufall, behauptete sie, da hatte das Schicksal seine Hand im Spiel. Wie dem auch sei, an jenem denkwürdigen Tag standen sich Vater und Tochter erstmals gegenüber. Und sie wussten es sofort.

Kapitel 6   – 2008, Cola di Lazise –

„Heute habt ihr Glück!" rief Rinaldo, als er Rebecca und Marco die Straße runterkommen sah. Er stand vor der Tür zu seiner Bar und winkte den beiden zu.

„Diesen Tisch, ja?" Er machte sich daran, einen der Tische am Rand der kleinen Terrasse von imaginären Staubpartikeln zu säubern und rückte die Stühle zurecht. Der Tisch lag halb in der Sonne, Rebecca nahm auf der Schattenseite Platz, Marco ließ sich in der Sonne nieder.

„Bravo Rinaldo, geht doch! Drei Croissant und zwei Cappuccino bitte. Hab ich da Lust drauf jetzt!"

„Prego!"

Sichtlich stolz platzierte Rinaldo kurz darauf die Tassen und das Gebäck auf dem Tisch. Rebecca saß an ihrem Platz und blickte missmutig auf den Teller vor sich. Sie hatte ein Kopftuch auf und einen Schal um den Hals gewickelt. Dazu trug sie einen mittellangen Rock und ein T-Shirt mit langen Ärmeln. Ihre Füße steckten mit Socken in Turnschuhen. Es war offensichtlich, dass es ihr zu heiß war – das Thermometer zeigte bereits 28° Grad an – und es war gerade mal halb elf. Marco hatte das Drama schon erahnt, als er nach dem Aufstehen mitbekam, wie Rebecca überlegte, was sie anziehen sollte. Wie jeden Morgen probierte sie dieses und jenes, stellte sich ans Fenster um ein Gefühl für die Wärme des Tages zu bekommen und entschied sich dann doch ganz klar für das falsche, in diesem Fall viel zu warme Outfit. Er versuchte noch, sie darauf aufmerksam zu machen, doch sie blaffte ihn nur an, sie wisse doch wohl, was an so einem Tag anzuziehen sei. Marco ließ sie in Ruhe, wollte nicht gleich am Morgen ein Streitgespräch riskieren, legte sich aufs Bett, las ein bisschen und wartete eine gute Stunde, bis sie endlich bereit war, das Hotel zu verlassen.

„Das Croissant ist doch viel weicher als sonst –, richtig schlabbrig."

Rebecca hatte das Hörnchen zerzupft und stocherte mit dem Zeigefinger der rechten Hand darin herum.

„Becci, das Croissant ist wie immer, probier es doch wenigstens ..."

„Ich kann das nicht essen – und Wasser brauch ich. Ah –, wie heißt er jetzt gleich nochmal, Marco? Anfangsbuchstabe?"

„R", begann Marco, schob aber gleich noch das 'i' hinten nach.

„Richard ...",

Rebecca sprach den Namen englisch aus.

„Nein, Becci, so ähnlich, aber nicht englisch, wir sind in Italien."

Ah ja, weiß ich doch! Jetzt hab ich's ... Ricardo! Bring mir Mineralwasser, aber das mit viel Sprudel und eiskalt, ja?"

„Bitte!", ergänzte Marco zu Rinaldo gewandt und rollte entschuldigend und gleichzeitig genervt die Augen.

„Aber sicher, Signora Becci, kommt sofort! Übrigens heiße ich Rinaldo, Signora, aber egal, Ricardo klingt ganz ähnlich."

Rinaldo wusste einigermaßen Bescheid über Rebeccas Probleme und machte kein großes Aufheben darum. Er nahm das sehr souverän, mit einer der italienischen Mentalität so bewundernswert eigenen Gelassenheit und humorigen Leichtigkeit.

„Möchtest du Toast, mia Cara? Ich habe deutsches Brot, kein Weißbrot, das magst du doch, weiß ich noch ..."

„Ja gut, probier ich das eben... Hast du auch Joghurt? Und Zitronensaft? Rinaldo, Rinaldo, Rinaldo, merk ich mir schon noch ..."

Also Schwarzbrot-Toast, Joghurt und Zitrone, ja?" fragte Rinaldo noch mal nach.

„Ja, sag ich doch! Mische ich mir auf dem Brot zusammen, das krieg ich schon runter."

Rinaldo brachte die gewünschten Sachen, stellte sie vor Rebecca auf den Tisch und während sie sich darüber hermachte, blickte er zu Marco hinüber, hob die Schultern und sah ihn mitfühlend und fragend an. Marco erwiderte seinen Blick, zuckte leicht mit den Schultern, sagte aber nichts. Nach dem Frühstück, welches im weiteren Verlauf zu Marcos Erleichterung kollisionsfrei über die Bühne gegangen war – es kamen keine Gäste hinzu, mit denen sich Rebecca hätte anlegen können, sie war, nachdem sie alles verspeist hatte, sogar ausgesprochen nett zu Rinaldo, dankte ihm nochmals ausdrücklich für das tolle Brot und den frischen Zitronensaft – spazierten sie durch den Park des Hotels hinunter an den weiter entfernt liegenden, größeren der beiden Thermalseen.

Kapitel 7 – Sommer 2006, Tübingen –

Marco hatte eine unruhige Nacht im Hotel verbracht. Er war noch lange bei Rebecca geblieben,
es war schon nach 21:00 Uhr, als er die Klinik
verließ. Sie hatte sogar ein bisschen etwas gegessen, Joghurt und ein paar Bissen des obligatorischen Käsebrotes, welches es anscheinend jeden
Abend in jeder deutschen Klinik gab, dazu hatte
sie zwei Tassen eines undefinierbaren Kräutertees
getrunken. Immerhin trank sie genügend, das war
wichtig. Mit dem Essen war es überall das gleiche.
Gut war es in keinem Krankenhaus, in dem sie
bisher gewesen waren und sobald dann Rebecca
auch noch auf dem Auswahlzettel ihr Kreuzchen
bei der Spalte 'vegetarische Kost' gemacht hatte,
wurde es erst recht schlimm. Was da dann den
Patienten vorgesetzt wurde... Marco hatte schon
mehrmals mit Personal und auch mit Zuständi-
gen aus der Verwaltung der jeweiligen Häuser
diskutiert über den therapeutischen Wert einer
anständigen Ernährung gerade in einer Klinik,
doch da erntete er meist nur Schulterzucken und
wurde mit dem Hinweis auf die Kosten-Effizienz
der Klinik abgespeist. Rebecca, die selbst einmal
eine begnadete Köchin gewesen war, gab sich
wirklich große Mühe und versuchte sich tapfer
durch alle Mahlzeiten durch. Später änderte sich
dann sowieso nochmal alles. Sie lehnte die vegetarische Ernährung ab, aß nur noch sehr be-
grenzt, bevorzugte auf einmal Pizza, Pasta, Hack-
fleischgerichte und Fastfood wie Chickenwings

oder Pommes und dergleichen. Die Vielfalt, die sie früher so liebte am Essen kam ihr komplett abhanden. Marco und ihre Freunde registrierten diese Veränderung anfangs mit Befremden. Sie wussten da noch nicht, wie sehr sich Rebeccas Wesen noch verändern würde.

Marco hingegen ging es in seinem Hotel richtig gut. Es war ein sogenanntes Vollwert-Hotel und hatte eine ausgezeichnete Küche. Und wunderbare Weine hatten sie. Marco hatte das Hotel gewählt, weil er abends, wenn er von der Klinik herunterkam, entspannen wollte, etwas Abstand finden wollte von den Bildern und Emotionen des Tages. Seit Wochen fuhr er nun schon jeden Freitagabend nach Tübingen und stieg hier im Kreuzhof ab, so hieß das Hotel. Er fühlte sich fast schon ein bisschen zuhause. Inzwischen bekam er auch immer das gleiche Zimmer, die Betreiber des Hauses waren da sehr zuvorkommend, sie waren es gewohnt, Angehörige von Klinik-Patienten als Gäste zu beherbergen. Sie und auch das Personal pflegten einen rücksichtsvollen, beinahe mitfühlenden Umgang mit dieser speziellen Klientel ihres Hotels. Marco Haller empfand das als wohltuend, noch dazu, weil von den Leuten trotzdem auf eine professionelle Distanz Wert gelegt wurde, man fühlte sich nie überversorgt oder in unangenehmer Weise betüdelt. Normalerweise gelang es ihm jedesmal, nach einem guten Abendessen und zwei, drei Gläsern Wein wieder auf andere Gedanken zu kommen, nicht immer nur an die Klinik, an Rebecca und die Krankheit zu denken, und danach einigermaßen gut zu schlafen.

Diesmal hatte es nicht geklappt. Er erwachte frühmorgens wie gerädert, es wurde auch nicht viel besser nach dem Frühstück mit sehr viel Kaffee. Erst als er zwei Aspirin nahm, besserte sich sein Zustand allmählich und er nahm den Marsch hinauf zur Klinik in Angriff. Obwohl Marco Haller eine gute Kondition besaß, beanspruchte ihn der steile Weg hinauf heute besonders. Er schnaufte schwer, spürte ein Stechen in der Seite und nach kurzer Zeit schon rann ihm der Schweiß den Nacken hinunter. Trotz des frühen Vormittags, es war erst 9:30 Uhr, brannte die Sonne schon ordentlich heiß herunter von einem strahlend blauen Himmel. Zum Glück verlief der Steig größtenteils unter dem dichten Laubdach der Büsche und hohen Bäume, welche den Weg säumten. Nur ganz oben, wo breiten Treppen vorbeiführten an den Wohnheimen und Schulungsgebäuden der Uni-Klinik, gab es keinen Schutz mehr und als Marco dort angekommen aus dem Schatten trat, traf ihn die Hitze wie ein Keulenschlag. Er setzte sich auf eine Bank und verschnaufte. Der 15-minütige Aufstieg kam ihm wie eine Bergtour in den Alpen vor.

Um 10:15 Uhr sollte das Gespräch mit Prof. Bartholdy und einer weiteren Oberärztin stattfinden. Marco Haller war nervös und angespannt. Er blieb noch ein paar Minuten sitzen, erholte sich, dann machte er sich wieder auf den Weg. Es waren nur noch zwei, dreihundert Meter, er ging langsam, beruhigte seine Atmung und war froh, als er schließlich die klimatisierte Eingangshalle betrat. Eine angenehme Kühle umfing ihn. Marco atmete tief durch und fand allmählich zu seiner gewohnten Ruhe zurück. Er fühlte sich besser, auch das dumpfe Pochen in seinen Schläfen und das Seitenstechen verschwanden. Das Aspirin hatte geholfen, aber auch der anstrengende Aufstieg vorher hatten seinen Kreislauf wieder in Schwung gebracht. Das war auch gut so, er wollte vor den Ärzten nicht dastehen wie ein ängstlicher, bemitleidenswerter Ehemann einer womöglich todkranken Frau, den man schonen musste und ihm deshalb nur die geschönte Version einer an sich schlimmen Diagnose zumutete.

Er ließ sich auf einer der ausladenden Leder-Couchen nieder, welche die große Empfangshalle zahlreich möblierten und ihr ein gewisses mondänes Flair verliehen. Sein Blick schweifte durch die breite, den ganzen Raum einnehmende Fensterfront über die grünen, dicht bewaldeten Hügel des Breisgaus. Da die Klinik auf einer der höchsten Erhebung Tübingens errichtet worden war, hatte man gerade an solchen Sommertagen, klar und strahlend, eine sagenhafte Aussicht.

Auf die Minute pünktlich um 10:15 Uhr erschien Professor Dr. Bartholdy in Begleitung seiner Oberärztin, Frau Dr. Hendryke Broder, wie Marco Haller dem Namenschildchen auf dem weißen Kittel der Ärztin entnehmen konnte.

Marco erhob sich, man begrüßte sich per Handschlag und da der Professor keine Anstalten machte, sich zu setzen, ergriff er sofort das Wort und fragte:

„Und? Sie sind zu einer Diagnose gekommen?" Dabei verschränkte er die Arme und blickte dem Mediziner beinahe herausfordernd in die Augen.

„Und bitte verschonen Sie mich mit irgendwelchen Floskeln, ja?", schob er noch nach.

„Tja, Herr Haller, das kann man nun so oder so sehen –", hob Bartholdy an, die Oberärztin kramte in einem Ordner mit Papieren und reichte dem Professor schließlich mehrere Blätter.

„Bitteschön, Herr Professor, die Werte."

Die Ärztin sprach mit deutlichem Akzent, offensichtlich kam sie aus den Niederlanden, registrierte Marco Haller flüchtig nebenbei.

„Wie kann ich das verstehen?", hakte er nach.

„Ja, es gab da den Anfangsverdacht eines Lymphoms, eines eher ...",

„Krebs?", fiel ihm Marco ins Wort.

„Ja, Krebs, eine seltene Form eines B-Zell-Lymphoms. Dabei bilden sich, jetzt sehr vereinfacht erklärt, Krebszellen im Rückenmark, wandern hinauf zum Gehirn und wachsen dort weiter. Dazu hätten die sich ständig ändernden Läsionen im MRT Ihrer Frau gepasst und auch einige andere Werte, zuerst fand die Histologie auch leicht maligne Zellen in den Gewebeproben, doch bei den Gegenproben waren diese nicht mehr nachweisbar. Definitiv kein Krebs, kein Hirn-Tumor."

„Und jetzt?", fragte Marco und schaute die beiden recht ratlos an.

Nun äußerte sich die Ärztin, Dr. Broder:

„Herr Haller. Das ist erstmal eine gute Nachricht. Und weiteres haben wir alles untersucht und konnten ganz viel ausschließen. Kein HIV, kein Kreuzfeld und kein Korea, kein Alzheimer, keine frühe Demenz, nix Toxikologisches, keine Gifte, kein irgendwas ...", – die holländische Ärztin plapperte fröhlich drauf los mit ihrem niedlichen Akzent und strahlte ihn dabei förmlich an – Marco fand das zum Kotzen und schnitt ihr abrupt das Wort ab.

„Jetzt hören Sie doch auf, hier gute Laune zu verbreiten! ´Tschuldigung, aber Sie wollen mir doch wohl nicht weismachen, dass meiner Frau nichts fehlt, oder?"

„Herr Haller", mischte sich der Professor wieder ein,

„natürlich ist das unbefriedigend, nichts gefunden zu haben. Aber wäre es Ihnen denn anders herum lieber? Wenn wir den Tumor diagnostiziert hätten? Oder die MS oder sonst irgendeine schlimme Sache? Ihre Frau ist krank, ganz klar. In ihrem Gehirn laufen entzündliche Vorgänge ab, welche zu neurologischen Auffälligkeiten führen und ..."

„Auffälligkeiten? Bloß Auffälligkeiten? Herr Bartholdy, Rebecca sieht fast nichts mehr, ist orientierungslos, kann sich an so gut wie nichts mehr erinnern, kennt ihre eigene Familie kaum noch, weiß keine Namen mehr, Auffälligkeiten nennen Sie das? Ich bitte Sie!"

Marco Hallers Nervenkostüm war inzwischen recht dünn und seine Worte kamen schärfer als beabsichtigt. Er hielt einen Moment lang inne, atmete tief durch, dann fuhr er fort:

„Sorry, aber Sie müssen mich verstehen, seit Anfang dieses Jahres geht das jetzt so. Eine Untersuchung nach der anderen. Eine Vermutung nach der anderen. Und ihr geht es immer schlechter ..."

„Das verstehe ich sehr gut, Herr Haller", fuhr Dr. Bartholdy fort,

„aber es ist nun mal so, im Falle Ihrer Frau gibt es viele Verdächtige, aber keine eindeutigen Indizien. Immer fehlt ein entscheidender Parameter, um eine klare Diagnose stellen zu können. Bei 1500 Patienten kommt das statistisch gesehen einmal vor. Wir sprechen dann von einer Auto-Immun-Erkrankung unbekannter Herkunft – und die Biopsie bedeutete die letzte Möglichkeit der Klärung. Es tut mir leid, Herr Haller, wir werden Ihre Frau sehr zeitnah entlassen müssen. Hier können wir nichts mehr für sie tun ..."

Marco starrte den Professor ungläubig an.

„Äh, das ist nicht ihr Ernst, Herr Doktor – und was sollen wir dann tun? Wie geht das weiter? In dem Zustand ist sie ein Pflegefall!"

Frau Dr. Broder meldete sich wieder zu Wort:

„Sie gehen jetzt erst einmal hier im Hause zu unserem Sozialen Dienst, da können Sie vieles fragen und klären, was man jetzt machen kann. Ich meine, wegen Arbeit, Rente und so Sachen, ja?"

Marco blickte sie ausdruckslos an. Sie streckte ihm die Hand entgegen und sagte:

„Gute Besserung für Ihre Frau, Tschüß! Herr Professor, wir müssen, sie haben noch einen Termin und dann geht´s ab zum Fußball heut, ja? Sie bekommen Besuch?"

Sie wandten sich beide zum Gehen.

„Äh, ja, ein paar Freunde und die Schwester meiner Frau samt Familie aus Hanau. Zuerst Grillen bei dem Wetter, abends dann das Spiel ..."

„Deutschland gegen Schweden, viel Glück! Wir Holländer sind erst morgen dran, ich bin jetzt schon ganz aufgeregt! Tschüß!"

Damit verabschiedete sie sich und tänzelte den Gang hinab.

Dr. Bartholdy drehte sich noch einmal um, dann ging er zu Marco Haller zurück, der unschlüssig vor der Couchgarnitur stand und ihn fragend ansah. Dr. Broder lief weiter und kümmerte sich nicht mehr um die beiden.

„Sie müssen meine Kollegin entschuldigen –, sie ist eine Fußball-Verrückte. Das sie nicht in orangenen Klamotten hier auftaucht, da bin ich schon froh ... Aber jetzt bei der WM, Holland im Achtelfinale, da gibt es kein Halten mehr."

„Mag ja sein, ich habe da nichts dagegen. Aber alles zur richtigen Zeit und am richtigen Ort. Immerhin sind wir hier in einer Neuro-Klinik und nicht in einem Coffeeshop. Sorry, ich finde das nicht lustig! Sie haben meine Frage noch nicht beantwortet, was sollen wir jetzt tun?"

Marco Haller war sichtlich verärgert und auch nicht gewillt, sich derart abspeisen zu lassen. Professor Bartholdy bemerkte das, und obwohl er schon auf dem Sprung war, wandte er sich noch einmal Marco Haller zu und meinte:

„Tja, es ist trotzdem so, wie Frau Dr. Broder es gesagt hat, es geht jetzt wirklich darum, was für Möglichkeiten und Wege es gibt, Ihrer Frau neben dem medizinischen Beistand, den sie sicherlich weiterhin benötigt, weiterzuhelfen –, rechtlich, finanziell, da ist der soziale Dienst schon richtig. Medizinisch gesehen wird es darum gehen, dass sie zuhause eine Begleitung erfährt durch einen Facharzt, einen Neurologen und natürlich ihren Hausarzt. Darüber hinaus würde ich eine Ergotherapie in Betracht ziehen und auch eine psychotherapeutische oder psychosomatische Behandlung wäre zu überlegen. Herr Haller, es ist leider so, dass keiner weiß, wie sich der Zustand Ihrer Frau entwickeln wird. Wir können da nicht mehr tun, nur abwarten."

„Keinerlei Prognosen? Oder gibt es irgendeinen Zeitrahmen, von dem man ausgehen kann, dass sich vielleicht was tut?"

Marco Haller hatte sich wieder beruhigt und war froh, dass er noch ein paar Sätze mit dem Doktor wechseln konnte – ohne seine Assistenzärztin.

„Nein, Herr Haller. Wir bewegen uns hier in sehr schwierigem Gelände. Vieles ist möglich, im positiven aber auch im negativen Sinne. Die Zeit ist ein wichtiger Faktor im Falle Ihrer Frau. Gut ist auch, es ist nichts im Gehirn zerstört –, weder mechanisch noch durch Zellschäden, alle Bereiche sind nach wie vor aktiv. Und wenn man davon ausgeht, dass wir nur circa zwanzig Prozent unseres Gehirns nutzen, kann es durchaus sein, dass das Gehirn die momentan fehlenden Verknüpfungen selbstständig wieder repariert. Ich will Ihnen da nicht zu viel Hoffnung machen, aber wir haben da schon wirklich Verblüffendes erlebt. Sie werden viel Kraft brauchen, aber der familiäre Rückhalt und auch eine stabile Partnerschaft können da Wunder bewirken. Ich wünsche Ihnen alles Gute."

Dr. Bartholdy reichte Marco die Hand, der bedankte sich für das nun doch noch ausführliche Gespräch, dann verabschiedeten sie sich.

Marco Haller blieb nachdenklich zurück, ließ sich nochmal auf dem Sofa nieder und versuchte seine Gedanken zu ordnen, bevor er zu Rebecca ging. Er musste ihre Mutter anrufen, auch Lucie, er hatte es ihr versprochen und Andrea am besten auch gleich. Sie sollten schnell Bescheid wissen, dass Rebecca entlassen wird, irgendwie muss das ja organisiert werden, dachte er. Für ihn stand die Ausstellung in Leipzig an, vorher noch der Termin mit Hagenthal und in die Gießerei nach Sindelfingen musste er unbedingt noch zum Patinieren der neuen Plastiken. Marco schloss kurz die Augen, atmete ein paarmal tief durch, dann holte er sein Handy aus der Tasche und machte sich an die Telefonate.

Kapitel 8 – 2008, Parco Termale –

Der Gang durch den Park war jedes Mal aufs Neue ein Erlebnis. Er bestand aus einem 300 Jahre alten botanischen Garten, den damals ein italienischer Adelsherr anlegen ließ und der seitdem ohne Unterlass gehegt und weiter kultiviert worden war. Die Villa mit den umgebenden Residenzen bildete das Zentrum, die Villa war vor einigen Jahren zum Hotel umfunktioniert worden. Während des zweiten Weltkrieges nutzte kurzzeitig der deutsche Feldmarschall Rommel das Gebäude als repräsentatives Herrschaftshaus und Rückzugsort für sich und seine Familie, bis er dann das Anwesen auf Grund seines Einsatzes in Afrika verlassen musste. Er soll das sehr bedauert haben. Nachvollziehbar, wenn man heute durch das Gelände wandert. Allerdings war der Herr Feldmarschall auch sicherlich nicht rechtmäßig in den Genuss dieser außerordentlichen Immobilie gelangt.

Das es sich bei den schon immer im Park sprudelnden heißen Quellen um wertvolles Thermalwasser handelte, entdeckte man erst in den 70er Jahren und erweiterte sie dann zu den zwei kleinen Seen. Es gibt innerhalb des Parks zwei herrliche Glas-Orangerien, eine diente der Auf- und Nachzucht seltener Pflanzen und Kakteen, die andere, direkt am größeren See gelegene war umfunktioniert worden zu einem Aufenthaltsareal mit Umkleiden, Duschen, Ruheräumen mit Liegen und einem großen gastronomischen Bereich im Erdgeschoß.

Die Botanik selbst bildeten Pflanzen, Bäume, Blumen und Gewächse aus aller Herren Länder, riesige Mammut-Bäume, Palmenhaine der unterschiedlichsten Arten, japanische Zier-Gehölze, lybische Zedern und natürlich alle nur erdenklichen Spielarten mediterraner Vegetation. Es gibt dort einen kurzen Rundweg von ca. 20 Minuten, er führt, etwas abseitig von der Betriebsamkeit der Thermalbecken am Rande der Anlage gelegen, vorbei an einer Menge fremdartiger aber auch bekannter Gewächse und Pflanzen, die auf kleinen Metall-Tafeln namentlich benannt und beschrieben sind.

„Komm Becci, streng dich an! Gestern hast du´s gewusst ...“

„Ja toll! Gestern hab ich auch noch gewusst, wie der mit dem Café heißt – glaube ich zumindest ... Anfangsbuchstabe?“

„Von was jetzt? Vom Café-Besitzer oder von der Pflanze da?“

„Von der Pflanze zuerst.“

„T“, sagte Marco.

Rebecca legte die Stirn in Falten und starrte konzentriert auf den grünen Busch, der als Teil einer ganzen Hecke den Pfad am höchstgelegenen Punkt des Geländes den Blick auf eine Begrenzungsmauer abschirmte.

„Zweiter Buchstabe?“

„H, der Busch wächst bei uns in Deutschland auch, die Leute begrenzen damit ihre Gärten, und auf Friedhöfen –"

„Ich hab´s! Thula!", rief Rebecca begeistert und klatschte in die Hände.

„Fast. Ein Buchstabe hinten stimmt nicht. Versuch´s nochmal."

„Ach Mann –", sie dachte angestrengt nach, dann strahlte sie ihn an:

„Thuja, ja? Thuja, Thuja, Thuja!"

Marco lächelte und nickte anerkennend.

„Na siehst du, geht doch! Und jetzt noch der Mann mit dem Café ..."

„Anfangsbuchstabe?"

„R –"

So ging das den ganzen Rundweg lang. Jeden Tag – bevor sie sich zwei der weißen Liegen in der Nähe des Sees suchten, um sich dort für den Rest des Tages oder oft auch bis spät in die Nacht hinein niederzulassen – machten sie diesen Rundgang und nutzten ihn quasi als Lehrpfad für Rebecca. Echtes Gehirn-Jogging sozusagen. Ihre Urlaubs-Ergo nannte es Rebecca. In Anlehnung an die Home-Ergo, wie sie ihre Alltagsbewältigung zuhause in Schäftlarn nannte. Die beinhaltete die ganz normale Hausarbeit, putzen, spülen, Wäsche waschen, Einkaufslisten schreiben, den Einkauf dann auch erledigen –, anfangs nur in Begleitung von Marco, aber bald schon wieder alleine mit dem Auto. To do Listen erstellen und erfüllen, sich merken, wo alles hingehört, sich einfach wieder im Leben zurechtzufinden. Zuhause war das ein schwieriger und oft genug auch schmerzlicher Prozess für sie, da sich Fortschritte, wenn überhaupt, nur sehr zögernd einstellten. Hier am Gardasee lief das alles leichter und spielerischer ab, zumindest für Rebecca, für Marco war es dagegen oft noch nervenaufreibender und anstrengender als zuhause, denn hier war er 24 Stunden am Tag mit Rebecca im 'Einsatz', wie er es nannte.

In Deutschland war er aufgrund seiner künstlerischen Aktivitäten viel unterwegs, und das natürlich meistens ohne Rebecca, das war auch vorher schon so gewesen, vor ihrer Erkrankung. Sie hatte ja ihr eigenes Geschäft am Laufen und jede Menge zu tun. Jetzt allerdings war sie oft alleine zuhause, seit sie wieder halbwegs selbstständig leben konnte, keine Rundum-Betreuung mehr brauchte. Toll fand sie das nicht gerade. Arbeiten konnte sie nicht, ihr fehlte schlicht und einfach der intellektuelle Zugang zu dem, was sie früher so voller Enthusiasmus gemacht hatte. Unglaublicherweise stand sie vor ihren Arbeiten, den Möbeln, den Entwurfszeichnungen, Fotos und Katalogen ihrer Produkte und konnte nichts damit anfangen. Seltsam unberührt betrachtete sie die Sachen, so als hätte sie damit nie etwas zu tun gehabt. Marco hatte immer wieder versucht, sie zu animieren, doch einmal den Farbkasten und den Zeichenblock in die Hand zu nehmen. Rebecca tat ihm auch den Gefallen und strengte sich an, etwas zu Wege zu bringen, doch mehr als uninspiriertes Gekritzel mit ein paar Farbklecksen kam dabei nicht heraus. Irgendwann pfefferte sie dann den Block wütend in die Ecke und meinte, er solle sie in Ruhe lassen mit dem Scheiß. Sie konnte es nicht mehr, ihre kreative Gabe, zumindest in diesem Bereich war weg, verschwunden. Mit dieser Erkenntnis tat sich Marco lange Zeit sehr schwer, war doch die Kunst und die Auseinandersetzung darüber zeit ihrer Beziehung immer eine zentrale Konstante gewesen. Irgendwas in ihrem Gehirn funktionierte da nicht mehr oder war blockiert, blieb verschüttet. Auch ihre einzig übriggebliebene Therapeutin, eine psychosomatische Fachärztin, die auch sehr viel mit alternativen Methoden arbeitete, Akupunktur, Naturheilmittel und Homöopathie einsetzte, konnte ihnen da nicht groß weiterhelfen. Sie meinte nur, vieles in Rebeccas Kopf sei einfach durcheinander geraten, und ähnlich einem Rubik-Würfel, bei dem sämtliche Farbflächen verdreht sind, komme es darauf an, nach und nach wieder Übereinstimmungen und passende Verknüpfungen durch therapeutische Übungen sachte zu provozieren und anzuregen. Somatisch meinte sie, sei Rebeccas Gehirn weitgehendst in Ordnung. Wie lange allerdings dieser Prozess dauere und ob er tatsächlich von Erfolg gekrönt sei, das wisse sie auch nicht. Niemand könne da eine haltbare Voraussage treffen.

Und so verbrachte Rebecca ihre Tage zuhause eben recht eintönig, beschäftigte sich mit den anfallenden Tätigkeiten im Haus und im Garten und wartete auf Marcos Heimkehr. War der dann endlich da, beanspruchte sie ihn gleich vollständig, textete ihn zu, wollte Anerkennung für ihre geleisteten Arbeiten und wich ihm nicht mehr von der Seite. Das ging nicht immer gut. Marco fühlte sich oft überfordert, obwohl er sich alle Mühe gab, der Situation gerecht zu werden. So endete mancher Abend im Streit, das war unvermeidlich. Doch auch der Streit oder die Auseinandersetzungen waren nicht mehr das, was sie früher einmal waren. Argument und Gegenargument, Konsens und Versöhnung, die normalen Muster eines Streitgesprächs funktionierten mit Rebecca nicht mehr, sie reagierte vielfach mit einsichtslosem Unverständnis und kindlichem Trotzverhalten. Marco konnte solche Situationen nur auflösen, indem er sich total zurücknahm, ihr in vielem notgedrungen Recht gab, sie tröstete und schließlich über den Humor, den Rebecca glücklicherweise nicht gänzlich eingebüßt hatte, wieder zu einer Art Normalität mit ihr zurückfand. Das war für ihn belastend und anstrengend und er war oft froh, wenn er anstehende Termine auswärts wahrnehmen konnte und so zumindest stückweise sein gewohntes Leben führen konnte. Das musste er sich wohl oder übel eingestehen, was ihm aber nicht leicht fiel. Natürlich regte sich da sein Gewissen.

Hier in Italien gab er sich darum besonders viel Mühe und sorgte dafür, dass es Rebecca so gut wie nur möglich hatte.

So richtig Urlaub war das für ihn freilich nicht, ständig war er in Hab Acht Stellung, was Rebecca als nächstes einfiel, was schief gehen, wo sie in

Schwierigkeiten geraten konnte. Immer wieder kam es zu Situationen, in denen er, ob er nun wollte oder nicht, gezwungen war, zu klären, zu vermitteln, sich mit wildfremden Menschen auseinanderzusetzen.

Nachdem sie ihren Ergo-Lehr-Pfad durch den Parco Termale beendet hatten und einen schönen Platz auf einer kleinen, in den See hineinragenden Insel –ihrem Lieblingsplatz am See, der allerdings selten frei war – mit zwei Liegen belegt hatten, schwammen sie ausgiebig durch die Lagunen-artige Wasserlandschaft. Dabei zog es sie regelmäßig hin zu der großen Fontäne in der Mitte der Anlage, welche eiskaltes Wasser bis zu 20 Meter in die Höhe schoss und temperaturmäßig einen krassen Gegensatz zu dem 37 Grad warmen Wassers des Thermalbeckens darstellte. Ausgelassen plantschten sie durch den stetig herab prasselnden Wasservorhang, tauchten sich an, bespritzten einander, Rebecca lachte immer wieder lauthals auf, und strahlte dabei auch all die anderen Badenden begeistert mit ihren großen Augen an. Sobald darauf wer in irgendeiner Weise reagierte, meistens waren es Kinder, bezog sie diese sofort in ihr Spiel mit ein, schwamm zu ihnen hin, sprach sie an, egal ob sie nun Russisch, Englisch, Türkisch oder Italienisch sprachen.

„Marco, komm mal her, sie sagt mir ihren Namen, ich versteh´ ihn aber nicht!"

Marco schwamm zu ihr, ein kleines Mädchen, vielleicht 5 Jahre alt, klammerte sich an der hölzernen Umrahmung der Fontänendüse fest und lachte ihn an.

„Hallo, wie heißt du denn?", sprach er sie an. Sie antwortete schon auf Italienisch, allerdings mit einem Akzent:

„Ich heiße Alioscha Cilic."

„Was sagt sie? Ich versteh sie so schlecht ..."

Das prasselnde Wasser machte die Unterhaltung nicht einfacher.

„Sie heißt Alioscha!", rief ihr Marco ins Ohr.

„Cilic –, das könnte slowenisch oder kroatisch oder sowas sein!"

„Aber sie spricht doch Italienisch ..."

Rebecca winkte dem Mädchen zu, das sich daran machte wegzuschwimmen. Alioscha winkte zurück und rief:

„Papa! Da!"

Sie strampelte im Wasser und zeigte auf einen Mann, der etwas abseits der Fontäne im seichten Wasser stand und ihr zuwinkte.

„Ciao, Alioscha!", rief ihr Rebecca nach, und noch lauter, indem sie die Hände zu einem Trichter geformt um ihren Mund legte, wandte sie sich an den Vater des Mädchens:

„Sie haben aber eine süße Tochter! Glückwunsch!"

Der so Angesprochene lächelte irritiert und bedankte sich artig mit einem Kopfnicken. Marco griff Rebecca unter die Arme und zog sie in die entgegengesetzte Richtung von der Fontäne weg. Er machte das spielerisch und lachte dabei, Rebecca wehrte sich anfänglich, dann drehte sie sich aber zu ihm und schlang ihre Arme um seinen Hals.

„Die war aber auch süß, oder?", sagte sie und küsste ihn. Marco erwiderte ihre Umarmung, nach dem Kuss allerdings meinte er:

„Ja schon, aber du hast den armen Mann ganz schön in Verlegenheit gebracht. Schreist ihm da übers halbe Becken nach, wie süß seine Tochter sei ..."

„Ach komm, Marco, wenn's doch stimmt ... Und was heißt hier überhaupt schreien, das stimmt doch gar nicht!"

„Becci, ich mein doch nur, ein bisschen weniger tut's auch, dann fällst du nicht immer gleich so auf ..."

Rebecca löste sich abrupt aus Marcos Umarmung und entgegnete ihm vehement:

„Dir ist es doch bloß peinlich, wenn ich meine Gefühle zeige, damit hast du doch sowieso Probleme, Gefühle, Liebe, Leidenschaft! Aber nur darauf kommt es an, und ich zeige meine Gefühle nun mal, tut mir leid!"

„Jetzt übertreib mal nicht so, Becci, ich hab doch nur gesagt, dass manchmal weniger auch mehr sein kann ..."

Sie waren inzwischen an den Rand des Beckens geschwommen und stiegen über die breite Holztreppe aus dem Wasser.

„Und jetzt ist auch wieder gut, Ich wollte doch nicht mit dir streiten ..."

„Ach nein? Warum sagst du dann so'n Scheiß?" Rebecca wurde immer lauter und fuchtelte und zitterte heftig mit ihren Händen und Armen umher, was sie seit ihrer Erkrankung immer tat, wenn sie sich aufregte.

„Klar, du tust alles für mich, dafür muss ich dir ewig dankbar sein, was kann ich dir schon anderes geben, ich bin bekloppt und gefühlsdusselig, also Danke, Danke, Danke, Danke..."

Sie redete sich in Rage, Marco kam kaum noch dazu, etwas zu sagen.

„... Stimmt doch gar nicht, so kannst du es nicht sagen..."

„Stimmt doch! Und es stimmt auch, dass du mich gar nicht mehr liebst, ich bin doch nur eine Last für dich und peinlich bin ich dir auch! Du findest mich auch nicht mehr schön und ich bin auch nicht mehr schön – ich bin alt und hässlich und grau geworden und ..."

„Hey, du bist gerade mal 41, jetzt komm mal wieder runter ..."

„Und meine Gefühle geh´n dir auf die Nerven, und wie oft haben wir miteinander geschlafen, seit ich aus Tübingen raus bin, hä? Zwei mal? Drei mal? Das willst du doch gar nicht mehr!"

Rebecca fing an zu weinen, sie standen immer noch am Rand des Beckens, die anderen Badegäste beobachteten die Szene teils neugierig, teils unangenehm berührt. Marco dachte kurz daran, dass sie sich zum Glück auf Deutsch stritten, so dass die Wenigsten mitbekamen, um was es bei ihrer Auseinandersetzung ging. Schließlich ließ Rebecca es zu, dass er sie in den Arm nahm, sachte zog er sie in Richtung ihrer Liegen, wo sie sich allmählich beruhigte.

„Tut mir leid, tut mir leid, tut mir leid ...",
murmelte sie in einem fort und hörte erst damit auf, als Marco vorschlug, einen Cappuccino trinken zu gehen.

„Au ja! Der schmeckt so gut hier!"
Und schon freute sie sich wie ein Schneekönig. Sie sprang auf, tanzte um Marco herum und lachte, als ob es ihre Verzweiflung kurz vorher nie gegeben hätte.

Kapitel 9 – Spätsommer 2006, Schäftlarn –

Die erste Zeit, nachdem Rebecca Haunstein die Uniklinik in Tübingen verlassen hatte und wieder zu Hause wohnte, war extrem anstrengend. Marco konnte nur sporadisch anwesend sein, die anstehende Ausstellung erforderte eine Menge Arbeit und Zeit, und so hatte er eine Betreuungsmannschaft auf die Beine gestellt, die Rebeccas Versorgung so gut wie möglich gewährleistete. Regina, ihre Mutter hatte sich sofort von Augsburg aus nach Schäftlarn auf den Weg gemacht, um für ein paar Tage oder auch für ein paar Wochen – ihr war das völlig egal, sie würde für ihre Tochter alles tun – bei Rebecca zu wohnen und sich um sie zu kümmern. Andrea und Lucie unterstützten sie dabei nach Kräften, soweit es ihre Arbeit eben zuließ. Andrea, Rebeccas Trauzeugin und sowas wie ihre beste Freundin, konnte sich dabei weit mehr einbringen, da sie als Steuerfachfrau in der Kanzlei ihres Vaters angestellt war, der ihr in dieser speziellen Situation mit mehr als kulanter Arbeitszeitregelung entgegenkam. Und wenn Lucie mal wieder eine Woche mit Nachtschichten hatte und deswegen nur sehr sporadisch vorbeischauen konnte, verbrachte eben Andrea viel Zeit bei Rebecca und ihrer Mutter. Oft blieb sie auch über Nacht. Und das war auch dringend geboten. Regina allein war eigentlich überfordert und hatte große Probleme, mit dem veränderten Zustand ihrer Tochter klarzukommen. Wenn Rebecca endlich eingeschlafen war und Regina mit Andrea bei einer Flasche Wein am Küchentisch saß, erschöpft und selbst müde, aber noch viel zu aufgewühlt, um Schlafen zu gehen, geschah es immer wieder, dass sie Andrea verzweifelt erklärte:

„Das ist einfach nicht mehr meine Tochter. Sie ist so anders. Mit der Becci von früher hat das nichts zu tun ..."

„Sowas darfst du erst gar nicht denken, Regina! Sie ist und bleibt deine Tochter Rebecca, dein Kind. Klar ist sie im Moment anders, aber das wird wieder, da glaub ich fest daran. Und das solltest du auch tun."

„Wenn du bloß Recht behältst ... Ich würde ja gerne dran glauben, aber wenn ich dann so einen ganzen Tag lang mit ihr alleine hier bin ..."

Andrea versuchte natürlich, Reginas Probleme mit ihrer Tochter kleinzureden, aber sie wusste, wovon Regina sprach. Eigentlich hatte sie selbst mit genau derselben Schwierigkeit zu kämpfen. Marco gegenüber hatte sie es einmal so ausgedrückt, als sie mit ihm eines Abends in einer Pizzeria saßen und sich wieder einmal über Rebeccas veränderte Persönlichkeit unterhielten:

„Leicht verändert nennst du das? Marco, ich tue mir echt schwer manchmal mit ihr umzugehen! Sie hat so viel verloren, was sie früher ausgemacht hat. Verdammte Scheiße, ich will meine alte Becci wieder haben!"

Andrea und Rebecca hatten viele gemeinsame Interessen gehabt und teilten diese auch. Beide liebten Bücher, das Lesen, sie konnten nächtelang über Gott und die Welt philosophieren – über

Themen, bei denen alle anderen längst ausstiegen, redeten sie sich die Köpfe heiß. Oft ging es dabei tatsächlich um religiöse Themen, Andrea hatte die Anthroposophie für sich als Geisteswissenschaft entdeckt – was natürlich über Waldorf-Kindergärten oder Harfe spielen in lila Wollkleidern hinausging – nein, sie hatte Rudolf Steiner als Philosophen entdeckt, wohingegen Rebecca ein Fan der buddhistischen Weltanschauung war. Allerdings waren beide weit davon entfernt, in spiritualistischer Esoterik zu versinken oder sich sonstwie abhängig zu machen von idealistisch geprägten Weltverbesserungs-Konzepten jedweder Art. Sie hatten einfach Spaß daran, sich intellektuell tiefgründig auszutauschen und anzuregen. Darüber hinaus besuchten sie zusammen Lesungen verschiedenster Autoren, Vorträge zu Themen, die sie interessierten, probierten Familienaufstellungen aus, um ihre nicht ganz unproblematischen Vorleben und Jugend-Traumatas in den Griff zu bekommen. Andrea litt an einer übermächtigen Vaterfigur, Rebecca litt hingegen lange an ihrer Vaterlosigkeit. Diese gegensätzlichen, aber trotzdem irgendwie verwandten Schicksale verband sie zusätzlich. Und zusammen mit all den anderen Dingen, welche Freundschaft nun mal ausmachen, Sympathie und Nähe, Spaß und Freude, Probleme und Geheimnisse teilen, war vor allem das die Basis ihrer tiefen und lange währenden Freundschaft gewesen. Nun aber musste Andrea erkennen, dass es nicht genug war, dass sie den Zustand ihrer besten

Freundin nur schwerlich ertragen konnte, ihr fehlte einfach der intellektuelle Austausch mit Rebecca. Mit deren plötzlicher Einfachheit und oft mit Aggression gepaarter Naivität konnte sie kaum umgehen, sie flüchtete sich daher meist in eine professionelle Umgangsweise mit Rebecca, die einer psychiatrischen Pflegekraft zur Ehre gereicht hätte. Das wiederum weckte bei ihr ein ständig schlechtes Gewissen, denn sie wollte nicht so sein, wollte ihrer Herzensfreundin beistehen, ihr eine wirkliche Helferin sein, doch genau das schaffte sie nicht. Sie litt sehr unter der Erkenntnis, dass sie scheinbar nicht über die Empathie verfügte, die sie eigentlich von sich erwartet hätte. Und so tat sie alles, was sie nur konnte, um wenigstens in Rebeccas Umfeld die Hilfe und Unterstützung zu sein, die sie ihr persönlich nicht mehr geben konnte. Sie wurde Reginas enge Vertraute und half der, ihre Probleme mit ihrer Tochter einigermaßen in den Griff zu bekommen, ihr konnte sie theoretisch all das vermitteln, was sie selbst praktisch nicht zustande brachte. Sie erledigte Einkäufe, kümmerte sich um den Garten und übernahm den ganzen Schreibkram, die Korrespondenz mit Krankenkasse und Ämtern, machte natürlich die Steuer, koordinierte Termine für noch ausstehende Nachuntersuchungen und Therapeutengespräche und wurde gleichermaßen auch noch Marcos Sekretärin – seine anstehende Ausstellung erforderte einiges an Organisation, was früher immer Rebecca für ihn erledigt hatte. Marco war selten zuhause in der Zeit nach Rebeccas Entlassung, in fünf Wochen sollte die Ausstellung in Leipzig eröffnet werden und er pendelte hin und her zwischen Leipzig, seinem Atelier bei Stuttgart und eben Schäftlarn.

Er und Hagenthal lebten in dieser Vorbereitungszeit zur Ausstellung praktisch zusammen, verbrachten Tag und Nacht miteinander, nahmen Pressetermine gemeinsam wahr, besuchten die Sponsoren, kümmerten sich um die Plakate und überwachten die Herstellung des aufwändigen Katalogs, welcher zur Ausstellung erscheinen sollte, trafen gemeinsam die Auswahl der Exponate, und wenn sie dabei wieder mal die Zeit vergessen hatten in Marcos Atelier, schliefen sie auch im gleichen Zimmer. Marco hatte zu diesem Zweck extra eine Klappcouch besorgt, er wollte nicht, dass Hagenthal nach solchen Abenden noch Auto fuhr, schließlich tranken sie zu diesen Gelegenheiten gerne ein paar Gläser Wein.
Und obwohl es eine sehr stressige Zeit war, genoss Marco sie. Es war sein Ding, sein Leben, hier war er in seinem Element. Schon jetzt war klar, dass die Ausstellung ein großer Erfolg werden würde, Interview-Anfragen kamen praktisch von allen wichtigen Kunst-Journalen, selbst etliche Kultursender im Fernsehen und im Radio brachten Berichte über Marco Haller. Ihm selbst war gar nicht klar gewesen, wie bekannt er tatsächlich schon in der Szene war. Da hatte Hagenthal ganze Arbeit geleistet, das wurde ihm in dieser Zeit

bewusst. Alleine hätte er das nie geschafft. Wenn sich sein gesteigerter Bekanntheitsgrad jetzt auch noch in den Verkäufen niederschlug, dann konnte er mehr als zufrieden sein. Das musste man nun abwarten. Marco hatte bisher fast nur Privatleute als Kunden, darunter hatten sich bis jetzt auch einige sehr solvente Personen als Sammler seiner Arbeiten etabliert, aber öffentliche, repräsentative Ankäufe hielten sich noch in Grenzen. Er hatte innerhalb der letzten Jahre zwei Kunstpreise gewonnen, welche auch mit dem Ankauf der ausgezeichneten Werke verknüpft waren, und so bereicherten drei seiner Plastiken immerhin die städtischen Kunstsammlungen von Baden Baden und Wuppertal.

Hagenthal war sich hundertprozentig sicher, dass sich das mit der Leipziger Ausstellung ändern würde, aber Marco selbst war da noch etwas zurückhaltender in seinen Erwartungen. Ihm gefiel es jetzt erstmal, seine erste richtig große Ausstellung vorbereiten zu können, und ihm gefiel auch die Aufmerksamkeit, welche ihm schon im Vorfeld in so großem Maße zuteil wurde. Gut tat ihm auch die Ablenkung von seinen Problemen zuhause mit Rebeccas Krankheit. Wenn er mit Hagenthal unterwegs war, dachte er oft stundenlang nicht mehr daran. Allerdings überfiel ihn dann sein schlechtes Gewissen, wenn er wieder daran dachte und empfand sich dann als egoistisch und gemein.

Manchmal erzählte er Hagenthal davon, aber der ließ das nicht gelten, meinte, Marco brauche sogar diesen Abstand, die Auszeit, dadurch gerade sammle er doch wieder Kraft, die er zuhause benötige, was ja wiederum Rebecca zugute käme.

Letztlich musste ihm Marco recht geben, ihm wurde durch die Gespräche mit Hagenthal in der Zeit auch klar, dass er nur so diesen Spagat schaffe zwischen seiner – oder besser gesagt ihrer beider Extremsituation zuhause – und dem sehr exponierten, fast glamourösen Leben, welches er gerade als gefeierter Künstler erleben durfte. Beide Leben, so unterschiedlich sie auch schienen, waren aufreibend und anstrengend, forderten vollen Einsatz und Marco musste aufpassen, wenn er nicht zerbrechen wollte zwischen diesen beiden Polen.

Die paar Male, an denen er zuhause war, verliefen dann auch alles andere als harmonisch. Er konnte nicht heimkommen zum Atem holen und Kraft schöpfen, was normal gewesen wäre, nein, er musste jede Menge Kraft mitbringen, um es zuhause mit Rebecca auszuhalten. Kaum angekommen, begrüßte sie ihn erstmal mit überschwänglicher Freude. Doch dann ging es schon los. Sie löcherte ihn einerseits mit Fragen über Fragen, andererseits lamentierte sie in einem fort über ihre Befindlichkeit.

Wie es ihm denn ginge, mit was sie ihm eine Freude machen könne, ihre Kopfnarbe schmerze so, ständig sei ihr schlecht, er solle sich doch erst mal ausruhen, und schlafen könne sie überhaupt nicht mehr, Regina rege sie unendlich auf, die verstehe sie gar nicht und koche nur Sachen, die sie nicht essen kann, warum freust du dich denn nicht? Habe ich wieder was falsch gemacht? Die Therapeutin hat überhaupt keine Ahnung, du liebst mich nicht mehr, du hast eine bescheuerte Frau, such dir eine neue, ich hänge mich auf und wieso isst du denn kein Fleisch, du bist so kompliziert, ich kann nicht mit dir zusammen essen und so weiter und so weiter.

Ihr Leben bestand aus unzähligen Missverständnissen und einem Meer von Tränen und Verzweiflung. Rebeccas Verhalten provozierte jeden Tag aufs Neue zahllose Auseinandersetzungen kleineren und größeren Ausmaßes, in die auch regelmäßig ihre Mutter und selbst Andrea und Lucie hineingezogen wurden. Was es für Marco nochmal schwerer machte war, dass sich Rebecca in keinster Weise mehr für seine Arbeit, seine Ausstellung, sein Leben interessierte. Das war natürlich zum Großteil ihrer Amnesie geschuldet, sie wusste einfach vieles nicht mehr oder sie vergaß die Dinge, die er ihr erzählte, wieder in kürzester Zeit. Ihr Zusammenleben gestaltete sich wirklich äußerst dramatisch und schwierig. Marco bemühte sich ständig, keine Fehler zu machen im Umgang mit ihr, versuchte in einer Art emotionaler Distanz den Überblick zu behalten, war aber dazu auch nicht immer in der Lage. Er fühlte sich ungerecht behandelt, wenn sie ihm wieder mal vorwarf, ihr nicht richtig zugehört zu haben, wegen einem Problem, von dem er bis dato wirklich nichts gehört hatte. Aber sie war sich ganz sicher, ihm alles davon erzählt zu haben, und jede Widerrede seinerseits konnte die Situation nur weiter zum eskalieren bringen.

„Warum gehen wir so einen Scheißweg, sag mal, da ist ja nichts glatt!"

Es war ein kühler Tag Ende August, Marco war wieder für ein paar Tage nach Hause gekommen, das letzte Mal vor der Vernissage in Leipzig, die Ausstellung startete in knapp einer Woche, und Marco wollte die Gelegenheit eines Spaziergangs nutzen, um seiner Frau zu eröffnen, dass er sie gerne nach Leipzig mitnehmen möchte. Er hatte mit Lucie gesprochen, und die hatte sich sofort bereit erklärt, mitzufahren und sich ausschließlich um Rebecca zu kümmern. Freitag würden sie anreisen, Samstag wäre dann die Vernissage, und Sonntag würden Lucie und Rebecca wieder zurückfahren mit dem Zug. Es wäre der erste Ausflug, den Rebecca nach der langen Zeit in den Kliniken unternähme.

„Wie? Nichts glatt – wie meinst du das? Du wolltest doch spazieren gehen, haben wir doch ausgemacht ..."

„Ja schon, aber hier sind lauter so Steine auf dem Weg. Das spür ich ganz stark durch die Schuhe durch. Du weißt doch, wie empfindlich ich da bin. Hätte ich gewusst, dass du auf so einem Weg läufst, dann hätte ich doch andere Schuhe angezogen, Bergstiefel nämlich!"

Ärgerlich kickte sie ein paar Kiesel weg, von denen hin und wieder welche auf dem eigentlich durchgehend geteerten Weg lagen. Mehr war da nicht, es war ein schmaler, landwirtschaftlicher Weg am Waldrand entlang, mit unbefestigten Seiten und ein paar wenigen Rissen und Löchern im Asphalt. Aber absolut gangbar und auch ohne weiteres mit den festen Halbschuhen zu bewältigen, für die sich Rebecca entschieden hatte.

„Ach komm Becci, ist doch alles gut hier, mach jetzt bitte kein Drama daraus! Ich wollte mit dir was besprechen ...“

„Drama? Das Drama machst du! Ich hab dich gefragt, was für Schuhe ich anziehen soll und ob die auch okay sind für den Weg, den du ausgesucht hast! Ja, du du du wieder, alles suchst du aus, für jeden Scheiß brauch ich dich, mich kotzt das an, glaubst du? Und reden will der Herr mit mir, reden ja? Dabei kannst du mir nicht mal richtig zuhören! Hättest mir zugehört, wie ich nach den Schuhen gefragt habe und nachgedacht, hätte ich jetzt die richtigen Schuhe an ... Aber ich bin ja bescheuert, mich muss man ja nicht ernst nehmen ...!“

Rebecca hatte sich vor ihm aufgebaut und blickte ihn wütend an. Tränen liefen ihr übers Gesicht. Marco versuchte sie in den Arm zu nehmen, doch sie schlug nach ihm und brüllte ihn an:

„Am besten fahr gleich wieder weg, dann bist du mich los! Fahr zu deinen Kunst-Heinis, da kannst du wenigstens so leben, wie du willst. Da stör ich dich nicht! Und ich geh gleich in die Klapse, da gehör ich auch hin!“

Rebecca drehte sich um und lief weg, Marco folgte ihr, holte sie ein, hielt sie fest und schrie nun seinerseits:

„Verdammt Becci, ich hör dir immer zu! Den ganzen Tag hör ich dir zu, und wenn ich nicht hier sein kann, dann denk ich ständig darüber nach, was wir noch machen können ... Was du mir da vorwirfst ist ungerecht, ich fühl mich komplett mies und –, ja Scheiße! Jetzt mach ich mir schon wieder Vorwürfe, weil ich dich so anbrülle. Aber ich kann auch bald nicht mehr, verstehst du? Ehrlich, ich ..."

„Ich sag doch, es ist besser, ich lass dich allein! Ich bin dir doch nur noch ein Klotz am Bein, dumm wie ein Stück Brot – und kompliziert und, und ich weiß nix mehr! Marco, wie geht der Fernseher an, Marco, der Computer geht nicht, ich weiß keine Namen mehr, kann mich nicht mal an unsere Hochzeit erinnern, sogar das Kochen hab ich verlernt! Am besten bring ich mich um!"

„Hör auf mit dem Scheiß! Sag sowas nicht nochmal!"

„Ach leck mich!"

Rebecca machte sich von ihm los und stampfte davon, Marco folgte ihr mit ein paar Metern Abstand. Sie schwiegen.

Nachdem sie so einige hundert Meter dahin gelaufen waren, meinte Marco:

„Jetzt gehen wir ja doch den Weg, geht´s denn für dich?"

„Ist doch egal –", entgegnete Rebecca und lief weiter.

„Du Becci, was meinst du – hättest du Lust, mich zusammen mit Lucie auf die Vernissage zu begleiten? Kämst mal raus, und ich würde mich freuen, am Sonntag fahrt ihr mit dem Zug dann wieder zurück."

„Wann ist das?", fragte Rebecca.

„Nächstes Wochenende, am Freitag. Also die Vernissage ist am Samstag, aber hinfahren tun wir am Freitag schon ..."

„Muss ich mir aufschreiben, in Kalender, sonst vergesse ich das wieder."

„Klar, mach das."

Wie so oft, löste sich die Auseinandersetzung in Luft auf. Das hatte Marco im Umgang mit Rebecca gelernt. Wenn er es schaffte, seinen Ärger, den Zorn, der bei solchen Streitereien hochkam, wieder zurückzufahren, zur Gelassenheit zurückzukehren, dann beruhigte sich die Situation schnell wieder und Rebecca fand aus ihrer Wutspirale heraus. Einfach fiel ihm das allerdings nicht und es klappte auch nicht immer. Trotzdem, das war ein Weg, der es ihm etwas leichter machte, den Zugang und das Verständnis für seine Frau nicht gänzlich zu verlieren. Lucie hatte ihn darauf gebracht. Sie war oft viel näher an Rebecca dran als er oder jeder andere aus ihrer Umgebung. Sie konnte das, sie konnte Rebecca komplett so nehmen, wie sie jetzt eben war. Mit Engelsgeduld und nie versiegender Herzenswärme ließ sie sich auf ihr Verhalten ein, war nie eingeschnappt oder beleidigt, auch wenn die sie noch so wüst beschimpfte. Sie hatte das bei der psychosomatischen Ärztin gelernt, die ihr ein paar fachärztliche Unterweisungen und Anregungen für das Training zu Hause mit Rebecca mitgab. Und von Lucie ließ sich Rebecca diesen Unterricht auch gefallen. Mit Andrea, Marco oder gar ihrer Mutter wäre das undenkbar gewesen. Lucie war Rebeccas wichtigste Bezugsperson geworden und wahrscheinlich war das ausschlaggebend für ihr rasches Einlenken, als es nach dem Streit mit Marco um die Reise nach Leipzig ging.

Kapitel 10 – 2008, Parco Termale –

Rebecca schwärmte von Alioscha. Nachdem sie sie das erste Mal beim Baden gesehen hatte, versuchte sie nun jedesmal, wenn sie in den Thermalpark gingen, sie wiederzufinden und ein paar Worte mit ihr zu wechseln. Und Alioscha fand ihre neue große Freundin auch toll. Dass Rebecca so gut Italienisch sprach, erleichterte und befeuerte die Bekanntschaft zusätzlich. Alioschas Mutter Mara stammte tatsächlich aus Slowenien, wie Marco vermutet hatte, ihr Vater hingegen kam aus Brescia, wo die Familie auch wohnte. Sein Name war Luca Ruggieri. Verheiratet waren sie nicht, lebten jedoch seit Alioschas Geburt vor fünf Jahren zusammen und planten seit längerem ihre Hochzeit, sie kamen damit dem großen Wunsch der Eltern von Luca nach. Erfahren hatte Marco das alles, weil Alioschas Eltern mit ihm in Kontakt traten, da es ihnen anfangs etwas suspekt vorkam, wie auffällig sich die deutsche Touristin, als die sie Rebecca zuerst wahrnahmen, um ihre Tochter bemühte. Rebeccas Verhalten war ihnen nicht ganz geheuer und so sprachen sie Marco darauf an. Der war darüber nicht weiter verwundert, erlebte er es doch immer wieder, dass Menschen sich schwer taten mit Rebeccas direkter und offensiver Art, sich Kindern zuzuwenden. Oft genug hatte er dann die Aufgabe, Rebeccas Verhalten einigermaßen schlüssig zu erklären, was auch immer eine, wenn auch kurze Version ihrer Krankengeschichte erforderte. Alioschas Eltern hörten Marcos Ausführungen aufmerksam zu, sie standen am Rand des Thermal-Beckens und beobachteten dabei, wie ihre Tochter ausgelassen mit Rebecca durchs Wasser tobte.

„Und wird das mit dem Gedächtnis wieder besser?"

Mara Cilic stellte die Frage in erstaunlich gutem Deutsch, sie hatte als Jugendliche mit ihrer Familie einige Jahre in Köln verbracht, der Vater hatte bei einer großen Baufirma als Betonbauer gearbeitet, bevor die Familie Anfang der 90er Jahre nach Italien übersiedelte. Wegen des Bürgerkriegs auf dem Balkan konnten sie nicht mehr in ihre Heimat zurückkehren. Ihre Eltern lebten aber inzwischen wieder in Slowenien, das Heimweh war zu stark geworden, wie Mara erzählte. Für sie jedoch war Italien zur Heimat geworden.

„Wir wissen es nicht. Es gibt schon eine Entwicklung. Gerade beim Personengedächtnis wird es langsam besser. Aber die Erinnerung an bestimmte Ereignisse, da tut sich immer noch wenig. Unsere Hochzeit, die Urlaube, da tut sie sich unheimlich schwer. Gottseidank gibt es Fotos, damit arbeiten wir viel. Auf der anderen Seite fallen ihr dann wieder ganz viele Dinge und Erlebnisse aus ihrer Jugend ein, da ist wieder fast alles da. Es gibt einfach kein richtiges Muster, an dem man die Entwicklung logisch nachvollziehen könnte. Das macht die Sache auch so mysteriös und unfassbar. Kein Arzt oder Therapeut weiß da weiter."

„Aber mit Kindern kann sie gut umgehen – Alioscha ist ganz vernarrt in sie. Und sie ist zu allen
gleich so freundlich, das ist sehr ungewöhnlich."
„Ja sie ist sehr – offen.", ergänzte Luca Ruggieri
vorsichtig.
„Ich weiß, was Sie meinen.", antwortete Marco.
„Seit ihrer Erkrankung hat sich einiges in ihrem
Verhalten verändert. Sie ist sehr direkt, um es
mal einfach auszudrücken. Grenzen im Umgang
mit Menschen gibt es für sie kaum, ein natürli-
ches Distanzverhalten wie wir es kennen, hat sie
nicht mehr. Das kann manchmal ganz schön anstrengend sein, sag ich Ihnen!"
Luca Ruggieri nickte nachdenklich und sah wieder aufs Wasser zu seiner Tochter, die nach wie
vor mit Rebecca im Bereich der großen Fontäne
herumtobte.
Marco war sich nicht sicher, wie viel die beiden
wirklich von seinen Ausführungen verstanden,
für Luca bemühte er sein bestes Italienisch, und
Mara half auch mit bei der Übersetzung, wenn er
nur auf deutsch weiter wusste. Das Thema blieb
schwierig und war mit seinem einfachen Italienisch kaum zu bewältigen. Trotzdem glaubte er,
einiges erklärend vermittelt zu haben, zumindest
reagierten Mara und Luca dementsprechend mitfühlend, aber auch etwas besorgt, was Rebeccas
Umgang mit ihrer Tochter anging. So kam es
Marco auf jeden Fall vor.
Alioschas Eltern, Rebecca und Marco trafen sich
nun beinahe täglich in der Therme, es war geradezu unvermeidlich, da Rebecca, sobald sie im

Park waren, nach Alioscha suchte und sie auch jedesmal sofort fand. Marco bemerkte sehr wohl, dass die Sache Mara und Luca nicht ganz geheuer war, er hatte ungewollt die heftigen, aber leise geführten Diskussionen der beiden mitbekommen und auch ihre Versuche, sich im Park einen etwas abseits gelegenen Platz zu suchen, wo sie glaubten, nicht gleich von Rebecca entdeckt zu werden. Auch waren sie nicht mehr so interessiert gesprächig wie zu Anfang und erlaubten Alioscha nicht mehr jeden Badegang mit ihrer großen lauten Freundin. Rebecca ignorierte all diese offensichtlichen Zeichen, bemerkte sie gar nicht. Sie plapperte die beiden voll, lachte und trieb ihre Scherze mit der zunehmenden Ablehnung von Mara und Luca, die sie nicht wirklich kapierte. Sie neckte sie und meinte den beiden einen guten Dienst zu erweisen, wenn sie mit Alioscha abzog. Marco entschuldigte sich einige Male, meistens zuckte er nur hilflos mit den Schultern. Mara winkte ab und meinte, es sei schon ok, sie wisse ja, was mit Rebecca los sei. Wenigstens konnte er Rebecca davon überzeugen, dass es besser sei, nicht direkt einen Liegeplatz neben Alioschas Familie zu belegen, sondern ein ganzes Stück weit entfernt, so konnte er zumindest ein bisschen deren Privatsphäre schützen. Etwas entspannter wurde die Lage, als sich noch einige andere Kinder von Park-Besuchern zu Alioscha und Rebecca gesellten. Nun galt Rebeccas Aufmerksamkeit nicht mehr ausschließlich Mara und Lucas Tochter, was die beiden etwas aufatmen ließ. Für Marco hieß das allerdings nur weitere Gespräche, Erklärungen und Bekanntschaften mit wildfremden Leuten, ob er nun wollte oder nicht.

Es war alles andere als entspannend für ihn und manchmal fragte er sich, ob das jemals wieder besser werden würde. Über zwei Jahre dauerte nun schon Rebeccas Leidensgeschichte, die damals als Ausnahmesituation begonnen hatte und von ihm wie auch von allen anderen, Freunden, Familie, Ärzten eigentlich als zwar schwerwiegend aber doch vorübergehend wahrgenommen und prognostiziert wurde. Niemals hatte er daran gedacht, dass sich ihr Heilungsweg, wenn es denn überhaupt einer war, so lange hinziehen würde, immer begleitet von der Angst, ihr Zustand könne sich chronisch manifestieren.

Einmal hatte er kurz gedacht, ihr Zustand würde sich plötzlich und unerwartet bessern. Das war, als sie im Herbst letzten Jahres zum ersten Mal wieder an den Gardasee fuhren und sich dort mit ihrem Vater und ihrer Schwester getroffen hatten. Sie waren extra aus dem Süden hochgefahren, um Rebecca zu sehen und bei diesem Besuch blühte Rebecca sichtlich auf. Während der Zeit ihrer Klinik-Aufenthalte und im folgenden Jahr hatte Marco die Panellas regelmäßig auf dem Laufenden gehalten, Lucio, ihr Vater rief mindestens zweimal die Woche an, er machte sich große Sorgen um seine so spät wiedergefundene Tochter. Ihren Geschwistern erging es ähnlich. Auch sie nahmen großen Anteil am Schicksal ihrer großen

Schwester, wie sie sie oft spaßeshalber nannten. Es war Rebeccas großes Glück, ihren Vater und seine Familie kennengelernt zu haben, sie liebte ihre neuen Geschwister Chiara und Paolo von dem Tag an, als sie sie das erste Mal sah. Umgekehrt verhielt es sich genauso. Jedesmal wenn sie nach Salento fuhr, dort Urlaub machte, blühte sie regelrecht auf und versprühte ungebremste Lebensfreude. Marco war immer baff, wenn er mitbekam, wie sehr sich Rebecca in der Mentalität und der quirligen Lebensweise ihrer neuen Familie wiederfand. Kein Außenstehender hätte feststellen können, dass sie eigentlich nur zu Besuch war und nicht wirklich hier lebte. Hinzu kam, dass sie sehr schnell Italienisch lernte und bald perfekt sprach und dann war da noch ihr Aussehen. Sie war ihrem Vater wie aus dem Gesicht geschnitten, und mit ihren schwarzen Locken und den großen dunkelbraunen Augen sah sie sowieso aus wie eine waschechte Süditalienerin. Paolo sagte immer, sie könne ohne weiteres als Zwillingsschwester ihres Vaters durchgehen. Die Ähnlichkeit war in der Tat verblüffend. Verblüffend war auch die Intensität und Innigkeit, mit welcher die Familie Panella gleich zu Anfang ihrer Bekanntschaft Rebecca als neue Tochter, neue Schwester aufgenommen hatte. Auch Ornella, Lucios Ehefrau, schloss die junge Frau damals sofort ins Herz und betrachtete sie in Zukunft stets als ihre engste Verbündete, wenn es mal zu Unstimmigkeiten innerhalb ihrer Familie kam. Und das geschah doch relativ häufig. Allerdings gab es sehr selten richtig ernste Probleme zu lösen. Meistens ging es um alltägliche Kleinigkeiten, welche mit großer Hingabe und sehr wortreich genüsslich ausdiskutiert wurden, nicht selten mit einer gehörigen Portion Humor gewürzt. Auch hierin brachte sich Rebecca problemlos ein, voller Temperament und Witz bereicherte sie den familiären Debattierklub regelmäßig.

Das Ristorante der Panellas am Strand des kleinen Städtchens Pioppi war für Rebecca so etwas wie ein neuer Lebensquell und sie fuhr jedes Jahr zwei, drei Mal dorthin, um ihre neue Familie zu besuchen. Das erste Mal war das, als ihr Vater so plötzlich in Augsburg auftauchte und auf einmal vor Reginas Türe stand. Das war jetzt über 13 Jahre her. Zwei Tage später war sie mit ihm unterwegs nach Italien. Sie verstanden sich vom ersten Augenblick an, da war kein Platz für irgendwelche Diskussionen oder gar Vorwürfe wegen der Jahre, die Rebecca ohne ihren Vater verbringen musste.

Lucio war nach Augsburg gekommen, weil ihm ein ehemaliger Arbeitskollege, der mit seiner Familie während des Urlaubs eines Abends ins Ristorante der Panellas zum Essen kam, von Reginas Tochter erzählt hatte, deren Aussehen ganz unmissverständlich auf ihn, Lucio, als Vater hinwies. Der Mann war ganz perplex, als er erfuhr, dass Lucio gar nichts wusste von einer möglichen Tochter in Deutschland. Es war ihm beinahe unangenehm, dass er Lucio nun davon in Kenntnis gesetzt hatte, nicht dass der jetzt deswegen

Schwierigkeiten mit seiner Familie hier in Italien bekäme. Lucio konnte ihn diesbezüglich beruhigen, war aber seinerseits nun äußerst aufgeregt, wie er von der eventuellen Existenz eines weiteren Kindes erfuhr. Sie wäre seine erste Tochter, die Älteste und er beschloss noch in derselben Nacht umgehend nach Deutschland, zu Regina Haunstein nach Augsburg zu reisen. Natürlich hatte er das zuvor mit seiner Frau und den Kindern besprochen, die staunten nicht schlecht, als sie die Neuigkeit erfuhren, waren aber gleich neugierig und bestärkten ihn in seinem Vorhaben, sie sofort aufzusuchen. Und als er dann ein paar Tage später mit Rebecca nach Pioppi zurückkam, war die Aufregung groß, aber auch die Freude. Rebecca wurde als neue Tochter, als neues Familienmitglied willkommen geheißen und auch sogleich überall in der Verwandtschaft, der Nachbarschaft, bei Freunden und Bekannten so eingeführt.

Daran hatte sich bis heute nichts geändert, und als letztes Jahr Chiara und ihr Vater sie in Colá di Lazise besuchten, kam ein großes Stück Lebensfreude zu Rebecca zurück, was Marco zunächst als hoffnungsvolle Besserung interpretierte. Leider hielt dieser Zustand nur solange an, wie die Panellas zu Besuch waren. Danach fiel Rebecca sogar in eine depressive Phase, die mit einigem Auf und Ab mehrere Wochen anhielt.

Kapitel 11 – Herbst 2006, Leipzig –

„Marco, hast du Becci die letzten Minuten gesehen? Ich find sie nicht...“

Gerade sprach der Kulturreferent der Stadt Leipzig, davor war schon der Kurator der Ausstellung dran gewesen und danach sollten noch der Bürgermeister und der Landtagspräsident des Freistaats Sachsen ihre Reden zur Eröffnung der Haller-Ausstellung in der G2 Kunsthalle im Zentrum der Stadt an das Publikum richten. Marco kannte solche Reden zur Genüge, sie langweilten ihn schon immer, und doch sollte er zumindest dem Anschein nach einen an den Ausführungen interessierten Eindruck machen, stand er doch im Mittelpunkt all der Phrasen, welche kaskadengleich auf das zahlreiche Vernissage-Publikum herab prasselten. Im Moment tat er sich besonders schwer damit, machte er sich doch Sorgen um den Verbleib Rebeccas, und so unauffällig wie möglich unterhielt er sich flüsternd hinter vorgehaltener Hand mit Lucie.

„Zu mir hat sie gesagt, sie holt sich was zum Essen ... Das war vor 10 Minuten vielleicht. Ich dachte, sie klaut jetzt schon was vom Buffet und hab noch gelacht.“ Weder er noch Lucie konnten sich erklären, wo Rebecca abgeblieben war.

„Ich seh´ sie einfach nirgends, Lucie ... Sie ist nicht hier im Saal. Hat sie ihr Handy dabei?“

„Glaub schon. Das hat sie doch immer dabei.“

Beifall brandete auf, irgendwas besonders Lobendes musste wohl vorgebracht worden sein, die

Leute wendeten sich Marco zu und nickten ihm anerkennend zu. Marco schüttelte lächelnd den Kopf und hob beschwichtigend die Hände. Er kannte seinen Job, niemand bekam mit, was gerade wirklich in ihm vorging. Auch Lucie applaudierte und raunte ihm zu:

„Ich geh mal vor die Tür und ruf sie an ...",

Marco nickte.

Hagenthal tauchte jetzt neben Marco auf und räusperte sich vernehmlich, damit Marco ihn wahrnahm.

„He, was ist los? Du bist nicht bei der Sache, Marco."

Ja, Hagenthal konnte er nichts vormachen, er kannte Marco zu gut. Marco blickte ihn kurz an und sagte ihm, dass Rebecca verschwunden sei.

Hagenthal rollte mit den Augen und atmete scharf aus.

„Mann, Mann, Mann, ich hab's gewusst, hab ich´s nicht gesagt?"

„Schhht!"

Hinter ihnen bat sich wer Ruhe aus, Hagenthal entschuldigte sich wortlos mit einem Blick nach hinten.

Es stimmte, Hagenthal war gar nicht begeistert, als er hörte, dass Marco seine Frau mit nach Leipzig zur Vernissage nehmen wollte. Einerseits verstand er natürlich, dass Marco alles tun wollte, Rebecca wieder ins Leben zurückzuholen, er kannte sie ja auch gut und schätzte sie, zumindest in der Zeit vor der Erkrankung. Mit ihrem derzeitigen Zustand konnte er allerdings nicht gut umgehen, dass war ihm zu viel, und er verstand seine Aufgabe dahingehend, Marco in der Spur zu halten, wie er das nannte. Und deshalb empfand er Rebeccas Anwesenheit hier in Leipzig störend, sie beeinträchtigte Marcos Konzentration auf die Ausstellung. Aber er konnte es nicht ändern, musste die Situation so akzeptieren.

Kaum waren die letzten Reden gehalten und das Buffet eröffnet, schickte sich Marco an, den Saal zu verlassen. Hagenthal versuchte ihn erfolglos zurückzuhalten.

„Hey Mann, das ist nicht dein Ernst, Marco! Du kannst jetzt nicht einfach abhauen. Jetzt geht's ums Business, weißt du doch, Talkie-Talkie, wichtige Leute …"

Marco fiel ihm ins Wort:

„Schon gut. Du machst das schon, ich komm doch gleich wieder, aber ich muss mich jetzt erst um Becci kümmern."

„Aber Lucie ist doch dafür …"

„Ich weiß, du verstehst das nicht. Sorry, bis nachher."

Er schob Hagenthal zur Seite und strebte schnellen Schrittes dem Ausgang zu. Draußen fand er Lucie, sie hatte ihr Handy am Ohr und sprach tatsächlich mit Rebecca.

„Pass auf, du frägst jetzt nochmal ganz in Ruhe Passanten nach dem Weg zur G2-Kunsthalle, ja? G2 –, genau. Ich ruf dich dann gleich nochmal an … ja, bis gleich!"

Lucie wandte sich Marco zu, der sie fragend ansah.

„Sie hat sich verlaufen, weiß nicht mehr, wo sie ist."

„Wie? Wo war sie denn, ich meine, wo ist sie überhaupt hingegangen?"

„Gestern als wir hier waren, hat sie anscheinend in der Nähe einen Kochlöffel-Grill entdeckt und da wollte sie hin, weil die so gute Chickenwings machen. Mit so 'ner guten Gewürzkruste, sagt sie ..." Lucie verdrehte die Augen, musste aber auch lachen.

„Na ja, so lustig finde ich das nicht", meinte Marco.

„Und jetzt? Wie bringen wir sie wieder her? Gib mir mal das Handy."

„Wart noch etwas Marco, Sie soll erst nach dem Weg fragen ... Das Dumme ist, sie hat ja Leute gefragt, aber nach einem Museum, in welchem du angeblich ausstellst, nicht nach der Kunsthalle, und das weiß natürlich keiner. Ich glaube, man hat sie dann in 'ne völlig falsche Richtung geschickt."

Jetzt kam Armin Hagenthal aus der Halle gelaufen und rief:

„Marco, bitte! Ich brauche dich da drin ... Komm schon!"

Er schien langsam ärgerlich zu werden.

„Einen Moment noch! Lucie, gib mir das Handy, ich probier's jetzt einfach, ich muss mit ihr sprechen ..."

Lucie gab es ihm, Marco drückte die Wahlwiederholung und wartete.

„Hey Becci, wie geht´s? Hast du jemanden gefragt? Was? Du machst das gerade ..., Ja, sei ganz ruhig, wir kriegen das schon, ja ja! Gib, nein, nein –, Gib mir mal die Frau, mit der du gerade sprichst. Ich hab eine Idee ... Beruhige dich. Gib sie mir mal, Becci, hörst du?"

Hagenthal tippelte ungeduldig vor Marco umher und blickte ihn fragend an.

„Sorry Hagenthal, ein paar Minuten noch, ich bitte dich. Danach mach ich alles was du willst!"

Marco hob entschuldigend die Hand und zeigte auf das Handy.

„Gleich ... Hallo? Mit wem spreche ich? Frau Aslan – ah ja, Frau Aslan, Sie können uns einen großen Gefallen tun. Mein Name ist Marco Haller, ich bin Rebeccas Ehemann und ich stelle gerade hier in der Kunsthalle G2 aus – Sie kennen das Gebäude? Super! Hören Sie, Sie haben bestimmt bemerkt, dass meine Frau verwirrt ist – ja, etwas neurologisches, das ist eine lange Geschichte ..., meine Frau, sie heißt Rebecca – ah, hat sie Ihnen schon gesagt, gut, also sie kennt sich nicht aus hier und hat sich verlaufen. Wäre es Ihnen vielleicht irgendwie möglich, sie hierher zu begleiten? Oder geht das gar nicht? Ich bezahle Ihnen das auch, Taxi, Bus, ganz egal, Sie bekommen natürlich auch etwas, ganz klar – ich bitte Sie, Frau Aslan. Wie? – Sie haben ein Auto? Sie bringen sie? Das ist großartig! Einfach nur großartig! Ich danke Ihnen schon jetzt unendlich ... Ja, ich freue mich! Vielen Dank erstmal, Tschüß, bis gleich!"

Marco beendete das Gespräch und atmete erleichtert auf. Lucie klatschte in die Hände und rief:
„Super! Mann bin ich froh!"
Und Hagenthal packte Marco am Arm und zog ihn in Richtung Kunsthalle.

Keine zehn Minuten später kam Frau Aslan, eine aparte Mit-Fünfzigerin aus Aserbeidschan, die schon viele Jahre in Leipzig lebte und die, wie sich bald herausstellte, selbst etwas mit Kunst zu tun hatte, zumindest im weiteren Sinne. Sie betrieb ein kleines Geschäft mit religiösem Kunsthandwerk und Schmuck aus dem nahen Osten. Und das offensichtlich recht erfolgreich.
Sie kam mit einem roten Alfa Coupé angebraust und entstieg diesem äußerst elegant gekleidet. Lucie hatte sie am Vorplatz der Kunsthalle erwartet und begrüßte sie etwas verunsichert ob ihrer Erscheinung. Allerdings erwies sich ihre Zurückhaltung als völlig unbegründet, Frau Aslan offenbarte sich als überaus freundliche und entgegenkommende Person. Gemeinsam halfen sie Rebecca beim Aussteigen, sie schien einigermaßen durcheinander zu sein.
„Scheiße, ist die schnell gefahren ... Mir ist fast schlecht! Wo ist Marco?", motzte Rebecca los und stiefelte die Treppe zur Kunsthalle hoch. Lucie blickte entschuldigend zu Frau Aslan, doch die lachte gleich und meinte:
„Lassen Sie nur! Ich habe schon verstanden, dass es nicht so einfach ist mit ihr. Sie meint es nicht

so ... Wir hatten eine sehr unterhaltsame Fahrt, glauben Sie mir!"

Dabei zwinkerte sie Lucie aufmunternd zu.

„Na dann bin ich froh! Auch, dass nichts passiert ist. Ich bin ja sowas wie die Aufsichtsperson von Becci... Eigentlich die Trauzeugin der beiden."

„Ach was? Dann kennen Sie sie schon lange, oder? Und was ist mit ihr geschehen?"

Während sie hinter Rebecca die Kunsthalle betraten, in der inzwischen ein unterhaltsames Treiben rund ums Buffet herrschte und sich viele Leute interessiert den Plastiken Marco Hallers widmeten, erzählte Lucie Frau Aslan in kurzen Zügen von Rebeccas Erkrankung und deren Auswirkungen. Die hörte aufmerksam zu, behielt dabei aber auch immer Rebecca im Blick, die jetzt das Buffet ansteuerte und dabei mehrere Besucher recht rüde anrempelte, worauf die ziemlich pikiert reagierten. Unmut wurde laut, doch Rebecca war das egal, sie blaffte die Leute an, man solle ihr gefälligst Platz machen, sie habe Hunger und sie möchten sich doch besser die Kunst betrachten, deswegen seien sie ja wohl hier. Außerdem sei sie ja schließlich die Frau des Künstlers.

Frau Aslan unterbrach jetzt Lucies Ausführungen, die hatte die tumultartige Entwicklung am Buffet überhaupt nicht mitgekriegt.

„Entschuldigen Sie, wir sollten mal ...", mehr sagte sie nicht, dann war sie schon unterwegs zu Rebecca. Lucie folgte ihr eilends, sie hatte nun auch erkannt, dass da was aus dem Ruder zu laufen drohte.

Derweil stocherte Rebecca missmutig mit einer Gabel in den dargebotenen Speisen herum, nahm welche in die Hand, legte sie auf ihren Teller, dann wieder zurück und das alles mit einem Blick, als würde sie das ganze Essen nur anwidern.

„Entschuldigung, dürfte ich mal ..."

Freundlich, aber bestimmt bahnte sich Frau Aslan einen Weg durch den Menschenpulk am Buffet, während hinter ihr Lucie die eine oder andere beschwichtigende Erklärung von sich gab. Einige Besucher waren doch sehr ungehalten wegen Rebeccas Verhalten.

„Rebecca, machen wir es doch so, ich richte einen Teller mit verschiedenen Sachen darauf, Sie können bei mir probieren, und wenn Ihnen etwas schmeckt, holen wir davon noch nach, ja?"

Rebecca blickte Frau Aslan lange an, dann sagte sie:

„Ist alles nicht knusprig ... Wissen Sie, ich mag die Sachen am liebsten krossy."

„Das verstehe ich. Mag ich auch gerne. Aber vielleicht schmeckt uns ja doch etwas von dem Schlabberzeug ..." Dabei verzog Frau Aslan ihr Gesicht zu einer Grimasse. Jetzt musste Rebecca lachen.

„Nicht sowas sagen! Ihh! Probieren wir es, ich hab doch Hunger, den Kochlöffel-Grill habe ich nicht gefunden ... Wissen Sie, ich habe Amnesie, da vergesse ich dann auch den Weg, das ist echt bescheuert, sage ich Ihnen ..."

Lucie hatte die Szene verfolgt und war beeindruckt, wie Frau Aslan es so schnell geschafft hatte, Rebecca zu beruhigen.

„Kann man Sie buchen? Das war wirklich gut", sagte sie leise zu ihr, während sie neben Frau Aslan stand und sich ebenfalls am Buffet bediente.

Die lächelte sie an und meinte:

„Irgendwas ist an Ihrer Freundin, das mich sehr berührt, tief drinnen, wenn Sie verstehen. Und dann ist es ganz einfach. Ich kenne Rebecca nicht, weiß nicht, wer oder was sie früher war, das ist vielleicht sogar von Vorteil ..."

Lucie nickte und stocherte gedankenverloren in ihrem Essen herum.

„Da könnten Sie recht haben – so habe ich es noch gar nicht gesehen. Wir haben alle noch die alte Becci im Kopf, die Powerfrau, und unbewusst erwarten wir, dass die wieder auftaucht. Aber vielleicht gibt es die ja gar nicht mehr ... Dann sollte man besser loslassen, das alte Bild löschen. Ach ja, das hört sich leichter an als es ist – ich danke Ihnen jedenfalls nochmal für Ihre Hilfe, Frau Aslan."

Lucie streckte ihr die Hand entgegen, Frau Aslan ergriff sie und sagte:

„Reza. Ich heiße Reza. Nennen Sie mich Reza, ja?"

„Gerne! Ich bin Lucie. Eigentlich Ludmilla, aber meine Freunde nennen mich Lucie."

Die zwei Frauen lachten sich an.

Rebecca hatte etwas neben den beiden gestanden und sich nicht weiter um deren Unterhaltung gekümmert. Sie hielt Frau Aslans Teller in der Hand, den diese vorher mit verschiedenen Speisen beladen hatte und verdrückte gerade ein großes Stück Honigmelone. Überhaupt war der Teller schon reichlich abgefuttert.

„Du isst Honigmelone? Und das da ist doch so eine Knoblauchcreme? Und die Aubergine?"

Marco, der mit Armin Hagenthal zu ihnen gekommen war, schaute Rebecca ungläubig an. Die nickte und zeigte grinsend auf Reza Aslan.

„Ihr Teller. Wir haben probiert. Geht so …"

„Frau Aslan, ich weiß gar nicht, wie ich Ihnen danken soll. Sie waren mir wirklich eine große Hilfe, wie kann ich …"

Reza Aslan fiel Marco ins Wort:

„Lassen Sie nur, ich habe das gerne getan, das ist doch selbstverständlich! Außerdem bin ich jetzt hier in Ihrer Ausstellung, ich wollte mir die Skulpturen sowieso anschauen. Und jetzt lerne ich den großen Künstler auch noch persönlich kennen. Das ist mir eine Ehre …"

„Ich bitte Sie …"

„Nein wirklich, ich meine das ernst. Ich liebe die Kunst und bewundere Ihre Arbeiten. Ich verfolge Ihre Entwicklung schon eine ganze Weile, Sie werden lachen!"

„Wirklich? Na das ist doch mal ein Zufall, dass wir uns so treffen. Dank Rebecca!"

„An Zufälle glaube ich nicht, Herr Haller. Das sollte so sein …"

„Darf ich Sie dann wenigstens zu einer persönlichen Führung einladen?"

Jetzt mischte sich Hagenthal ein, der schon die ganze Zeit nervös neben Marco herum zappelte und dabei unverwandt Reza Aslan anstarrte. Sie schien das nicht zu bemerken und wenn doch, dann ließ sie es sich nicht anmerken.

„Sorry Marco, du hast gleich noch dieses Interview, aber ich könnte doch, wenn Frau Aslan, also wenn Sie nichts dagegen haben, mit meiner Person vorlieb zu nehmen?"

Jetzt erst wandte sich Frau Aslan ihm zu und sah ihm direkt ins Gesicht. Sie war einen halben Kopf größer als Hagenthal und musterte ihn aufmerksam von oben herab. Dann lächelte sie und fragte:

„Und wer sind Sie, wenn ich fragen darf?"

Kapitel 12 – 2008, Baia delle Sirene –

Das Wetter am Gardasee wurde nun hochsommerlich heiß und es war nicht mehr wirklich entspannend im 37 Grad heißen Wasser der Therme zu schwimmen. Von Erfrischung ganz zu schweigen. Deshalb zog Marco es vor, die Tage jetzt direkt am See zu verbringen, dessen Wasser gerade an den kiesigen Stränden oberhalb von Riviera del Garda, also Richtung Norden von Lazise aus, noch immer herrlich kalt und klar war. Er kannte die beiden Strandbäder bei San Vigilio und weiter oben noch, nach Torri del Benaco, den kilometerlangen Kiesstrand direkt an der Strada Gardesiana. Am schönsten fand er aber das Strandbad Baia delle Sirene, kurz nach San Vigilio. Auch Rebecca fühlte sich dort sehr wohl, nachdem sie sich endlich damit abgefunden hatte, Alioscha und die anderen Kinder aus der Therme nun nicht mehr jeden Tag sehen zu können. Das Strandbad hatte eine kleine Snackbar, es lief immer cooler Lounge-Sound in unaufdringlicher Lautstärke, man lag unter dem schattigen Laubdach eines alten Olivenhains und hatte einen wunderbaren Ausblick auf den See mit dem gegenüberliegenden Ufer. Der Kiesstrand erstreckte sich im Halbrund einer kleinen Bucht, die nicht länger als 200 Meter war. Hinter dem Strand und dem Olivenhain erhob sich eine schroffe Felswand, an einem Absatz ungefähr in deren Mitte drängte sich die Küstenstraße vorbei. Diese musste man erst einige hundert Meter vom Parkplatz entfernt überqueren, um dann auf einem steil bergabführenden Serpentinen-Pfad hinunter in die Bucht zu gelangen. Vielen war das Erreichen des Strandbades wohl zu beschwerlich, was auch der Grund war, das das kleine Bad selten überfüllt war.

Rebecca hatte anfangs auch gemosert, als Marco mit ihr das erste Mal zum Baia delle Sirene hinabstieg, beladen mit dem üblichen Badegepäck, sie zusätzlich mit einer Luftmatratze, welche auf ihren ausdrücklichen Wunsch hin mitgenommen werden musste.

„Mann, ich hab nicht die richtigen Schuhe an für `ne Bergtour! Wir wollten doch Baden gehen ... Marco! Warte doch, wie soll ich mich denn hier am Geländer festhalten mit der blöden Luma! Scheiße!"

Rebecca war wirklich nicht mehr die Fitteste. Hin und wieder Spazierengehen oder mal eine halbe Stunde Radfahren, allerdings ohne Steigung wenn möglich, war schon das Höchste an körperlicher Betätigung, zu welcher sie bereit war. Und mit Gepäck bei 32 Grad Hitze in Italien einen steilen Bergpfad abwärts zu schlittern, gehörte ganz sicher nicht in ihr bevorzugtes Bewegungsmuster.

Marco lachte und meinte:

„Jetzt hör auf zu meckern! Und die Luma wolltest du ja unbedingt. Ein bisschen anstrengen kannst du dich schon. Wirst sehen, es lohnt sich, versprochen! Schau, wie toll das hier aussieht ... Und da unten kannst du schon den Strand sehen!" Dabei zeigte er über das Geländer nach unten, wo der spärlich bevölkerte Strand in der kleinen Bucht zu sehen war.

„Na toll ... Bis wir da unten sind, sind meine Füße zerschunden und kaputt! Die brennen jetzt schon wie Feuer. Wir hätten doch auch am Hotel-Pool bleiben können!"

„Damit ich dir zusehe, wie du wieder stundenlang die Mücken raus fischst... Nein, nein, wir gehen jetzt da runter. Schließlich ist der Eintritt hier auch nicht ganz billig. Und du bekommst ja auch eine Liege – da kannst du dich erstmal ausruhen, wenn du magst ..."

Marco hatte keine Lust, noch länger mit ihr zu diskutieren und beendete das Gespräch, indem er einfach voraus marschierte und Rebeccas Gemaule in seinem Rücken ignorierte. Sie kriegt sich schon wieder ein, das wusste er. Bei all den Schwierigkeiten, Problemen und Missverständnissen, welche ihre Beziehung prägten, eines musste man Rebecca lassen –, sie war nie nachtragend. So wie jetzt, ein paar Meter Abstand, ein paar Minuten Ruhe und die Sache war gegessen. Anfangs schob Marco dieses Verhalten noch auf ihre Amnesie, aber so schnell im Vergessen war Rebecca selbst in ihren schlimmsten Zeiten nicht. Nein, da hatte sich durch ihre Wesensänderung auch mal etwas zum Guten hin verändert. Früher, vor ihrer Erkrankung war das nicht so. Da war Rebecca nachtragend, wollte nichts auf sich beruhen lassen, alles musste ausdiskutiert werden. Das war nun komplett anders. Und Marco empfand zumindest diese Entwicklung seiner

Frau als sehr angenehm. Als sie dann den Abstieg geschafft hatten und sich vor ihnen der Blick durch den Olivenhain zum Strand hin auf das glasklare, blaugrün schimmernde Wasser des Sees auftat, war es endgültig vorbei mit Rebeccas Schmollerei. Sie betrachtete alles aufmerksam, lächelte und sagte:

„Hier ist es aber schön ... Hast du mir nicht gesagt. Ich möcht´ jetzt Kaffee trinken, kann man das da?"

„Hab ich dir doch gesagt –, gestern schon, und Kaffee gibt´s hier auch."

„Und was Süßes?"

„Auch das, wenn du willst."

„Hoffentlich mag ich das ..."

Sie mochte. Und nicht nur das angebotene Süß-Zeug. Auch den Schinken-Käse-Toast aus dem Waffeleisen, die Pizza-Margherita-Schnitte, das Mineralwasser, welches endlich mal kalt und spritzig genug für sie war. Rebecca schmeckte alles und sie genoss den Aufenthalt im Baia delle Sirene vorbehaltlos. Sie verbrachten tatsächlich einige unbeschwerte und entspannte Tage dort. Marco traute dem Frieden anfangs nicht recht, er wartete förmlich darauf, dass wieder etwas passierte, etwas schief lief, argwöhnisch beobachtete er Rebecca. Aber nichts geschah. Sie blieben sogar für sich, da Rebecca ausnahmsweise mal nicht ihren extremen Begegnungsdrang auslebte, kein Kind weckte ihr Interesse. Sie schwammen ausgiebig im See, lasen auf ihren Liegen unter den Olivenbäumen, Marco konnte endlich mal wieder ungestört in seinem Skizzenbuch arbeiten, neue Arbeiten entwerfen, Szenen am See zeichnen, ohne dass Rebecca ihn ständig irgendetwas fragte oder durch dauerndes Geplapper seine Konzentration zunichte machte, bis er genervt aufgab. Und wenn sie miteinander sprachen, dann waren das durchaus Unterhaltungen mit sinnvollen Inhalten oder von Humor geprägten. So friedlich und entspannt wie hier am Strand von San Vigilio war ihr Zusammensein schon lange nicht mehr gewesen.

Marco hatte über eine Stunde gezeichnet, er hatte sich dazu auf die kleine Terrasse der Snack-Bar zurückgezogen, jetzt klappte er das Skizzenbuch zu und trank den Rest des Espressos aus, den er bestellt hatte. Sein Blick schweifte über die Liegewiese, blieb bei Rebecca hängen, die ruhig dalag und in ihrem E-Book schmökerte. Lange betrachtete er seine Frau. Er dachte daran, wie er sie das erste Mal seinen Eltern vorgestellt hatte. Er kam ja aus einer Familie, in der es durchaus noch als selbstverständlich galt, seine Freundinnen mehr oder weniger offiziell den Eltern vorzustellen. Sein Vater Gregor leitete eine angesehene Anwaltskanzlei in Garmisch-Partenkirchen, seine Mutter Ute stammte aus einer wohlhabenden Gastronomen-Familie in Nürnberg. Dass er sich nach der Schule für ein Kunststudium entschieden hatte, wurde innerhalb der Familie – er hatte noch eine Schwester und einen Bruder, beide um einige Jahre älter – anfangs kontrovers diskutiert. Letztlich entscheidend für die familiäre Zustimmung waren sein damals schon offensichtliches Talent und die Tatsache, dass sein Vater ein leidenschaftlicher Freizeit-Maler mit erstaunlichen Fähigkeiten war. Insgeheim wünschte er seinem Sohn eine mögliche Künstler-Karriere, die ihm verwehrt geblieben war. Er machte seinen Schulabschluss Anfang der vierziger Jahre des vergangenen Jahrtausends und wurde nach dem Abi sofort zur Wehrmacht eingezogen. Griechenland, Russlandfeldzug, Gefangenschaft, den ganzen Wahnsinn des Nazi-Regimes musste er erleiden und erdulden, war er doch ein ausgesprochener Pazifist und Kriegsgegner. Doch zum Widerständler fehlte ihm der Mut, und auch die Sorge um seine junge Frau, er und Ute hatte gerade erst geheiratet, hielt ihn von Entscheidungen ab, die sein Leben noch mehr gefährdet hätten. Aus diesen Überlegungen heraus entstand dann nach Kriegsende auch der Entschluss für das Jura-Studium, er wollte unbedingt etwas gegen Ungerechtigkeit machen, und da fand er den Beruf als Rechtsanwalt als sehr passend. Er wurde dann auch ein sehr guter und erfolgreicher Anwalt, was ihn den Verzicht auf eine künstlerische Laufbahn doch recht leicht ertragen ließ. Seinem Sohn aber ebnete er den Weg in die Kunst mit deutlicher Zustimmung. Marco zog 1984 nach München, nachdem er die Aufnahmeprüfung zur Kunstakademie mit Bravour bestanden hatte. Die ersten drei Jahre wohnte er in einem Studentenwohnheim, ab 1988 dann mit Rebecca zusammen in Haidhausen.

Dann nahm er sie an einem Wochenende mit nach Garmisch-Partenkirchen zu seinen Eltern. Die waren erst mal sehr skeptisch, als Marco ihnen eröffnete, er hätte wieder mal eine neue Freundin, die er ihnen vorstellen möchte. Die letzten Jahre, eigentlich schon seit er 15 Jahre alt war, beglückte Marco sich und seine Umwelt mit einer ganzen Reihe wechselnder Liebschaften, welche in der Regel sehr kurzlebig waren und nicht selten ausgesprochene Fehlgriffe, zumindest sahen das seine Eltern und auch seine Geschwister so. Und ganz unrecht hatten sie damit ja wohl nicht, dafür sprach die hohe Taktfrequenz, mit der Marco seine Eroberungen wechselte. Meistens war die jetzt aber wirklich große Liebe nach zwei Wochen schon wieder eine verflossene. Darum gaben seine Eltern auch nicht viel auf seine Ankündigung, mit einer neuen Freundin bei ihnen vorbeizuschauen. Dass die beiden schon seit fast einem Jahr zusammen wohnten, hatte er ihnen noch gar nicht gesagt. Es lief dann auch komplett anders als all die Male zuvor. Rebecca eroberte die Herzen seiner Eltern sozusagen im Sturm. Kaum angekommen, wirbelte sie mit ihrer ansteckenden Lebendigkeit durch das Haus mitten rein ins Leben von Ute und Gregor Haller. Es wurde ein ausgesprochen fröhliches und kurzweiliges Wochenende, begleitet von viel Lachen und zahlreichen amüsanten Erlebnissen. So begleitete Rebecca als Beraterin Marcos Mutter zum Schuheinkauf – diese Tatsache an sich war schon ein absolutes Novum – und da es sich um einen der damals schon üblichen verkaufsoffenen Samstage handelte, dehnten die beiden ihre Shopping-Tour noch auf ein paar weitere Läden in der Garmischer Innenstadt aus, was zur Folge hatte, dass sie erst gegen Abend voll bepackt mit Tüten und Kartons erschöpft aber glücklich zurück kamen. Glücklich war vor allem Frau Haller, hatte sie doch endlich dank Rebecca den Mut gefunden, die Dinge zu kaufen, welche ihr schon lange am Herzen lagen, die zu tragen ihr aber bis dahin zu gewagt, zu jugendlich, zu bunt vorgekommen waren. Gregor, ihr Mann fand alles toll, was Ute gekauft hatte und bedankte sich ausdrücklich bei Rebecca. Rebecca schaffte es an diesem ersten Wochenende bei Familie Haller einiges an festgefahrenen Konventionen aufzubrechen, was Marco mit Erstaunen registrierte. Nicht im Traum hätte er sich vorstellen können, dass seine Eltern derart positiv auf Rebecca reagierten. Ähnliches geschah später auch mit Marcos älteren Geschwistern, Renate und Hans-Peter. Auch sie verfielen, wenn man so wollte, Rebeccas Charme und Herzlichkeit in kürzester Zeit. Selbst bei Hans-Peter funktionierte das, obwohl Marcos älterer Bruder an einer leichten Form von Autismus litt und er sich mit Gefühlen eher schwer tat. So fand sie auch bei Marcos Familie ganz schnell Zugang und ihren festen und akzeptierten Platz, genau so, wie es später bei der Familie ihres Vaters Lucio in Italien der Fall sein sollte. Und natürlich war auch bei den Hallers die Bestürzung und die Anteilnahme groß, als Rebeccas Krankheit oder was immer es auch war, ausbrach. Zweimal hatten Marcos Eltern sie in der Klinik besucht, und auch danach fanden gegenseitige Besuche statt. Ute und Gregor Haller gaben sich große Mühe, mit der jetzt so anderen Rebecca klar zu kommen, aber es fiel ihnen ganz offensichtlich sehr schwer. Nur aufgeben wollten sie ihre Bemühungen auf keinen Fall, dazu mochten sie ihre Schwiegertochter einfach zu gerne. Auch Marcos Geschwister nahmen großen Anteil an Rebeccas Schicksal. Besonders Marcos große Schwester Renate – er nannte sie noch immer so, sie war sechs Jahre älter als er – wollte stets auf dem Laufenden gehalten werden und telefonierte häufig mit Marco. Sie hatte Rebecca in ihr Herz geschlossen, die beiden hatten ein sehr vertrautes Verhältnis, wie Freundinnen eben. Die ganze Sache ging ihr richtig an die Nieren.

Ein gutes Jahr nach dem ersten Besuch bei den Hallers heirateten Rebecca und Marco im Juli 1989 in München. Und Rebecca hatte Renate dazu auserkoren, sie bei Auswahl und Kauf ihres Brautkleides zu begleiten und zu beraten. Auch wenn sie sich seit damals nicht mehr sehr oft trafen, hatten sie nach wie vor einen recht guten Draht zueinander. Deshalb fand Renate auch heute noch meistens die richtigen Worte und wusste gut mit ihr umzugehen, auch wenn es ihr nicht wirklich leicht fiel. Rebecca hingegen freute sich immer riesig, wenn Renate mal zu Besuch kam.

Kapitel 13 – 2008, Baia delle Sirene –

„Hey, fertig gezeichnet? Stör ich? Jemand zuhause?"

Marco hatte nicht bemerkt, dass Rebecca sich zu ihm gesellt hatte, so sehr war er in seinen Gedanken versunken.

„Alles gut, hab nur ein bisschen nachgedacht. Setz dich doch. Einen Kaffee?"

„Ja, und ein Eis, das mit Himbeeren!"

Marco stand auf und kam nach ein paar Minuten mit den Sachen zurück.

Für sich hatte er ein kleines Bier mitgebracht.

„Zum Wohl!", sagte Rebecca und Marco musste lachen.

„Das sagst du jetzt wieder fünfmal, bis ich das Glas leer habe ..."

„Ja und? Ich meine das eben so. Wenn du´s nicht magst, dann sage ich eben nichts mehr. Ende der Durchsage."

„Nein, Becci, schon gut ... Sag mal, weißt du noch, wie wir das erste Mal bei meinen Eltern waren? Und du mit meiner Mutter Klamotten kaufen warst? Den ganzen schrägen Fummel, mein Vater war begeistert!"

Rebecca legte den Kopf schräg und dachte angestrengt nach.

„Mama Ute, die Gute ... Nein, das weiß ich nicht mehr, Amnesie."

„Und früher? Vor unsrer Zeit? Du warst doch viel mit Lucie unterwegs ..."

„Ja, mit Lucie. Das war immer lustig. Wir waren oft in der Stadt unterwegs, hatten da so `ne Disco, draußen in Perlach, nix Besonderes, aber da sind wir immer gelandet, nachdem wir die Innenstadt durch hatten: Das Sugar Shake, mal das Babalou, wir kamen ja überall rein, so scharf wie wir da aussahen. Im Kunstpark waren wir auch oft, Kunstpark Ost, am Ostbahnhof, hast du das gekannt? Vorher waren wir oft was essen, in dem großen Griechen in Haidhausen –, wie hieß denn der? Fällt mir gerade nicht ein ..."

„Das weißt du alles noch?"

Marco war verblüfft, er hatte sie eigentlich nur so ins Blaue rein gefragt, ohne große Hoffnung, und jetzt das.

„Ja wieso? Ich weiß auch noch davor, in der Schule ... Da gab es so eine doofe Schnepfe, neben der musste ich sitzen, in der Mittelschule war das, in der vierten Klasse glaub ich, in Haunstetten, Augsburg, da haben wir ja gewohnt, meine Mama und ich ... Gisela, die Gisi Remmler war das. Der ihr Vater war Kommunist, ein komischer Kauz, und ich musste zu denen oft ins Haus, Mittagessen, meine Mama hat ja arbeiten müssen. Und die Gisi hat mich immer niedergemacht, hat mir gesagt, was ich tun soll und so. Ihr Zimmer aufräumen, Süßigkeiten holen aus´m Laden unten auf der Straße –, von meinem bisschen Taschengeld. Sonst sagt sie ihrem Papa, dass sie mich nicht mehr haben will, und dann kann ich nicht mehr kommen, aber was hätte meine Mama dann machen sollen? Ich wollte ihr nicht zur Last fallen, war eh schon schwer genug das alles damals mit mir als Ausländerkind. Ausländerkind, das haben die Gisi und ihr Vater immer zu mir gesagt ... Scheiß Zeit!"

„Aber du kannst dich daran erinnern! Das ist doch neu, oder? Seit wann denn, Becci?"

„Weiß nicht mehr ... Hab nicht gewusst, dass ich das noch weiß."

Sie zuckte mit den Schultern und starrte in ihre Kaffeetasse.

„Aber ich weiß nicht, wie wir hierher gekommen sind, an den See ... Oder wie der jetzt wieder heißt? Anfangsbuchstabe?"

„G ...", sagte Marco.

„Nächster?"

„G,a ...", Und ganz langsam fuhr er fort:

„Gard ...",

„Gardasee! Ich hab's! Aber deine Geschwister, ich weiß schon wieder nicht, wer da welche Kinder hat, und ob die groß oder klein sind ... Das ist doch Mist! Deine Schwester, die mag ich. Anfangsbuchstabe?"

„R"

„Rike?"

„Re ...", half ihr Marco weiter.

„Renate! Ok, Renate, die hat Kinder, ja?"

„Nein, ich glaube, das verwechselst du jetzt mit Chiara, deiner Schwester in Pioppi, die hat zwei Kinder, weißt du wie sie heißen?"

„Junge und Mädchen, glaub ich ..."

„Richtig"

„Der Junge heißt – warte, ich hab´s gleich, irgendwas mit G ..., Giorgio! Ich hab´s! Giorgio und Silvia heißt das Mädchen! Mit denen spiele ich doch immer am Strand."

„Super! Geht doch ..." Marco nahm ihre Hand und küsste sie.

„Und der Rest deiner Familie? Die ist ja eh da, oder?"

Marco hakte nach, erntete aber dafür nur ein missmutiges Augenrollen.

„Ja, ja, natürlich weiß ich die alle, aber jetzt hör auf damit, das stresst mich bloß ... Da wird mir wieder schlecht!"

Sie fegte vehement die fast leergegessene Eisschale von sich und stand abrupt auf.

„Hey, was ist los Becci? Sorry, ich wollte dich nicht aufregen, komm schon, war doch alles gut gerade ..."

„Es ist nix los, mit mir ist gar nichts mehr los! Toll, ich weiß die Namen meiner Familie, ist ja Spitze! Und wo steht jetzt meine Liege? Hab ich vergessen! Stell dir vor, so´ n Scheiß! Und du lobst mich wie ein kleines Kind – brav hast du das gemacht, ganz toll kannst du das schon ..."

Rebecca stapfte davon, allerdings in die falsche Richtung. Marco lief ihr nach und korrigierte den Weg, zeigte ihr den Liegenplatz.

„Siehst du, ich bin zu blöde, meine Liege zu finden!", schnaubte sie.

„Ach komm, die sehn alle gleich aus, das kann doch jedem passieren ..."

Sie drehte sich um und blitzte ihn an:

„Das passiert aber nicht jedem. Das passiert mir. Weil sie mir den Kopf aufgeschnitten haben ...“

„Aber das stimmt doch nicht. Du ...“

„Ach ich war vorher schon doof, oder was?“

„Jetzt hör aber mal auf, Becci! Die Biopsie hat man gemacht, weil sie einen Tumor oder sonstwas vermutet haben ... Das war ganz am Schluss, die hat mit deiner Amnesie und dem ganzen Mist gar nichts zu tun ... Du bringst das immer wieder durcheinander, das ist alles! Beruhig dich ...“

„Ich bin ruhig, verdammt nochmal! Ich will darüber nicht mehr reden, du hörst nichts mehr von mir, kommt eh nur blödes Zeug raus ... Ende der Durchsage!“

Damit schnappte sie sich die Luftmatratze und ging zum See. Marco folgte ihr ins Wasser und gemeinsam paddelten sie weit hinaus. Langsam stellte sich die friedliche Stimmung wieder ein, die gerade um ein Haar flöten gegangen wäre.

Marco hing noch etwas dem verbalen Schlagabtausch von vorher nach, dabei fiel ihm jene psychosomatische Therapeutin in Deutschland ein, mit der Rebecca noch hin und wieder Termine vereinbarte. Sie war überhaupt die einzige aus der ganzen Ärzteschaft, zu der Rebecca noch sowas wie Vertrauen hatte aufbauen können. Und sie hatte ja Marco einmal die recht schlüssige und anschauliche Beschreibung von Rebeccas Zustand im Gehirn geliefert, indem sie dieses mit den verdrehten Farbflächen eines Rubik-Würfels verglichen hatte. Das war jetzt genau wieder so eine Situation gewesen, in der er das hundertprozentig nachvollziehen konnte. Da erzählte ihm Rebecca in aller Ausführlichkeit Erinnerungen aus ihrer Jugend, mit Namen und richtigen Ortsangaben und allem drum und dran, und kurz darauf findet sie nicht mal mehr die paar Meter zu ihrer Liege zurück. Er war sehr froh darüber, dass ihm bei solchen Gelegenheiten die Sache mit dem Würfel einfiel, das half ihm, Rebeccas Verhalten richtig einschätzen und auch akzeptieren zu können, als Krankheit zu akzeptieren. Er durfte nicht den Fehler machen, ihr Verhalten, welches oft ganz unmöglich war, persönlich zu nehmen. Auch wenn das manchmal nicht immer ein fach war. Schließlich war er auch nur ein Mensch. Die Kraft, ständig gelassen über den Dingen zu stehen und Rebecca mit professioneller Distanz zu behandeln, fehlte ihm bisweilen. Er war ja nicht ihr Arzt oder Therapeut, in erster Linie sah er sich immer noch als ihr Freund und Ehemann, auch wenn sie das so nicht mehr lebten. Und doch war er hier am See mit ihr auf eine gewisse Weise glücklich, abgesehen von dem Disput gerade eben oder von anderen Dingen, die das Leben mit ihr so verkomplizierten. Hier spürte er wieder ein Stück weit die Nähe und Vertrautheit, welche ihr Zusammenleben immer geprägt hatte. Und auch wenn Rebecca nach wie vor geradezu allergisch auf ihre Abhängigkeit von ihm reagierte, so meinte er doch ein größeres Maß an Gelassenheit bei ihr erkennen zu können, als das zu Hause der Fall war. Vielleicht lag das alles, so banal es auch klingen mag, an der Urlaubs-

Situation und daran, dass sie sich in Italien einfach wohl fühlte, wohler als zuhause. Das vermutete Marco ganz stark. Irgendwie stammte sie ja von hier, zumindest zur Hälfte. Er hatte mit ihr noch nicht darüber gesprochen, wie sie selbst das empfand, ob sie sowas wie Heimatgefühl und Erdverbundenheit oder wenigstens Sehnsucht zu dem Land ihrer italienischen Familie verspürte. Er hatte ein bisschen Angst davor, etwas in ihr aufzuwühlen oder zu provozieren, was er vielleicht gar nicht wollte. So wie es gerade war, ist es gut, dachte er und begann kräftig mit den Beinen zu treten, sodass sich die Luma drehte und das Wasser nur so spritzte.

„He, was machst du!"

Rebecca lachte auf und klatschte ihm eine volle Breitseite Wasser ins Gesicht, gleichzeitig stieß sie ihn mit dem anderen Arm gegen die Rippen, worauf Marco sich theatralisch ins Wasser sinken ließ.

Sie alberten noch eine ganze Weile so herum, dann ließen sie sich langsam zurück an den Strand treiben, die sanften Wellen des Sees kamen heute vom Westufer herüber.

Es waren ruhige und entspannte Tage, die sie hier im Strandbad verbrachten, ruhig und friedlich verliefen sie, so wie Marco es schon lange nicht mehr erlebt hatte. Auch die Abende mit dem obligatorischen Essen gehen gestalteten sich überwiegend konfliktfrei, seit sie in Pajengo nahe am See ein Lokal gefunden hatten, welches ausnahmsweise nicht überschwänglich mit Jasmin umpflanzt war, trotzdem ein wunderschönes Gartenareal besaß und vor allen Dingen zwei Gerichte anbot, welche Rebecca wirklich mochte und die sie dann abwechselnd jeden Abend mit Freude und mit gutem Wein genießen konnte. Zum einen war es ein gegrilltes Hühnchenbrustfilet mit Pommes und grünem Salat, zum anderen ein Vorspeisenteller mit gegrillten Gemüsen, Zucchini, Auberginen, Tomaten, Broccoli und Fenchel. Ja, tatsächlich Fenchel. Marco hätte nie gedacht, dass sie den essen würde, hatte sie ihn doch früher schon nicht gemocht, aber gerade den Fenchel fand sie ausgezeichnet. Gut, sie bespaßte auch hier die Touristenkinder und unterhielt sich ausgiebig und meist viel zu persönlich mit anderen Gästen oder auch sehr gerne mit dem Service-Personal, gab regelmäßig zu viel Trinkgeld, aber Marco nahm das alles in Kauf, hatte er so doch ganz angenehme und amüsante Abende. Denn wenn Rebecca Wein trank, fiel zwar einerseits ihre Distanzgrenze anderen gegenüber fast völlig weg, andererseits war sie dann aber auch durchaus unterhaltsam und witzig.

Und wenn sie dann die Nachbartische in ihre Unterhaltung mit einbezog und ihnen, ob sie wollten oder nicht, die Vorzüge der Amnesie erklärte –

„Wissen Sie, wenn ich euch jetzt auch irgendeinen Blödsinn erzähle oder euch nerve, und wir sehen uns morgen zufällig wieder, in der Stadt, am Strand, im Cafe, egal wo, und euch wär das normalerweise peinlich, ihr möchtet die Straßenseite wechseln oder das Cafe verlassen –, müsst ihr nicht, weil ich kann mich an euch nicht erinnern morgen – Futschikato, versteht ihr? Wir können wieder von vorne anfangen ..."

Dabei lachte sie lauthals los –

„aber das Essen ist hier doch total lecker, oder? Was habt ihr bestellt?"

Oder wenn sie den Leuten breit und ausführlich und mit viel zu langen Pausen, welche sie einsetzte, um die angebliche Spannung ihrer Geschichte noch zu steigern, Erlebnisse mit Alioscha und anderen Kindern erzählte, dann war ihm das inzwischen nicht mehr peinlich wie früher, er erklärte Rebeccas Verhalten nur, wenn sich Gelegenheit dazu bot, ansonsten beließ er es lächelnd bei einem wohlmeinenden Achselzucken. Sollten die Leute doch denken was sie wollten und sich ihr eigenes Bild machen, im Laufe der Monate hatte er gelernt, zunehmend gelassener mit der Situation umzugehen. Erstaunlicherweise stellte er fest, dass Menschen, die Rebecca von früher nicht kannten, gar nicht so ein Problem im Umgang mit ihr hatten, wie er sich das vorstellte. Die kannten ja nicht die taffe, kreative Powerfrau, die Rebecca mal war, die lernten sie so kennen, wie sie jetzt eben war und wussten nichts von ihrer Erkrankung. Klar kam sie für viele etwas schräg und seltsam rüber, gerade wenn der Kontakt den Small-Talk-Horizont überstieg, was bei ihr natürlich sehr schnell der Fall war, aber viele kamen damit besser zurecht, als er gedacht hatte. Und es war ja schon so, auch wenn sie einerseits ätzend, gemein und mit der ganzen Welt im Clinch liegend rüberkam, so konnte sie doch auf der anderen Seite wieder liebenswert und fröhlich sein, besonders in Gesellschaft ihr wohlgesinnter Menschen. Und das waren ja erstmal fast alle, zum Glück.

Nach vier Tagen der Hitze, die sie allesamt im Strandbad Baia delle Sirene verbracht hatten, schlug das Wetter um. Von Norden zogen dicke Wolken aus den Bergen herab, zuerst wurde es sehr windig, was anfangs noch die zahlreichen Surfer und Segler auf den See trieb, doch bald wurde es auch denen zu ungemütlich, es kam Sturm auf. Heftige Regenschauer hielten die Touristen in den Hotels und Pensionen, nur die Cafés und Restaurants erfreuten sich über verstärkten Zulauf, das fröhliche Outdoor-Leben rund um den See kam gänzlich zum Erliegen. Auch im Parco Termale war so gut wie nichts mehr los, auch wenn er noch geöffnet hatte, immerhin gab es dort ja zumindest ein kleineres überdachtes Schwimmbad und natürlich konnte man sich in der Orangerie am hinteren Thermalsee aufhalten, dort gab es einen gastronomischen Betrieb mit Buffet-Theke, einem Cafe und einer Snackbar. Und ganz Unerschrockene konnten selbst bei diesem Wetter in die Außenbecken, durch einen gläsernen Tunnel gelangte man geschützt bis zum Einstieg. Das Schwimmen im körperwarmen Wasser der Therme hatte bei diesen widrigen Bedingungen, bei Regen und stürmischen Windböen seinen ganz eigenen Reiz. Marco wollte das schlechte Wetter eigentlich dazu nutzen, in den nahegelegenen Städten Verona und Brescia ein paar Ausstellungen und Museen zu besuchen, beide Städte hatten in dieser Hinsicht eine Menge zu bieten, doch Rebecca hielt davon gar nichts. Sie wollte in die Therme.

„Hier im Hotel rumsitzen ist blöde, und im Auto herumfahren bis man in 'ner nassen Stadt irgendwelche toten Steine anglotzt oder was du da machen willst, das mag ich auch nicht!"

„Becci, ich möchte mir einfach ein paar Ausstellungen angucken, das gehört irgendwie auch zu meinem Job, das musst du akzeptieren, kannst ja so lange in ein Café gehen, wenn dich das langweilt. Du kannst auch hier bleiben, geh doch alleine in die Therme, das schaffst du doch inzwischen."

„Ich will aber nicht alleine wohin gehen! Dann bleib ich eben hier im Bett liegen, und warte bis du wieder kommst ..."

„Das ist doch Käse, Becci, wir müssen uns einigen –"

„Wir müssen gar nicht, wir sollten uns einigen, wenn schon ... Du weißt, dass ich das Wort nicht mag!"

„Also gut, wir sollten uns einigen, meinetwegen ... Wie wär´s, wenn wir vormittags gemeinsam nach Verona fahren, dort besuchen wir eine Ausstellung, nicht mehr, versprochen, dann essen wir noch was Kleines und fahren wieder zurück. Und um vier Uhr spätestens sind wir in der Therme. Na, ist das ein Vorschlag? Sag schon ..."

Rebecca runzelte die Stirn, als denke sie angestrengt nach. Schließlich sagte sie: „Ja gut, so machen wir das. Was soll ich auch anderes sagen, du bist der Held, was du sagst, wird gemacht. Ich mach bloß lauter Fehler ... Ich hoffe nur, dass ich was runterkrieg, wenn wir dort essen gehen ..."

„Nur ´ne Kleinigkeit, da werden wir schon was finden, glaub mir! Und du machst nicht nur Fehler, wie kommst du darauf, vieles klappt doch schon wieder ganz gut, jetzt sei nicht so schlecht drauf ..."

„Ich bin gar nicht schlecht drauf, das stimmt nicht! Ich zieh mich um, es regnet ja, was nehme ich denn mit?"

Nach langem Hin und Her und weiteren Diskussionen schafften sie es endlich, den Ausflug nach Verona zu machen, es ging dann auch alles gut, selbst das Essen wurde zu keinem Problem, sie parkten in der Stadt direkt gegenüber eines McDonalds, den sie nach der Ausstellung besuchten.

Um vier Uhr kamen sie dann wie geplant an im Parco Termale, wo sie zwei Liegen im ersten Stock der Orangerie belegten. Draußen regnete es noch immer, und es hatte sich inzwischen auch deutlich abgekühlt, aber hier drinnen war es angenehm warm und gemütlich. Rebecca stand an der großen Glasfront und schaute über den See. Gegenüber dem Gebäude befand sich eine künstliche Grotte, in die man durch einen Wasservorhang hinein schwimmen konnte, sie war beleuchtet und mit verschiedenen Wasserspielen und

Massagedüsen ausgestattet. Rebecca liebte diesen Ort besonders und hielt sich oft dort drinnen auf. Plötzlich drehte sie sich zu Marco um und rief aufgeregt:

„Da drüben bei der Höhle, da ist Alioscha und ihre Mutter, sie sind gerade rein geschwommen!"

Kapitel 14   – Dezember 2006, München –

Reza Aslan und Armin Hagenthal wurden ein Paar. Marco Hallers Vernissage in Leipzig und Rebeccas Irrweg durch die Stadt auf der Suche nach ihren geliebten Chickenwings standen am Anfang dieser ungewöhnlichen und ausgesprochen leidenschaftlichen Beziehung, welche von Freunden und Bekannten der beiden, so auch von Marco, erstmal belächelt wurde und der keine lange Dauer zugestanden wurde. Aber da täuschten sich alle. So unterschiedlich die beiden äußerlich auch waren – er klein, untersetzt und stämmig, mit Glatze und dicker Brille nun wirklich kein Adonis, und sie, groß, langes dunkles Haar, edle, leicht asiatisch geprägte Gesichtszüge, eine elegante Erscheinung von Kopf bis Fuß –

so verbunden waren sie doch in ihren Neigungen, in ihren Vorlieben und Einstellungen. Reza Aslan benutzte einmal den Begriff der Seelen-Verwandtschaft, das traf es eigentlich ganz gut. Und was die Leidenschaft betraf, da besaßen beide anscheinend ganz hervorragend harmonierende Eigenschaften, welche sehr entscheidend zum Gelingen ihrer Verbindung beitrugen. Auch hier galt wieder, man traute der attraktiven Reza Aslan Sinnlichkeit sofort zu, Hagenthal hingegen konnten sich die wenigsten Beobachter als feurigen Liebhaber vorstellen. Und doch musste es so sein. Die beiden verstrahlten geradezu Sinnlichkeit. Es herrschte zwischen ihnen ein dauerndes Geflirte. Neckereien und anzügliche Bemerkungen flogen hin und her, auf dass es Zartbesaiteten schon mal die Schamesröte ins Gesicht treiben konnte.

„Wir schlafen einfach gerne miteinander ...", gestand Hagenthal Marco, als sie wieder einmal einen Abend miteinander verbrachten, was selten geworden war. Meistens zog es Hagenthal nach Hause zu Reza, er lebte inzwischen in Leipzig bei ihr. Oft sie waren gemeinsam unterwegs, entweder hatte Hagenthal in Sachen Marcos Kunst zu tun, oder Reza Aslan hatte einen Auftrag außerhalb Leipzig, was recht häufig vorkam. Sie reisten viel und gerne und mochten auch das Leben im Hotel. Sie wussten immer, wo es die guten Hotels gab, deutschlandweit sowieso und auch im Ausland kannten sie sich auf diesem Gebiet bestens aus. Viele ihrer Freunde und Bekannten profitierten von ihrem Erfahrungsschatz. Was auch Aslan und Hagenthal empfahlen, hielt den Erwartungen stand. Hagenthal meinte, und das nur halb scherzhaft, wenn es mit Marcos Kunst mal nicht mehr so liefe, dann werde er einen Hotelführer schreiben, oder am besten gleich selber eines eröffnen.

An dem Abend, als Hagenthals Sexualleben zur Diskussion stand, war auch Helmut Brenniger zugegen. Die drei hatten sich Anfang Dezember – also gut drei Monate nach Marcos Ausstellung in Leipzig, welche für Marco sehr erfolgreich verlaufen war – in einem Lokal nahe der Münchner Freiheit zum Essen verabredet und wollten dann den Rest des Abends und auch die Nacht in Brennigers Loft im Westend verbringen. Nach langem Hin und Her hatte es endlich mit dem geplanten Treffen geklappt, die drei genossen ihr Zusammensein ausgiebig. Ein echter Männerabend, wie Brenniger des Öfteren bemerkte. Nach der anfänglichen Unterhaltung über die da noch frische Liaison von Hagenthal und Reza Aslan, von deren dauerhaften Bestand noch keiner der drei Freunde überzeugt war, trieb das Gespräch dann sehr bald auf Marcos Beziehung zu Rebecca hin. Zu eng war jeder auf seine Weise mit dem dramatischen Schicksal Rebeccas verbunden, als dass es an diesem Abend nicht zum Thema werden würde. Marco selbst trug seinen Teil bei, damit die Unterhaltung diese Richtung nahm. Er wollte reden, ja er musste reden, zu groß war die Anspannung und die Irritation, welche Rebeccas Erkrankung mit sich gebracht hatte. Seine Trauer, seine Verunsicherung brauchten ein Ventil, er konnte damit nicht alleine fertig werden, und dieser Abend schien ihm ein willkommener Anlass, über seine Probleme zu sprechen. Und Hagenthal und Brenniger gehörten nun mal zu seinen engsten Freunden, sie kannten beide sehr gut, ihn und Rebecca, hatten viel von ihrer gemeinsamen Zeit mit erlebt.

„Bei mir und Rebecca läuft da nix mehr ...", begann Marco.

„Wie jetzt? Im Bett meinst du?" Helmut Brenniger nahm die Weinflasche und schenkte Marco nach, obwohl dessen Glas noch halbvoll war.

„Sicher, was sonst? Naja, sonst läuft auch nicht mehr viel, könnt ihr euch ja denken …"

„Ist auch schwer vorstellbar, dass da noch was geht … Wenn ich da an die Rebecca von früher denke … Mann Mann Mann!"

Hagenthal schüttelte nachdenklich den Kopf.

„Sag mal, wie soll das eigentlich weitergehen, mit dir und Becci? Hast du da schon mal drüber nachgedacht?"

Brenniger kam wie gewohnt ohne Umschweife auf den Punkt.

„Tja, gute Frage …", antwortete Marco nachdenklich.

„Ich weiß es einfach nicht. Ich weiß nicht, ob sich da noch was bessert bei ihr oder ob es so bleibt oder – Gott behüte, sogar wieder schlechter wird."

„Gehen wir mal davon aus, dass es so bleibt, wie´s gerade ist.", hob Brenniger erneut an.

„Beccis Genesung stagniert und ihr Zustand wird Status. Wie kommst du damit klar, wie sieht das aus?"

Marco überlegte.

„Ja, manchmal wäre ich wirklich lieber allein, als weiter mit ihr zusammen … Dieser Gedanke kommt mir immer wieder mal – und das erschreckt mich. Ich schieb ihn dann ganz schnell zur Seite, was soll ich denn tun? Ich kann sie doch nicht sitzen lassen, oder irgendwohin gehen und sagen: So, meine Frau funktioniert nicht mehr richtig, ich tät sie gerne umtauschen und möchte ´ne Neue … So einfach geht das nicht, ich fühle mich verantwortlich. Aber so wie´s jetzt ist,

ist es auch nicht weiter machbar, es macht mich fertig. Passt auf, ich erzähle euch jetzt mal einen zwar fiktiven, aber doch so oder so ständig sich wiederholenden Tagesablauf bei uns. Ihr wisst das glaube ich gar nicht so richtig, was da bei uns abläuft, oder?"

„Genau genommen nicht. Erzähl mal! Hagenthal, noch eine Flasche bitte!"

„Zu Befehl, Brenniger!"

Hagenthal salutierte albern und machte sich ans Öffnen einer neuen Flasche Wein.

„Es kann sein, grade jetzt im Winter, ganz super, ich steh morgens auf, Becci sitzt beim Frühstück im Schlafanzug, barfuß, und die Fenster sind alle auf Kipp, die Heizung ist aus. Sag ich was oder mach die Fenster einfach zu und die Heizung an, geht die erste große Diskussion los. Sie braucht Luft, ihr isses sonst schlecht, ich soll ihre Füße anlangen, die sind ganz heiß.

Haben wir uns dann geeinigt, Kompromiss – Fenster zu aber keine Heizung, mach ich mein Müsli. Die Sachen, die ich dazu brauche, stehen schon wie jeden Morgen auf der Anrichte bereit, die richtet sie immer schon in der Nacht her, auch mein grüner Tee hängt schon im Sieb in der Tasse und verliert seit Stunden sein Aroma. Egal, immerhin tut sie inzwischen die Blätter nicht mehr ins feuchte Sieb, dass sie auch noch schön schimmeln ... Hat einige Tage gedauert, bis sie das behalten hat. Sie nimmt auch immer viel zu viel Tee, aber da sag ich nix, tu was zu viel ist einfach in die Dose zurück. Sie trinkt immer Kaffee, etliche Tassen pro Tag. Und dazu, weil sie nicht einfach nur Kaffee trinken will oder kann, wie sie sagt, isst sie Unmengen getoastetes Schwarzbrot. Mit Margarine, Himbeermarmelade und Zitronensaft. Oder nur mit Margarine – zum Brunch, wie sie das nennt, wenn das Frühstück wieder mal zwei Stunden dauert, bis nach Mittag. Dann trinkt sie noch ein Glas Bier dazu. Und Stücke geschälter Salatgurken. Die isst sie auch immer gerne. Auch abends beim Fernsehen, dann aber zu Unmengen Kinderschokolade. Und mit Wein. Aber sie trinkt nicht viel, nicht dass ihr meint, jetzt wird sie auch noch Alkoholikerin. Da muss eher ich aufpassen ... Sie steht mehr auf Aspirin, zwei, drei Stück pro Tag. Besonders wenn sie Stress hat, wenn wir mal wieder streiten. Und Schlafmittel. Zum Glück nur pflanzliches Zeug. Aber jede Menge! Und Globuli, ihr wisst schon, diese weißen Kügelchen ... Die Therapeutin hat ihr da mal welche aufgeschrieben, als sie so Schwierigkeiten mit dem Essen hatte. Globuli gegen Übelkeit, Globuli für den Appetit, Globuli zum Verdauen, ach, was weiß ich noch alles ... Aber das war vor Monaten, jetzt kauft sie die noch immer und schluckt Unmengen davon! Aber da sag mal was. Dann gibt´s den nächsten Streit ...“ Marco nahm einen großen Schluck Wein, dann fuhr er fort:

„Dann ihre Heizdecke. Zum Glück ist das so ein High-Tech-Teil. Kann nicht überhitzen, hoff ich zumindest. Die schaltet sie schon oft am Tag, mittags ein, damit es schön kuschelig ist, wenn sie dann um 11:00 Uhr nachts ins Bett geht, und dazu macht sie dann noch Wärmflaschen, für mich übrigens auch. Die liegt dann schon am Vormittag im Bett – für den Abend! Und auf dem Stuhl, auf dem ich irgendwann sitze und auf dem Sofa, falls wir abends fernsehen. Da sag ich schon lange nix mehr, bringt nix ... Früher wollt ich ihr das immer noch erklären, warum das keinen Sinn macht, und von wegen Energie sparen und so ... Vergiss es!"

„Aber wieso Heizdecke, ich denk, ihr ist es immer zu warm?", fragte Brenniger.

„Mann Helmut, ich weiß es doch nicht! Mit Logik kommst du da nicht weiter. Damit musst du erst mal klar kommen, und das sind ja jetzt nur ein paar Dinge, die ich euch erzähle. Sie hat sich einfach komplett verändert, hat ein anderes Wesen, macht Sachen, die sie früher nie gemacht hätte. Da blitzt nur ganz selten was auf von der Becci, wie ich sie kannte. Ihr merkt das doch auch. Und dann ist sie oft wütend und sauer, weil sie ja irgendwo mitkriegt, dass es nicht mehr so läuft wie früher, dass sie abhängig ist. Wegen jedem Scheiß muss sie mich fragen, wie geht der Fernseher an, wie funktioniert der Computer ... was ist Brokkoli und wo ist das Mittelmeer! Und Musik! Ich sag euch, der Wahnsinn! Sie kennt vielleicht noch manche Songs dem Gefühl nach, aber sie weiß nicht mehr, wer zum Kuckuck Jimi Hendrix ist. Oder die Beatles, Elvis. Die Stones. Sie verwechselt Udo Lindenberg und Udo Jürgens, aber dann trällert sie wieder irgendwelche Schlagertexte ...

Schön ist es auf der Welt zu sein, sagt die Biene zu dem Stachelschwein ..."

Marco sang das Lied an, doch dann brach er in Tränen aus und legte seinen Kopf auf die Tischplatte.

Hagenthal legte ihm den Arm um die Schulter und sagte nur:

„Das ist echt Scheiße ..."

Und Brenniger, wie immer ganz pragmatisch, meinte:

„Das macht dich kaputt. Das hältst du nicht durch, ihr beide schafft das nicht. Irgendwann schlagt ihr euch die Köpfe ein. Weil, so wie ich das verstehe, hat Becci vieles verloren, nur nicht eines ..., ihren Dickschädel. Und das macht die Sache nicht einfacher!"

Marco hatte sich wieder etwas gefangen und erwiderte:

„Da sagst du was Wahres, Helmut! Einerseits isses ja gut, dass sie ihren Sturschädel noch hat, der hilft ihr dabei, so offensiv mit dem Zustand umzugehen. Andere werden bei sowas glaub ich ganz still und ziehen sich zurück, von allem ... Andererseits treibt sie dich damit zum Wahnsinn, ich könnt sie manchmal an die Wand klatschen!"

Jetzt musste Marco schon wieder grinsen, der Wein half ihm über seinen Jammer hinweg.

„Aber dann gibt es wieder Situationen, die sind so komisch, da könntest du dich wegschmeißen vor Lachen! Letztes Mal beim Bäcker, sie isst ja Berge von Brot, Schwarzbrot, und immer lässt sie es in Scheiben schneiden. Die Verkäuferin frägt sie, wie dick sie denn die Scheiben machen soll und Becci sagt – 'Na ja, so Fingerdick, warten Sie mal, ich zeige es Ihnen ...', und schon streckt sie der armen Frau den Stinkefinger entgegen! Ich seh die Verkäuferin an, die sieht mich an und wir fangen beide an zu lachen, wir kennen uns ja. Becci ist voll irritiert, bis ich ihr erkläre, was sie da gerade gemacht hat. Mann oh Mann! Ich sag euch ..."

Hagenthal und Brenniger lachten schallend und Hagenthal fragte:

„Hat sie dann kapiert, was das für eine Geste war?"

„Ja klar, was ein Stinkefinger ist, weiß sie schon noch. Aber in dem Moment war es ihr nicht bewusst, was sie tut ..."

Der Abend wurde noch lang und blieb feuchtfröhlich bis in die Morgenstunden. Die Frage, wie es denn nun mit Rebecca und Marco weitergehen sollte oder könnte, trat mehr und mehr in den Hintergrund, sie war ja eigentlich sowieso nicht wirklich zu beantworten. Allerdings barg der Abend an sich schon eine Art Antwort in sich, da Marco zu einer lange nicht mehr möglich gehaltenen Ausgelassenheit und Geselligkeit zurückfand. Die Erkenntnis, dass seine, ihre Freunde und natürlich auch die Familien wichtiger denn je werden würden für ihr Leben, blieb ihm nach einem verkaterten Morgen wohltuend erhalten und verankerte sich fest in seinem Bewusstsein.

Kapitel 15 – 2008, Parco Termale –

Alioschas Eltern waren gar nicht glücklich darüber, dass Rebecca wieder in der Therme aufgetaucht war und sofort den Kontakt zu ihrer Tochter aufgenommen hatte. Die freute sich hingegen riesig darüber und hielt sich eigentlich nur noch bei Rebecca auf. Die beiden verbrachten jede Minute ihres Aufenthalts in der Therme gemeinsam, selbst bei den Mahlzeiten saß sie meistens bei Rebecca und Marco am Tisch. Mit Vehemenz setzte sie sich gegen die zaghaften Einwände ihrer Eltern durch. Das ging nun schon wieder ein paar Tage so, seit sie eben von dem Verona Ausflug zurück waren und vorher die vier Tage im Strandbad verbracht hatten. Fast eine Woche lang hatten sie den Parco Termale nicht besucht. Insgeheim hatte Marco gehofft, Mara Cilic und ihr Mann Luca seien vielleicht inzwischen mit ihrer Tochter abgereist, aber dem war nicht so. Wie sich herausstellte, besaß Luca Ruggieris Familie ein kleines Apartment in Peschiera an der südlichen Seite des Sees, nur wenige Autominuten von Cola entfernt. Sie verbrachten ganz oft ihre Wochenenden und Ferien dort und genossen es, mal aus Brescia herauszukommen.

Marco war es unangenehm, sich immer wieder mit Alioschas Eltern auseinandersetzen zu müssen. Er konnte sie ja verstehen, sie versuchten jedesmal nachdrücklicher, ihn dazu zu bringen, Rebecca den ständigen Kontakt mit ihrer Tochter auszureden, doch das ging Marco zu weit. Aber er versprach, auf Rebecca einzuwirken, und Alioscha hin und wieder zu ihren Eltern zu schicken. Vor allem zu den Mahlzeiten. Das war ihnen besonders wichtig. Sie fürchteten allen Ernstes eine Entfremdung ihrer Tochter durch Rebecca. Er versuchte ihnen das auszureden und sie zu beschwichtigen, aber das funktionierte nicht wirklich. Luca und Mara pflegten ihren Argwohn und steigerten ihn noch dadurch, indem sie begannen, Rebecca, Marco und Alioscha heimlich zu beobachten. Das blieb Marco natürlich nicht verborgen. Aber anstatt sie damit zu konfrontieren und zur Rede zu stellen, traf Marco eine andere Entscheidung. Er rief bei den Panellas in Pioppi an und fragte, ob er mit Rebecca nicht ein paar Tage auf Besuch kommen könne.

„Aber klar, Marco! So lange ihr wollt." Lucio, Rebeccas Vater war am Apparat und war gleich angetan von Marcos Idee.
„Wirklich? Bitte frag doch erst deine Familie, ob das für sie auch passt. Ich möchte nicht, dass ..."
Lucio fiel Marco ins Wort:
„Da brauch ich nicht zu fragen, Marco, die freuen sich, glaub mir!"
„Frag wenigstens deine Frau, Lucio. Ornella macht sich sonst vielleicht einen Haufen Arbeit wegen uns. Wir können auch irgendwo im Ort wohnen, gar kein Problem ..."
„Eh, willst du mich beleidigen?" Lucio spielte den Gekränkten.

„Wir haben genug Platz. Paolo kommt nur noch zum Essen und bringt seine Wäsche, und Chiara lebt bei ihrem Mann, sie arbeitet hier nur noch. Obwohl, wenn jetzt ihre große Schwester kommt, könnte ich mir vorstellen, sie zieht wieder hier ein!" Er lachte laut und fügte hinzu:

„Nein nein, mach dir keine Gedanken, Marco. Kommt nur, ich freue mich sehr auf meine Tochter! Wie geht es ihr denn?"

„Na ja, eigentlich nicht schlecht, abgesehen von ihrer Amnesie, die macht uns schon noch Probleme. Erinnerungen sind immer noch viele weg, aber das Personengedächtnis wird doch besser. Euch hat sie alle parat, liegt wahrscheinlich daran, dass sie euch so mag, und daran, dass ihr immer so viel und laut redet und ständig am Lachen seid ... Das kann man nicht vergessen!"

„Na hör mal! Klingt da Spott und Hohn durch? Komm du nur her ...!"

Lucio und Marco konnten gut miteinander, sie mochten sich, was Marcos Entscheidung, nach Pioppi zu fahren, noch einfacher machte. Es war eine lange Fahrt, 1000 km, fast nur Autobahn, er konnte sich was Schöneres vorstellen bei der Hitze, die in Richtung Süden immer mehr zunahm, aber auf der anderen Seite freute er sich auf die Panellas und für Rebecca war es sicher großartig, ihre italienischen Verwandten und natürlich ihren Vater wieder zu sehen.

„Wann fährst du los?" wollte Lucio noch wissen.

„Ich denke, wir werden gleich morgen sehr früh aufbrechen, dann kann ich mittags, wenn es heiß wird, irgendwo Siesta machen."

„Gut, dann erwarten wir euch also spätabends, vor zehn Uhr werdet ihr nicht da sein. Ey, und nicht Abendessen, ja? Ich bereite was vor, du weißt ja, es gibt hier ein ganz ordentliches Ristorante ..."

Marco schmunzelte, das war ja klar, dass Lucio es sich nicht nehmen ließ, sie in den Tagen, die sie bei ihnen verbringen würden, nach Strich und Faden zu verwöhnen mit allem, was die Küche hergab. Trotzdem antwortete er:

„Lucio, mach dir bitte nicht so viel Mühe, ein paar Panini tun's auch, oder ich kann auch unterwegs einen Snack ..."

Weiter kam er nicht, Lucio fiel ihm ins Wort:

„He, willst du mich schon wieder beleidigen? Aber ich nehme mal an, du sagst das aus deutscher Höflichkeit, dann kann ich es akzeptieren! Also, fahr vorsichtig, ja? Aber nicht zu langsam, dann seid ihr bald da!"

Am frühen Abend – sie waren gerade auf dem Heimweg von der Therme – eröffnete er Rebecca seinen Vorschlag, nach Pioppi zu ihrem Vater zu fahren.

„Zu Papa? Ehrlich? Da sehe ich ja meine Geschwister, und Ornella, seine Frau, die ist auch immer so nett zu mir! Oh ja Marco, das ist super die Idee! Wann geht's los?"

„Gleich morgen ganz früh, wegen der Hitze. Wir sind den ganzen Tag unterwegs, mittags machen wir Pause, vielleicht springen wir ins Meer ...“

Rebecca freute sich riesig und hüpfte aufgeregt vor ihm her.

„Morgen früh geht´s los, morgen früh geht´s los!“, sang sie lauthals, dann hielt sie kurz inne, drehte sich zu Marco um und rief:

„Ich muss das Alioscha sagen, ich ruf sie gleich daheim an. Wir können sie doch mitnehmen? Bitte, bitte, bitte, Marco, lass uns ihre Eltern fragen, ob sie mit darf ...“

Damit hatte Marco nun wirklich nicht gerechnet. Verdutzt schaute er Rebecca an.

„Äh, sorry Becci ..., das geht überhaupt nicht. Mara und Luca würden das niemals erlauben, denk doch mal nach! Du hast doch mitgekriegt, dass sie das gar nicht so toll finden, wie oft ihr zusammen hängt – das ist denen zu viel. Und ehrlich gesagt, ich möchte es auch nicht, dass sie mitfährt. Und ich bin mir auch nicht sicher, ob deine Familie das so gut fände. Da geht es um dich und deine Familie, deinen Vater und ausnahmsweise mal nicht um Alioscha, schlag dir das echt aus dem Kopf, ja?“

Rebecca baute sich vor ihm auf und blitzte ihn feindselig an:

„Ich weiß schon, du magst es nicht, wie ich mit Kindern umgehe, das ist es doch! Das ist dir zu viel! Ich wollte ja auch mal ein Kind, aber das hat ja nie gepasst und jetzt, jetzt isses zu spät dafür und ich bin zu doof um eine Mutter zu sein, denkst du sicher ..."

Sie fing zu weinen an und ließ sich auf eine Bank sinken, die am Rand des Weges stand. Marco ging vor ihr auf die Knie und nahm ihre Hände.

„Das stimmt doch nicht, das weißt du auch. Wir wollten doch beide ein Kind, früher, aber da hat es nicht geklappt, weißt du das nicht mehr? Und heute ..."

„Und ob ich das noch weiß! Ich habe vieles vergessen, Scheiß Amnesie, aber das nicht. Hab bloß nicht mehr darüber geredet, warum auch, war ja durch die Geschichte. Aber jetzt, mit Aliocha und den anderen Kindern überall, jetzt kommt alles wieder hoch ... Es ist – ich versteh mich viel besser mit den Kindern als mit Erwachsenen. Und ich könnte heulen, dass ich kein eigenes Kind auf die Welt gebracht habe, ständig erinnern sie mich daran, was ich da verpasst hab ... Mist, Mist Mist!"

Rebecca hämmerte mit den Fäusten auf ihre Stirn, bis Marco ihre Hände festhielt.

Es stimmte. Nachdem sie ein paar Jahre zusammen waren, damals noch in Haidhausen, war der Kinderwunsch ein großes Thema ihrer Beziehung. Marco stand ganz am Anfang seiner Karriere, es war überhaupt nicht abzusehen, wohin das Ganze führen würde, und bei Rebecca verhielt es sich ähnlich. Die Vorstellung, ein Kind oder auch mehrere zu haben, machte beiden gleichermaßen Lust und so ließ Rebecca die Pille weg. Sie dachten, das wird dann schon, so oft wie sie miteinander schliefen. Doch nichts geschah und nach ein paar Monaten begannen sie sich Gedanken zu machen, hatten die Sorge, dass mit einem von ihnen etwas nicht in Ordnung war. Schließlich gingen sie beide zum Arzt, um sich untersuchen zu lassen. Dabei kam heraus, dass Marcos Hoden nur eine Minderzahl an Samen produzieren konnten, was eine erfolgreiche Befruchtung von Rebeccas Eizellen zwar nicht gänzlich, aber doch eher unwahrscheinlich erscheinen ließ. Daher gab ihnen der Arzt den Rat, es einfach ohne Stress weiterhin zu versuchen, es gäbe immer wieder Fälle, bei denen sich schließlich doch eine Schwangerschaft einstellte. Und tatsächlich geschah nach Jahren genau das, Rebecca wurde schwanger. Allerdings starb der Fötus im zweiten Monat ab, was laut Aussage der Ärzte nicht ungewöhnlich war und relativ häufig im Frühstadium einer Schwangerschaft vorkam. Sie musste in die Klinik, das tote Ungeborene wurde abgetrieben – ausgeleitet sagten die Ärzte dazu – was den Vorgang aber nicht wesentlich angenehmer beschrieb. Sie litten beide sehr in diesen Tagen, Marco steckte das Geschehen allerdings weitaus besser weg als Rebecca, sie kam wochenlang nicht darüber hinweg. Dass man, wie sie sagte, ihr totes Kind aus dem Bauch herausgekratzt habe, diese Vorstellung belastete sie, und lange Zeit war sie nahe einer Depression. Erst nachdem sie dann fast einen ganzen Sommer bei ihrem Vater und seiner Familie auf Salento verbracht hatte – Ende der 90er Jahre war das, kurz bevor sie nach Schäftlarn am Starnberger See zogen – ließ der Druck nach, im gleisenden Licht Süditaliens verschwanden im wahrsten Sinn des Wortes die dunklen Wolken, und die alte, lebenslustige Rebecca kam wieder zum Vorschein. Kinder allerdings waren danach kein Thema mehr. Sie konnte, wie sich herausstellte, nach dem Eingriff keine mehr bekommen.

Kapitel 16 – Pioppi auf Salento –

Marco schaffte es schließlich, Rebecca zu beruhigen und ihr den Wunsch auszureden, Alioscha mit zu ihrer Familie zu nehmen. Mit einem Mal war sie wieder ganz klar und vernünftig und freute sich auf die Reise. Die Aussicht, ein paar Tage bei ihrer Familie im Süden verbringen zu können, war einfach zu verlockend. Und so brachen sie früh am nächsten Morgen auf. Marco fuhr auf der Westseite, der dem thyrrenischen Meer zugewandten Küste hinunter in den Süden. Wie vorauszusehen war, wurde es gegen Mittag sehr heiß und kurz nach Neapel hielten sie an in einem kleinen Ort direkt am Meer gelegen. Nachdem sie in einem der zahlreichen Ristorante gut zu Mittag gegessen hatten – selbst Rebecca fand die Pizza Margherita, ihr Standardgericht neben Chickenwings richtig lecker – gingen sie an den Strand und verbrachten dort zwei Stunden mit Schwimmen und dösend unter dem Sonnenschirm auf zwei gemieteten Liegen. Rebecca freute sich wie ein Kind über das Meer und den Strand, und Marco genoss einfach ihre glückliche Zufriedenheit, die ihm wirklich Erholung schenkte.

Am späten Nachmittag setzten sie ihre Reise fort und erreichten Pioppi relativ entspannt gegen 22:00 Uhr. Genau wie Lucio es errechnet hatte.

„Alles richtig gemacht, Lucio! Wir haben es genauso gemacht, wie du gesagt hast. Perfetto!"

Marco war, kaum dass er den Wagen angehalten hatte, herausgesprungen und umarmte Rebeccas

Vater, der schon auf sie gewartet hatte auf der Terrasse vor dem Ristorante.

„Sag ich doch, sag ich doch! Ich kenn mich aus ... Mia Cara! Meine Tochter, Komm her!"

Rebecca war inzwischen ebenfalls ausgestiegen und eilte ihrem Vater entgegen. Sie umarmten sich lange und innig. Ornella, Lucios Frau und Chiara, ihre Tochter kamen dazu und begrüßten die beiden Ankömmlinge herzlich und wortreich. Wie die Fahrt war, wo sie angehalten hatten, wie ist es im Norden gerade.

„Ihr habt bestimmt Hunger, eh? Nach der langen Reise. Ihr habt doch unterwegs nicht zu viel gegessen, oder?"

Ornella blickte Marco vorwurfsvoll an.

„Nein, nein, nur zu Mittag eine Kleinigkeit, als wir die Pause gemacht haben.", schwindelte Marco, der damit eine Auseinandersetzung mit Ornellas Stolz, ihre Kochkunst betreffend, vermeiden wollte. Er wusste, was nun kam. Obwohl es bereits spätabends war, hatten Ornella und Lucio, sicher auch mit Chiaras Hilfe ein opulentes Essen vorbereitet. Mit Vorspeisen, zwei Hauptgerichten, Salaten und natürlich den unvermeidlichen Dolci zum Dessert. Es gab verschiedene Nudelgerichte, Tortellini als Salat angemacht, mit Risotto gefüllte Paprikas und Tomaten, kleine Fleischbällchen in einer Sauce mit Oliven, Knoblauch und viel Kräutern, und Lucio hatte es sich natürlich nicht nehmen lassen, den großen Grill zu bedienen, welcher seitlich der breiten gläsernen Eingangstür zum Restaurant stand. Den Grillgerichten galt

Lucios Leidenschaft und sie waren die allseits geschätzte Spezialität des „Cilento Ricco", wie das Ristorante der Panellas in Anspielung auf die Vielfalt und Schönheit des Nationalparks Cilento und auch der hier noch reichen Fischgründe im thyrennischen Meer hieß.

Lucio bereitete Seezunge, Knurrhahn und einen Seeteufel zu, mit reichlich Knoblauch und herrlich saftigen Zitronen garniert. Zum Trinken servierten die Panellas ihren vorzüglichen Weißwein in einer großen Karaffe, später auch noch einen kräftigen Roten und natürlich den ein oder anderen Grappa. Alle genossen das wunderbare Essen, selbst Rebecca fand genügend für sie akzeptable Speisen vor, auch wenn sie anfangs etwas enttäuscht war, weil ihr Lucio auf ihre Frage nach Chickenwings belustigt eine Absage erteilt hatte. Er wusste von ihrer neu entwickelten Vorliebe dafür und versprach ihr, speziell für sie an einem der nächsten Tage eine Extra-Portion davon – dann aber nach seinem Rezept - zuzubereiten. Darüber freute sich Becci und sie probierte von fast allem, auch wenn ihr nicht alles schmeckte. Sie musste auch von allem probieren, ihr Vater und seine Frau Ornella nötigten sie förmlich dazu und forderten sie ständig auf, weiter zu essen, sie brauche das doch, es täte ihr gut. Nur einmal, als ihr Vater meinte, sie müsse unbedingt von dem Broccoli kosten und ihr schon mit der Gabel vor dem Gesicht damit herumfuchtelte, reagierte sie unwirsch, stieß die Gabel weg und fauchte ihn an:

„Beh, ich hasse Broccoli! Ich mag das nicht, schmeckt mir nicht ..., lass mich damit in Ruhe!"

Es herrschte kurz Ruhe am Tisch, bis Lucio sagte:

„Na ja, der Broccoli, wie soll ich sagen, Broccoli wird sowieso total überbewertet heutzutage."

Marco prustete los, er hatte gerade einen Schluck Wein genommen und konnte ihn nur mit Mühe bei sich behalten. Die anderen lachten ebenfalls, und auch Rebecca lachte mit, auch wenn offensichtlich war, dass sie nicht genau wusste, warum. Aber die heitere Stimmung war wieder da, das war die Hauptsache für sie. Nach dem Essen war Rebecca mit einem Mal sehr müde und erschöpft, beinahe nickte sie am Tisch ein, und Marco brachte sie mit Chiaras Hilfe nach oben ins Bett. Als sie das Zimmer wieder leise verlassen wollten, meldete sich Rebecca noch einmal und fragte murmelnd:

„Wo sind eigentlich deine Kinder, Chiara? Ich hab sie noch gar nicht gesehen ..."

Ihre Schwester wandte sich zu ihr und antwortete:

„Sie sind heute bei ihrem Papa geblieben. Aber morgen wirst du sie sehen. Sie freuen sich schon sehr!"

Als Chiara wieder am Tisch zurück war, stellte Ornella die unvermeidliche Frage:

„Marco, wie geht es Rebecca, sie macht ja eigentlich einen ganz guten Eindruck. Und wie geht es dir?"

„Ach lass ihn doch heute –", versuchte Lucio das Gespräch zu unterbinden oder in eine andere Richtung zu lenken, doch Marco winkte ab.

„Lass nur Lucio. Ist schon in Ordnung, mir tut es ja auch gut, darüber zu sprechen. Seit wir am Gardasee sind, hängen wir ja nur zusammen, ich habe da sonst niemanden zum Reden ...

Außer den Eltern von Alioscha, aber das ist eher schwierig mit denen zu reden, die sorgen sich nur um ihre Tochter. Was ich aber auch verstehen kann ..."

Und dann erzählte er von Rebeccas Umgang mit Alioscha und ihrem übersteigerten Verhalten Kindern gegenüber allgemein, was er auch mit ihrer eigenen Kinderlosigkeit erklärte. Allerdings ließe sich ihr Verhalten damit nicht ausschließlich verstehen.

„Vieles, was sie macht, ist logisch nicht nachzuvollziehen ... Sie hat da einfach ganz andere Verhaltensmuster, als wir das gewohnt sind. Dadurch, dass sie sich selbst auf eine kindliche Ebene begibt, findet sie diesen uneingeschränkten Zugang zu Kindern – sie ist dann selber Kind, aber mit Ideen und Aktionen eines Erwachsenen, auch mit –, wie soll ich sagen, mit der natürlichen Autorität eines Erwachsenen, die spüren die Kinder schon, aber ohne dass sie davor Respekt oder sogar Angst haben müssten, genau diese Mischung macht sie für Kinder so unwiderstehlich."

Ornella schüttelte den Kopf und meinte:

„Na ja, ich verstehe schon, das ist bestimmt nicht einfach und du kommst da in schwierige Situationen, wenn sie das mit fremden Kindern macht, aber soviel Kontakt zu Kindern wird sie zuhause ja nicht haben ..."

„Das stimmt, aber du glaubst nicht, wie schnell und oft sie Kinder findet, wenn wir zum Beispiel in der Stadt sind, beim Einkaufen oder wenn wir sonst wie unterwegs sind ... Aber ihr werdet sehen, Silvia und Giorgio werden sie lieben, wie immer, du brauchst dir da gar keine Sorgen machen, Chiara."

„Nein Marco, da denke ich mir überhaupt nichts, im Gegenteil, das letzte Mal, als sie hier war, haben die drei sich fantastisch verstanden. Sie war mir da sogar eine große Hilfe."

„Was viel schwieriger ist als das mit den Kindern, ist ihre Wut, ihre Unzufriedenheit mit sich selbst, sie stresst sich oft extrem, weil sie so oft etwas falsch macht, wie sie sagt, und weil ich alles besser und schneller machen kann als sie.
Manchmal schlägt sie sich selbst ins Gesicht ...
Oder im Alltag, so ganz normale Dinge für uns – sie weiß nie, was sie anziehen soll, frägt mich, ob es kalt oder warm ist. Dann sag ich jedesmal, mach das Fenster auf, geh vor die Türe, dann weißt du es. Und wenn's dann warm oder sogar heiß ist, dann hat sie keine passende Hose für so ein Wetter oder das was sie hat, ist dann zu eng oder zu schwer, es drückt oder kratzt – mit den Schuhen ist es das Gleiche. Sie hat bestimmt 25 Paar und kauft auch ständig neue dazu, anziehen tut sie aber meistens nur die zwei oder drei Paar, die sie dann immer anhat. Und die schauen na-

türlich dementsprechend aus. Und wenn ich ihr dann welche der vielen anderen tollen Schuhe vorschlage – und sie hat wirklich sehr gute und hochwertige Schuhe – dann wird sie laut und aggressiv und sagt, ich verstehe sie nicht, das sind ihre Missempfindungen, wenn sie die jetzt anzieht, dann knallt sie gleich durch, sagt sie dann ... Ich kann ihr ganz schwer etwas sagen oder vermitteln, sie schaltet dann gleich auf Abwehr und stellt sich stur gegen mich. ´Ich lebe noch!´ ruft sie dann, und wenn die Auseinandersetzung weitergeht, kommt immer: ´Dann trennen wir uns, so will ich nicht mehr weiterleben´ ...“

Marco hörte auf zu erzählen, eine Zeitlang herrschte betretene Stille am Tisch. Schließlich war es Lucio, der als erster das Wort ergriff:

„Und was machst du, dass du das aushältst? Ich bewundere dich dafür, wie du das mit Rebecca machst, das weißt du, meine Tochter hat da großes Glück, aber wo bleibst du? Du musst aufpassen, dass du nicht auf der Strecke bleibst dabei, du hast doch ein eigenes, wichtiges Leben, machst gerade Karriere, da brauchst du viel Kraft“

„Ja, es ist wirklich nicht ganz einfach, alles unter einen Hut zu kriegen. In vier Wochen muss ich nach Amsterdam. Hagenthal, mein Manager hat dort eine für mich wieder mal sehr wichtige Ausstellung organisiert. Seit der Leipziger Ausstellung vor zwei Jahren häufen sich die Termine, ich kann sie oft nicht mitnehmen, habe einfach keine Zeit und auch nicht die Nerven, mich richtig um

sie zu kümmern. Manchmal klappt es, dass Andrea oder Lucie, ihr wisst schon, unsere Trauzeuginnen, uns begleiten können, aber wenn nicht,
dann muss sie zu Hause bleiben. Regina kommt
dann meistens für die Zeit nach Schäftlarn, na ja,
und das funktioniert auch nicht wirklich gut ...
Becci regt sich immer über ihre Mutter auf, ihre
Sorgen nerven sie, und das Regina sie so betüdeln
würde ... Betüdeln? Versteht ihr das?"

„Ich glaube, es bedeutet, sie ist zu viel um sie
herum, oder?" fragte Ornella.

„Ja genau, das heißt es. Ich verstehe Becci, aber
ich kann auch Regina verstehen. Sie ist eben ihre
Mutter und macht sich nun mal furchtbar viele
Gedanken ..."

Jetzt hakte Lucio nach:

„Marco, nochmal – wie findest du Abstand zu all-
dem? Ist es nur die Arbeit? Oder gibt es sonst
noch etwas, was dir hilft, hast du Freunde, mit
denen du sprechen kannst?"

„Na ja, gut geht es mir, wenn ich in meinem Atelier in München bin und arbeiten kann. Oder in
der Gießerei in Sindelfingen. Da habe ich ja auch
ein kleines Studio. Da kann ich schon richtig ab-
schalten und bin mal weg von den Gedanken um
Rebecca ... Und sonst? Freunde gibt es schon ein
paar – und Hagenthal. Achim, und seit zwei Jahren auch seine Freundin Reza, die tun mir gut ...
Da gibt es immer viel zu lachen! Aber so ganz weg
bin ich, wenn ich ehrlich bin, eigentlich doch nie
... Geht´s mir schlecht, klar, dann hängt das
meistens mit Beccis Zustand zusammen. Und

wenn es mir gut geht, dann bin ich traurig, weil sie einfach nicht mehr so daran teilhaben kann wie früher ... Wir waren immer ein Super-Team. Gerade auch wenn wir unterwegs waren, im Urlaub, auf Reisen. Alles war so einfach, so ... unbeschwert. Jetzt ist alles kompliziert. Und problematisch. Sie hat sich einfach so verändert. Und ich ertappe mich dabei, wie ich möglichst schon im Vorfeld irgendwelchen Konfliktsituationen aus dem Weg gehen kann, indem ich Becci einfach daran vorbei bugsiere, ohne dass sie es bemerkt. Damit zensiere ich eigentlich ihr Leben, kontrolliere sie, damit ich meine Ruhe habe. Das ist doch Scheiße, oder?"

Marco trank einen großen Schluck Wein, er hatte Tränen in den Augen. Ornella, die neben ihm saß, nahm seine Hand und streichelte sie.

„Wir bewundern dich sehr dafür, wie du das alles machst, Marco. Das kostet wirklich viel Kraft und du sollst wissen, wir helfen gerne, Rebecca ist auch unsere Tochter, sie gehört zur Familie."

„Das weiß ich, und darüber bin ich auch sehr froh ... Wisst ihr, das Schlimmste ist, dass ich Rebecca, so wie sie jetzt ist, nicht mehr wirklich lieben kann, sie ist nicht mehr meine Geliebte, wir schlafen nicht mehr miteinander – oh Gott, entschuldigt, so privat wollte ich jetzt gar nicht werden, tut mir leid, aber ..."

Alle drei, Lucio, Ornella und Chiara fielen ihm beinahe gleichzeitig ins Wort und beschwichtigten:

„Ah, Marco, es ist gut, Wir sind zwar gottesfürchtige Süditaliener –", begann Ornella lachend. Auch Lucio musste lachen.

„... Aber prüde sind wir nicht!" fügte Chiara hinzu, wobei sie ihre Worte mit einem verführerischen Augenaufschlag garnierte.

„Wir wissen doch, was du meinst ... Und du musst dir deshalb doch keine Vorwürfe machen. Du tust was du kannst für sie, auch wenn du jetzt eher ihr Begleiter bist."

Lucios Verständnis war wirklich ehrlich, das spürte Marco, und es tat ihm gut.

„Ich danke euch, es ist schön, dass es euch gibt in unserem Leben. Und ich verspreche euch, auch wenn ich inzwischen mehr Beccis Betreuer als ihr Ehemann bin, ich werde sie nie verlassen. Trotz allem gehört sie noch immer zu den Guten und Starken ... Oh Mann, jetzt werd ich aber pathetisch, der Wein macht mich sentimental!"

Ornella wandte sich ihm zu, gab ihm einen herzhaften Kuss auf die Wange und meinte:

„Ach mein Marco, es ist wie es ist, und das Leben geht immer seine eigenen Wege. Versprechen bleiben da immer nur gute Vorsätze ... So, es ist spät geworden. Morgen wollen die Kinder ans Meer mit Becci und Marco, also sollten wir langsam in die Betten verschwinden, ja?"

Am nächste Morgen, als sich die Familie zum Frühstück auf der Terrasse versammelte, entdeckte Becci, dass das Dach und die Seiten des Freisitzes komplett mit einer wuchernden Pflanzenart bedeckt waren, und sie begann, misstrauisch daran zu schnuppern.

„Was machst du da, Rebecca?" fragte Ornella und auch die anderen sahen ihr jetzt zu und waren gespannt auf Beccis Antwort. Nur Marco lachte schon, er wusste ja, was es damit auf sich hatte.

„Sind das auch so Stinke-Blumen? Gestern habe ich doch gar nichts gerochen beim Essen ... Sonst hätte ich nichts runter bekommen!"

Jetzt klärte Marco die Sache auf, erzählte von den Jasmin- Erlebnissen, die er mit Becci am Gardasee gehabt hatte. Und Lucio beruhigte seine Tochter, indem er ihr klarmachte, dass es sich bei den farbenprächtigen Blumen hier um Bougainvillea handelte und die bestimmt nicht nach Jasmin stinken würden.

„Da bin ich aber froh!", rief Rebecca erleichtert und umarmte ihren Vater freudig.

Die Tage in Pioppi waren bestimmt vom Strandleben und Baden im sprichwörtlich azurblauen klaren Meer, Spaziergängen am Abend und natürlich ausgiebigen nächtlichen Mahlzeiten. Die Panellas hatten extra noch eine Aushilfe für den Restaurant-Betrieb eingestellt, damit sie so selbst mehr Zeit mit Rebecca und Marco verbringen konnten.

An einem Tag machten sie auch einen Ausflug in den Cliento, den beeindruckenden Nationalpark, der sich von der Küste bis weit ins Landesinnere an den Fuß des Apennin erstreckt mit sehenswer-

ten Schluchten, Bergen und steilen Küstenab-
schnitten.

Sie fuhren mit Lucios altem Mercedes-Bus ohne
Klimaanlage, und obwohl der Ausflug eher zur
Tortur geriet ob der großen Hitze, tat auch dieser
Tag der guten Stimmung keinen Abbruch. Als es
allen zu viel wurde, hielten sie einfach an einem
schattigen Plätzchen, verspeisten bei einem Pick-
nick alle möglichen von Ornella vorbereiteten Le-
ckereien und fuhren wieder zurück. Viel früher
als geplant, aber alle waren zufrieden und machten sich lustig über Lucios hervorragende Ur-
laubsplanung ...

Rebecca fand es sowieso am tollsten, mit Chiaras
Kindern Silvia und Giorgio am Strand und im
Wasser herumzutoben, und nur selten fand sie
für sich Gelegenheit, einfach mal nur in der Sonne zu liegen oder sogar in einem Buch zu lesen,
wie es Marco gerne tat. Sie genoss es, hier ihrem
Unruhezustand nachgeben zu dürfen, ohne sich
ständig Marcos Ermahnungen anhören zu müssen:

`Gib doch mal einen Augenblick Ruhe!´ oder
`Versuch dich doch zu entspannen, tut dir gut,
wirst sehen!´

Marco meinte es damit immer gut und in ihrem
Sinne, sah er doch und spürte dauernd, wie rast-
und ruhelos Rebecca ihr Leben lebte. Sie hatte ja
all den Inhalt verloren, mit dem sie es vor ihrem
Zusammenbruch auf so wundervolle und kreative
Weise noch hatte füllen konnte. Jetzt war es so,
wenn nicht irgendetwas passierte oder wenn nicht

die kleinste Unternehmung anstand, wenn nichts los war, dann stand Rebecca tatsächlich hilflos die Hände wringend, nicht selten mit Tränen in den Augen da und wusste nicht, was sie tun sollte – es fiel ihr einfach nichts ein. Es tat Marco jedesmal in der Seele weh, wenn er sie wieder in diesem Zustand fand, die Ohnmacht, ihr da nicht wirklich helfen zu können, schmerzte ihn unendlich.

Doch hier, bei der Familie ihres Vaters, trat dieses Problem nicht einmal ansatzweise auf. Ihre Tage waren angefüllt mit Erlebnissen und zahllosen Aktivitäten, immer war sie mit den Kindern zusammen, oft auch noch mit deren Freundinnen, und abends, nach dem Essen, dauerte es nie lange, und Rebecca fiel erschöpft und körperlich fix und fertig, glücklich und zufrieden ins Bett.

Für Marco war es natürlich purer Luxus und Erholung satt. Fast noch besser als die Tage im Strandbad am Gardasee. Er schwamm täglich mehrere Male lang und ausdauernd im Meer, konnte sich in den Schatten zurückziehen, um in seinem Skizzenbuch weiterzuarbeiten oder einfach nur ungestört zu dösen.

Hatte er Hunger oder brauchte etwas zu trinken, ging er die paar Meter zum Lokal und Ornella, Lucio oder Chiara gaben ihm, was er wollte. Manchmal gegen Abend kam Paolo vorbei, Chiaras und Rebeccas Bruder, sie tranken einen Kaffee zusammen, spielten eine Partie Backgammon – Paolo liebte dieses Spiel – oder sie saßen nur da, schauten sich den Sonnenuntergang an und diskutierten über Gott, Kunst und die Welt. Und natürlich über Frauen und Männer. Paolo war homosexuell und dazu das, was man im Allgemeinen den typischen italienischen linken Intellektuellen nennt. Auch äußerlich entsprach er dieser Vorstellung. Er hatte dichtes, halblanges Haar, stets gestylt, trug eine Brille mit schmalen Gläsern und dickem schwarzen Rahmen, hatte immer schwarze Jeans und weiße T-Shirts an und rauchte ständig Marlboros, von denen er aber vorher den Filter abriss.

Er war Lehrer für Biologie im nahegelegenen Vallo della Lucania, der Haupstadt des Cliento. Er erzählte Marco, dass er ständig im Clinch mit der Schulleitung läge, da er immer wieder mit Forderungen zu einer gerechteren, sinnvolleren Pädagogik daherkomme. Er könne einfach nicht anders, da sei er unverbesserlicher Idealist. Paolo ging abends gerne aus, in Gesellschaft blühte er auf. Er hatte einen großen Freundeskreis und es gab eigentlich immer bei irgendwem eine Party, ein gemeinsames Abendessen, eine Feier oder man traf sich in einer Bar oder am Wochenende in einem Club.

Kapitel 17 – Elena –

Eines Abends nahm er Marco mit zu einer großen Party bei einem befreundeten Paar, sie besaßen ein riesiges altes Palazzo etwas außerhalb von Pioppi. Das Park-ähnliche Grundstück, welches das Haus umgab, sah wild und verwunschen aus. Auf Marcos Nachfrage erklärte ihm Paolo, dass Guiseppe und seine Frau Gianna das Anwesen von Giannas Eltern geerbt hätten – die Familie war einmal sehr vermögend gewesen – sie selbst hätten aber nicht die finanziellen Mittel, das alles in Stand zu halten, aber sie liebten das Haus, und darum sah es eben so aus wie es aussah.

„Und wir, ihre ganzen Freunde, wir lieben den alten Kasten ebenfalls! Es ist herrlich hier, ein bisschen morbide ... Sooft es geht, feiern wir hier. Nicht immer so groß wie heute, ich glaube, irgendwer hat heute Geburtstag, bestimmt wird wieder einer fünfzig ...." Er lachte. Der Altersdurchschnitt von Paolos Freundeskreis lag so zwischen 35 und Ende 50, und die ersten Fünfziger, die es nun allmählich zu feiern galt, wurden mit großem Tamtam begangen und von einer gehörigen Portion freundschaftlicher Häme begleitet.

Es waren viele Gäste da an diesem Abend, Marco schätzte an die 70, 80 Personen. Außer Paolo kannte er niemanden, aber der zog ihn von einer Gruppe zur nächsten, um ihn allen als seinen neuen Freund, den großen Künstler aus Deutschland vorzustellen. Marco war das einigermaßen peinlich, er wiegelte ab und spielte seine Bekanntheit als Bildhauer herunter.

Nutzte nur nichts, Paolo war wie aufgedreht und hob ihn jedes Mal wieder aufs Tablett. Aber er machte das so lustig und sympathisch, dass Marco ihm es einfach nicht übel nehmen konnte. Nach einiger Zeit landete er an der Bar auf der Terrasse vor dem Palais, von dort hatte man einen herrlichen Ausblick auf den wilden Garten, der sehr effektvoll von mehreren Dutzend bunter Lampions beleuchtet war.

„Ich kenne dich!", sprach ihn von hinten eine Frau auf Deutsch an. Dass dies nicht ihre Muttersprache war, hörte er an ihrem Akzent. Marco drehte sich herum, vor ihm stand eine Frau, fast gleich groß wie er, mit schulterlangen, rötlich-brünetten Haaren, welche leicht lockig ein Gesicht umrahmten, das auf eigentümliche Art schön, aber auch verwirrend war. Er kam nicht gleich darauf, woran das lag, doch dann fiel ihm ihre Nase auf. Sie war eigentlich zu groß für das Gesicht, zu lang, aber dadurch, dass sie wiederum sehr schmal war, fiel einem das erst beim zweiten mal Hinsehen wirklich auf. Und auch, weil man zuerst in ihre großen grünen Augen fiel, um dann sogleich von einem breiten Mund mit vollen Lippen, dunkelrot geschminkt, abgelenkt zu werden. So jedenfalls erging es Marco.

„Äh, Hallo, Buona Sera ...", reagierte er etwas bedröppelt.

„Woher?..." Weiter kam er nicht, sie fiel ihm gleich ins Wort.

„Aus München, ich kenne dich aus München. Ich habe dort gearbeitet. Meine Eltern haben so ein Wein- und Spezialitätenhandel und wir haben manchmal Austausch mit Gastleuten – nein, wie sagt man? Gastronomen meine ich, aus Bayern, und da haben wir ein großes Catering gemacht in einem Kunsthaus, wart mal ..., Lembauhaus oder so ähnlich ..."

„Ach, du meinst Lenbachhaus", half ihr Marco auf die Sprünge. Er erinnerte sich, vor drei Jahren fand eine Ausstellung dort statt, mit ihm und einigen anderen namhaften Künstlern, und ihm fiel sogar ein, dass er sich bei der Vernissage über das riesige, ausladende Buffet mit den vielen verschiedenen Weinen gewundert hatte. Sowas war ja eigentlich nicht üblich bei solchen Anlässen. Normalerweise wurden da Kanapees und andere kleine Häppchen gereicht und dazu gab es jeweils eine Sorte Prosecco, Rotwein, Weißwein, Bier – meistens Pils – und natürlich Wasser. Alles von ausgesuchter Qualität, das schon, aber bei dieser Vernissage war das alles, gelinde gesagt, etwas reichhaltiger.

„Ja, ich erinnere mich an diese Ausstellung. Und an das Buffet mit den vielen Weinen. Ich hab noch gemeckert, was denn das soll hier, für den Anlass fand ich es viel zu übertrieben. Es sah aus wie ein riesiger Marktstand und die Leute haben sich nur mit Essen und Trinken beschäftigt, ich war zuerst richtig sauer."

„Oh, ich weiß! Die Leute von dem Kunsthaus haben auch gemeckert, aber mein Papa hat sie überredet, das kann er gut. Für uns war es ein Erfolg, wir haben da einige neue Kunden gewonnen."

„Und ich hab nichts verkauft ..."

Marco musste lachen.

„Ich bin dann schließlich auch an eurem Stand gelandet, das weiß ich noch und habe mich durch das Angebot getrunken ... waren sehr gute Weine dabei, soweit ich mich noch daran erinnern kann."

„Und du hast geschimpft und du hast zu viel getrunken. Ich habe dir dann einen Teller mit Antipasti und Pane gerichtet und gesagt, dass du das jetzt essen musst. Das hast du auch getan, aber nur, weil deine Frau dich damit gefüttert hat – eine schöne Frau, ich kann mich noch gut erinnern."

„Ja, Rebecca war das ... ich weiß leider nicht mehr allzu viel von diesem Abend. An dich kann ich mich auch nicht erinnern, Scusi!"

„Das macht nichts. Ich musste dich ansprechen, weil es ist doch verrückt, dass ich dich heute Abend hier wieder treffe, nach so langer Zeit! Ich bin übrigens Elena."

Sie gab ihm ihre Hand.

„Ich bin Marco, aber das weißt du ja schon. Paolo hat mich ja ausführlichst vorgestellt."

Elena lachte und meinte:

„Ja ja, Paolo ist so! Er ist ein, ein ... wie sagt man, ein Spaßvogel, oder?"

„Kann man so sagen. Ich mag ihn. Übrigens ist er der Bruder, oder genauer der Halbbruder meiner Frau Rebecca…"

„Was? Wie das denn? Ach so ist das, deine Frau ist die späte neue Tochter der Panellas?"

„Na ja, halb-halb. Lucio hatte vor vielen Jahren, als er noch in Deutschland lebte, eine Affäre mit ihrer Mutter. Das war aber vor seiner Zeit mit Ornella, sie ist die Älteste der Geschwister, also Halb-Geschwister."

„Hör mal auf mit Halbe-Halb! Geschwister sind Geschwister, basta. Wir sind in Italien, Familie ist das Wichtigste hier, weißt du sicher! Aber wie –,

komm, setzen wir uns dort", sie zeigte auf eine Bank unter einem Pavillon etwas von der Bar entfernt.

„Ich habe nur von ihr gehört, Paolo hat mal davon erzählt, dass er jetzt noch eine Schwester hat, ist aber schon ein paar Jahre her. Wo ist sie? Warum bist nur du hier?"

Marco sah sie lange nachdenklich an.

„Was ist? Warum schaust du so?"

„Na gut. Irgendwie glaube ich, du würdest mich nicht gehen lassen, wenn ich nicht antworte, stimmt's?"

„Stimmt! Ich bin nicht neugierig, aber ich spüre, da ist etwas seltsam … Ich sehe es dir auch an, du bist nicht glücklich. Habt ihr euch getrennt?"

„Nein, das nicht … Hast du Zeit? Es ist eine lange Geschichte …"

Elena stand auf, und als Marco sie überrascht ansah, lachte sie wieder und sagte:

„Ich gehe nicht, nein! Ich liebe lange Geschichten. Ich hole uns nur eine Flasche Wein, wenn es recht ist!"

Es war Marco recht, und als sie wieder da war mit dem Wein, stießen sie an und er nahm einen wirklich tiefen Schluck. Dann begann er zu erzählen.

Während seiner Schilderung der Geschehnisse um Rebeccas Zustand von vor drei Jahren bis heute wurde Marco bewusst, dass Elena der erste Mensch war, dem er die Geschichte in ihrer ganzen Komplexität erzählte. Bisher war die Auseinandersetzung mit Rebeccas Problematik immer von der Aktualität der Ereignisse bestimmt gewesen, nie hatte er die ganze Sache im Überblick, quasi aus einer Distanz heraus betrachtet. Es galt jeweils auf das Momentane zu reagieren, und die Gespräche, die er ja meistens mit engen Freunden oder Familienmitgliedern darüber führte, warfen immer nur ein Schlaglicht auf die gegenwärtige Situation. Sicher, es gab rückblickend einige umfassendere Unterhaltungen, speziell mit den Panellas, in denen es darum ging, ihnen den Stand der Dinge nahe zu bringen, waren sie doch aufgrund der Entfernung nur selten in der Lage, sich direkt vor Ort einen Eindruck zu verschaffen, wie es Rebecca gerade ging.

Und ihm wurde wieder einmal das ganze dramatische Ausmaß ihrer Erkrankung bewusst. Wie sehr sie sich tatsächlich verändert hatte, wie langsam sich eine teilweise Besserung, wenn überhaupt, einstellte, oder gewöhnte er sich nur daran? Bildete er sich Fortschritte nur ein oder gab es sie wirklich? Er konnte es nicht genau sagen, das musste er sich eingestehen. Während er jetzt dieser lebendigen und ihm mit wachen Blick gegenübersitzenden schönen Frau den gesamten gemeinsamen Leidensweg möglichst gefasst zu schildern versuchte, fiel ihm auf, wie weit er sich schon von Rebecca entfernt hatte, wie fremd sie ihm geworden war. Oder war es umgekehrt? Je länger er redete, desto verwirrter wurde er, und dann wurde ihm mit einem Mal klar, warum sich das hier so schräg für ihn anfühlte.

Er vermisste genau das – eine Frau, der er mit wachsender Begeisterung und auch mit einer langsam erwachenden Begehrlichkeit immer tiefer in ihre seegrundgrünen Augen blicken konnte und der es ganz offensichtlich ebenso nicht gerade unangenehm war, ihm zuzuhören und seine Blicke zu erwidern. Obwohl sie natürlich auf das, was Marco ihr erzählte, mit Bestürzung reagierte. Sie zeigte Mitgefühl, schüttelte mehrmals ungläubig den Kopf und war sichtlich schockiert vom Schicksal Rebeccas, vom Ausmaß ihrer Erkrankung, welche so weit und tief in deren Persönlichkeit eingriff, dass der eigene Mann sie kaum noch wiedererkannte und der ihr auffälliges Verhalten in vielerlei Hinsicht nur tolerieren konnte, weil er eben wusste, dass ja genau das seinen Ursprung in ihrer Krankheit hatte und sie nichts dafür konnte.

Sie spürte das Dilemma, in dem Marco steckte.

Und er? Er spürte plötzlich ein Verlangen nach dieser Frau, die er soeben erst kennengelernt hatte und der er aber bereits sein halbes Leben erzählt hatte, so kam es ihm zumindest vor. Doch auf der anderen Seite überfiel ihn gleichzeitig tiefes Unwohlsein, schlechtes Gewissen keimte auf, er tat sich schwer, solche Gefühle zuzulassen.

Noch Tage später, nach dem Zusammentreffen mit Elena bei dem Gartenfest quälte ihn der Zwiespalt, den das Treffen ausgelöst hatte. Nach dem offenbarenden Gespräch mit ihr hatten sie den Abend weiter gemeinsam verbracht, hatten sich gut unterhalten und amüsiert, Marco fand die Zuneigung, welche ihm Elena ganz offen zeigte, aufregend und wohltuend, gleichzeitig verhinderte er aber auch Weitergehendes. Elena suchte eindeutig seine Nähe und nutzte das Gedränge auf der Tanzfläche, um ihn zu berühren, mehrmals standen sie sich so nah gegenüber, dass sich ihre Nasenspitzen beinahe berührten, und Marco spürte, er könnte sie jetzt küssen, sie wartete darauf, erwartete es förmlich. Letztlich machte sie sogar den Versuch, endlich diesen schon längst anstehenden Kuss zu vollenden, doch da wich er fast erschrocken zurück.

Kurz darauf verließ Elena das Fest. Als er sie gehen sah, winkte er ihr noch zu, wollte noch etwas sagen, doch sie nickte nur mit ernster Miene in seine Richtung und beschleunigte ihren Schritt.

Er hatte sie gekränkt. Er hatte es vergeigt.

Den Rest des Abends trieb Marco ziellos durch die Gesellschaft, er trank zu viel und war froh, als

Paolo ihn gegen eins zum Auto bugsierte, um nach Hause zu fahren.

Am nächsten Morgen erwachte er mit dickem Kopf und war übel gelaunt. Da halfen auch weder Ornellas aufmunternde Worte noch ihr starker Kaffee, von dem er mehrere Tassen trank. Er verließ das Haus und ging zum Strand, wo er es sich mit Liege und Sonnenschirm bequem machte und darauf wartete, dass die schwarzen Wolken aus seinem Kopf verschwanden. Rebecca wollte ihn eigentlich begleiten, doch er fuhr sie unwirsch an, sie solle ihn heute in Ruhe lassen und ließ sie einfach stehen. Sekunden später tat ihm das schon wieder leid, doch ändern wollte er es jetzt auch nicht mehr.

Der Tag fing so beschissen an, wie der Abend geendet hatte. Mittags kam Paolo aus der Stadt zurück und suchte Marco am Strand auf. Er wollte wissen, was mit Marco am Vorabend los gewesen sei, warum Elena einfach so abgerauscht war. Marco erzählte ihm in groben Zügen von dem Abend, wie er ihn erlebt hatte.

„Du hast was gemacht? Sie wollte dich küssen und du hast es nicht zugelassen? Bist du bescheuert? Mann, das war Elena! Ich kann dir sofort fünf Typen aufzählen, die seit Monaten hinter der her sind – und sie hat sie alle abblitzen lassen!" Paolo schlug sich theatralisch die Hand an seine Stirn und stöhnte. „Ich glaub es nicht!"

„Aber das ist mir doch egal, welche Ragazzi hinter ihr her sind ... Ich konnte es einfach nicht, ich musste dauernd an Rebecca denken.", verteidigte sich Marco.

„Ja ja, du sollst bloß wissen, wem du da einen Korb gegeben hast. Da verguckt sich die schöne Elena in den großen Artista tedesco, wo viele schon dachten, sie sei vielleicht auch vom anderen Ufer wie ich und dann sagt der Herr Nein."

„Aber so war´s doch gar nicht! Ich hab doch nicht Nein gesagt, ich Idiot hab in dem Moment überhaupt nix gesagt, sie nur groß angeschaut, und dann bin ich fast nach hinten weggestolpert. Das hat sie wohl falsch verstanden und ist fortgegangen. Wie bescheuert!"

Jetzt schlug sich Marco an die Stirn. Paolo musste lachen, wurde dann jedoch gleich wieder ernst und fragte Marco:

„Sag mal, und wieso hattest du ein schlechtes Gewissen wegen meiner Schwester?"

„Na hör mal!" protestierte Marco.

„Immerhin ist sie meine Frau, du als Italiener ..."

„Ach papperlapapp!", fiel ihm Paolo sofort ins Wort.

„Komm mir jetzt nicht mit der Moral. Elena wäre genau jetzt der richtige Flirt für dich, mein Freund. Musst Rebecca ja nicht gleich dafür verlassen, ihr Deutschen seid immer so absolut in sowas, hop oder top ... Lass es dir doch mal gut gehen, genieße es, falls sie überhaupt noch interessiert ist nach gestern. Da solltest du mal nachfragen, ich habe ihre Nummer."

„Mensch Paolo, ich würde ja gern, aber ich weiß nicht, wie ich damit umgehen soll, was mach ich denn mit Becci, ich betrüge sie doch! Vielleicht wird sie wieder wie früher und ich bin dann mit Elena zusammen –"

„Vielleicht, vielleicht, und was heißt das, du bist dann mit Elena zusammen, mach doch nicht solche Pläne. Lass es erstmal laufen, muss doch auch niemand was wissen davon, außer mir natürlich, ja?"

Paolo lachte wieder und kniff Marco freundschaftlich in die Wange. Der erhob sich von der Liege und schlenderte zum Wasser, hob ein paar Steine auf und warf sie nacheinander ins Meer.

„Ich weiß nicht, hin und her geht das. Darf ich das oder darf ich das nicht? Richtig? Falsch? Mann, Paolo ich sag´s dir ..."

Paolo gesellte sich zu ihm und warf auch Steine ins Wasser. Dann begann er zu erzählen:

„Schau Marco, ich habe meine Schwester, deine Frau Rebecca, vor 10 Jahren kennengelernt. Sie tauchte hier auf mit meinem Vater, und ich habe sie sofort als meine große Schwester akzeptiert. Ich war happy und stolz damals, hab überall angegeben, dass wir jetzt noch eine neue Schwester bekommen haben. Und keiner war sauer auf Papa, es war ja alles vor der Zeit, bevor er mit meiner Mutter die Familie gegründet hat. Rebecca war toll, sie hat uns alle mitgerissen und angesteckt mit ihrer Art, mit ihrem Humor, ihren Ideen, ihrer Lebensfreude. Na, das weißt du ja alles, du hattest sie ja viel länger an deiner Seite, wir haben sie ja immer nur drei, viermal im Jahr erleben dürfen, wenn sie auf Besuch kam. Aber egal, für uns alle war sie eine Bereicherung, wir liebten sie von Anfang an. Und dann kam diese bescheuerte Krankheit, von der keiner weiß, was es eigentlich ist, und ob das jemals wieder gut wird. Wir lieben sie immer noch, keine Frage, aber trotzdem ist seitdem alles anders. Sie ist anders, sie hat sich so verändert, dass sie in vielen Dingen, die sie früher ausgemacht haben, nicht mehr wieder zu erkennen ist. Ihr Wesen, ihr Humor, ihr – ja, ihr Geist, wie soll ich das sagen, ihr Intellekt – alles weg, oder zumindest ganz anders. Und du? Ich bewundere dich, wie du das machst mit ihr. Wir alle bewundern dich – wie viel Kraft dich das kostet, mag ich gar nicht ermessen. Und du weißt nicht, ob die Rebecca, die du geliebt hast, je wieder zurückkommt. Versteh mich nicht falsch, Marco, aber ich seh dich nicht mehr als ihren Mann, ihren Liebhaber. Du bist ihr Betreuer, du passt auf sie auf, bügelst ihre Fehler aus, hilfst ihr durchs Leben zu kommen, aber ich glaube nicht, dass du diese Becci noch so liebst, so wie ein Mann eine Frau lieben sollte."

Marco hatte Paolo schweigend zugehört, nun wandte er sich ihm zu, seine Augen füllten sich mit Tränen. Paolo nahm ihn wortlos in die Arme und Marco begann zu schluchzen. Er brach regelrecht zusammen. Es war das erste Mal seit drei Jahren, seit Rebeccas Entlassung aus der Tübinger Klinik im Herbst 2006, dass seine Emotionen, sein Schmerz, seine Anspannung sich auf diese Weise Bahn brach. Paolos Worte hatten ihn zutiefst betroffen gemacht und ihn auch bewusst werden lassen, wie es wirklich um seine Ehe stand. Bisher hatte er es sich noch nicht wirklich eingestehen wollen, dass ihre Beziehung nichts mehr zu tun hatte mit Leidenschaft und Liebe, so wie es sein sollte zwischen Mann und Frau. Auch wenn er ja ein paar Tage zuvor schon mit den Panellas darüber gesprochen hatte. Aber da war das noch eher Theorie. Mehr Vermutung als Tatsache. Ausgesprochen nach etlichen Gläsern Wein. Und da hatte er Elena noch nicht gekannt. Paolo hatte es auf den Punkt gebracht. Er liebte seine Frau nicht mehr. Diese Erkenntnis traf in wie ein Keulenschlag.

Nach ein paar Minuten beruhigte Marco sich wieder, schniefend löste er sich aus Paolos Umarmung.

„Danke Mann, tut mir leid, aber das musste wohl raus. Normalerweise bin ich ja nicht so der Heul-Typ ..."

„Alles gut, ich bin dir vielleicht etwas zu nahe getreten, steht mir eigentlich nicht zu, aber ..."
Marco winkte ab und meinte:

„Oh doch, Paolo. Du bist ihr Bruder, und du kennst sie auch schon ein paar Jahre, – vorher und jetzt. Nein, du hast Recht mit dem was du sagst, es ist nicht mehr die Rebecca, die ich mal so unendlich geliebt habe. Aber ich glaube nicht, dass ich sie verlassen könnte, nenn es einfach liebevolle Fürsorge, das trifft es vielleicht noch am ehesten. Ich mein, was ich für sie empfinde."

„Du musst sie nicht verlassen, Marco. Aber verbau dir nicht alles, gönn dir ein bisschen Freude, ein netter Flirt mit einer tollen Frau … Abstand, Mann, du brauchst mal Abstand. Wenn du nicht bei Rebecca bist, kümmerst du dich um deine Ausstellungen, hast Termine, deine Karriere kostet doch auch Kraft. Aber vielleicht ergibt sich dabei auch mal der Freiraum, den du anders nutzen kannst, außer mit deinem Managerfreund Armin Hagenthal Wein zu trinken!"

Jetzt konnte Marco wieder lachen, er dachte an Hagenthal und dessen Freundin Reza und sagte:

„Na, das ist auch nicht mehr wie es mal war. Seit der seine tolle Flamme hat, ich sag dir, olala!"

„Siehst du, der macht dir vor, wie´s geht!"

Paolo fiel erleichtert in Marcos Lachen ein und fragte:

„Hast du dein Handy mit? Ja? Ich geb dir Elenas Nummer. Ruf sie an, ein paar Tage seid ihr ja noch da, oder?"

Noch am selben Tag rief er Elena an, entschuldigte sich und erklärte sein Verhalten am Vorabend. Zu seiner Verblüffung eröffnete sie ihm, dass sie schon auf seinen Anruf gewartet habe und entschuldigte sich ihrerseits für ihr Verhalten.

„Ich habe das absichtlich getan, das Fest und dich verlassen. Ich dachte, damit helfe ich dir. Dass du dir schneller klar bist, was du eigentlich willst. Als ich dann weg war, habe ich ein bisschen Angst gekriegt, ob das nicht zu hart war und du gar nicht mehr willst und dich vielleicht nicht mehr meldest! Wann kann ich dich treffen?"

Sie verabredeten sich gleich für den nächsten Tag zum Mittagessen in der Stadt, der Familie und Rebecca erzählte er, er wolle einfach mal alleine weg, ein bisschen die Gegend erkunden. Irgendwie war das nicht einmal gelogen. Rebecca wollte zuerst unbedingt mit, doch Chiara lenkte sie schnell mit den Kindern ab, sie spürte wohl, dass es Marco ernst war mit seiner Solo-Tour.

Elena hatte ein kleines Ristorante etwas außerhalb des Zentrums von Pioppi vorgeschlagen, sie hatte einen Tisch auf der von üppigen Bougainvilleas beschatteten Terrasse reservieren lassen, was eigentlich nicht nötig gewesen wäre, da sich außer ihnen nur noch ein älteres Ehepaar im Inneren des Lokals aufhielt. Zur Begrüßung umarmten sie sich kurz, mit den obligatorischen Küsschen auf die Wangen.

„Ich dachte, es ist gut zu reservieren, ich wollte sicher gehen, dass es auch klappt, aber na ja ...", begann Elena etwas unsicher die Unterhaltung.

„Vielleicht liegt es am Essen, dass keiner da ist.", meinte Marco und ließ seinen Blick über die leere Terrasse schweifen.

„Nein, nein, das Essen hier ist ausgezeichnet! Ich glaube, es ist einfach zu heiß heute, die Leute bleiben zu Hause, und außerdem arbeiten viele. Es ist ein Werktag."

Sie bestellten nur Salat und Brot und zwei Flaschen Wasser, es war wirklich sehr heiß. Bis der

Kellner das Essen brachte, saßen sie nur da und schauten sich an, sprachen nichts. Manchmal lächelten sie. Dann brach Elena das Schweigen und sagte:

„Es ist schön, mit dir nichts zu sagen ... oder wie sagt man?"

„Du meinst zu schweigen. Ja, das können wir schon mal ganz gut. Übrigens musst du nicht Deutsch sprechen, ich kann ganz gut Italienisch!"

„Nein, das ist gut so, ich will mehr lernen."

„Und ich will weiter Italienisch lernen ... Wir machen mal so, mal so, wie es uns gefällt, ja?"

„Das ist gut! Schon wieder eine Sache geklärt." Elena lachte.

„Das sind ja richtige Abmachungen, was verhandeln wir hier eigentlich?"

Sie blickte ihn schelmisch an. Marco überlegte kurz, dann erwiderte er:

„Nun ja, könnte sein, dass wir uns in Zukunft öfter sehen? Was meinst du?"

„Das kann ich mir durchaus vorstellen", antwortete sie.

Und weiter:

„Und was fangen wir jetzt mit der Gegenwart an?"

Marco beugte sich über den Tisch, sie kam ihm entgegen und sie küssten sich. Sie zahlten, verließen das Lokal beinahe im Laufschritt, blieben nach ein paar Metern stehen, küssten sich wieder, diesmal in fester Umarmung, liefen lachend weiter und fanden schließlich im Bett von Elenas Wohnung leidenschaftlich zusammen. Dreimal schliefen sie an diesem Nachmittag miteinander, konnten nicht genug voneinander bekommen. Bei Marco waren immerhin fast zwei Jahre vergangen, dass er das letzte Mal mit Rebecca geschlafen hatte, und es war keine gute Erinnerung. Und Elena hatte auch schon seit über einem Jahr keinen Sex mehr gehabt, gestand sie ihm atemlos, als sie nach dem ersten Mal überhaupt nicht von ihm lassen wollte und ihn solange mit Zärtlichkeiten überhäufte, bis er wieder konnte. Lange musste sie darauf allerdings nicht warten. Gegen Abend wäre Marco beinahe eingeschlafen, doch Elena holte ihn mit sanften Küssen wieder zurück und flüsterte ihm ins Ohr:

„Mein Lieber, ich glaube es ist besser, du lässt dich heute noch bei den Panellas blicken ... So gern ich dich auch hier behalten möchte!"

Marco räkelte sich gähnend, dann schlug er die Bettdecke auf und meinte bedauernd:

„Du hast recht ... Auch wenn´s schwer fällt. Aber ich kann jetzt nicht gleich alle vor den Kopf stoßen ..."

„Wir, Marco, wir machen das nicht."

„Sorry, ja, natürlich wir ... ist alles noch so neu."

„Du wirst sehen, wir gewöhnen uns daran. So eine heimliche Affäre ist auch immer recht spannend!"

„Na ja, aber es stimmt schon, anders geht es erstmal nicht ..."

Marco suchte seine Sachen zusammen und zog sich an.

Elena wurde nachdenklich und sagte, während sie das Bett achtlos richtete:

„Es wird wirklich nicht einfach werden ..., aber du, scusi, wir – wir müssen an deine Frau, an Rebecca denken. Du weißt nicht, wie sie reagiert, wenn sie das von uns wüsste."

Sie blieben noch eine knappe Woche in Pioppi. Rebecca wäre ohne zu zögern gerne noch länger geblieben, sie hatte sich in den vierzehn Tagen richtig eingelebt und fühlte sich wohl. Außer ihren üblichen Nörgeleien am Essen und dem täglichen Klamotten-Drama gab es kaum Probleme mit ihr. Sie konnte hier leben ohne Zeitvorgaben, was ihr normalerweise immer Stress machte, und dass sie meistens mit ihren inzwischen reichlich angeschmutzten Lieblingsshirts herumlief, war auch egal. Ornella sagte auch nichts mehr dazu, dass Rebecca unter diesen sehr dünnen Shirts nie einen BH tragen wollte. Anfangs nahm sie daran Anstoß, zu deutlich zeichneten sich ihre Brüste darunter ab, und Ornella bemerkte natürlich die leicht irritierten Blicke der Gäste, wenn Rebecca durch den Gastraum hinaus ins Freie ging. Das war ihr etwas peinlich. Sie sprach Rebecca darauf an, merkte jedoch sehr schnell, dass sie da nichts ausrichten konnte, und nachdem sie mit Lucio und ihrer Tochter Chiara gesprochen hatte, die das nicht so schlimm fanden, nahm sie es hin.

Mit Elena konnte Marco sich noch dreimal verabreden, jedes Mal war ihm Paolo dabei behilflich, indem er ihn unter dem Vorwand, etwas mit ihm zu unternehmen, von Rebecca und seiner Familie los eiste. Die dachten sich nichts dabei, hatten sie doch mitbekommen, dass die beiden Freunde geworden waren und sowieso immer zusammen hingen. Und Paolo machte es eine diebische Freude, Marcos Liaison mit seiner Unterstützung befeuern zu können. Aber schließlich verließen sie Pioppi, Marco musste sich dringend um die anstehende Amsterdam-Ausstellung kümmern. Sie würden auch am Gardasee nur noch drei Tage bleiben können, dann wollte er nach Deutschland zurückfahren.

Rebecca schmollte am Tag ihrer Abreise, doch ihre Laune besserte sich schlagartig, als Marco sie an Alioscha erinnerte, die sie ja bestimmt nochmal im Parco dei Cedri oder in Pacengo treffen würden. Der Abschied von den Panellas fiel trotzdem tränenreich aus. Lucio heulte, weil er nicht wusste, wann er seine Tochter wiedersehen würde, Ornella weinte, weil sie Rebecca, seit diese so krank war, immer, wenn sie bei ihnen weilte, als ihre Schutzbefohlene ansah und sich liebevoll um sie kümmerte. Chiara und Paolo heulten, weil sie ihre Schwester einfach liebten, Chiaras Kinder weinten, weil sie ihre Tante, die ja ein bisschen anders war und die immer Zeit für sie hatte, gerade deshalb toll fanden, und Marco heulte, erstmal weil alle heulten und im Geheimen natürlich, weil er Elena zurückließ, die wiederum in ihrer Wohnung hockte und wegen der Abreise ihres Geliebten weinte.

So machte jeder Kilometer, den Marco und Rebecca zwischen sich und Pioppi brachten, es allen

Beteiligten etwas leichter, bis schließlich die Trauer über die Trennung einer wohligen Erinnerung an die angenehme und schöne Zeit des Erlebten wich. Und je näher sie dem Veneto kamen, desto aufgeregter und fröhlicher wurde Rebecca, rechnete sie doch fest mit einem Wiedersehen mit ihrer kleinen Freundin Alioscha. Trotz der Amnesie, die ihrem Kurzzeitgedächtnis einiges entriss, kamen ihr doch überraschenderweise viele Dinge in den Sinn, die sie zusammen mit Alioscha erlebt hatte. Marco staunte wieder mal über die Erinnerungsfähigkeit, die anscheinend auch damit zusammenhing, ob es gute oder schlechte Ereignisse waren, die zurückkamen. Was ja bei ihm selbst und all den anderen sogenannten Normalen auch nicht anders war. An Schönes denkt man gerne zurück, die miesen Sachen verdrängt man. Aber das war leider auch schon alles, was sich positiv vergleichen ließ. Marco versuchte, die vergangenen zwei Wochen in Pioppi bei Rebeccas Familie mit ihr etwas nachzubesprechen, doch da brachte sie das wenige, das ihr einfiel, zeitlich durcheinander, sie wusste nicht mehr, wie lange sie da waren, was zwei Wochen überhaupt bedeuteten als Zeiteinheit, sie brachte die Namen von Chiaras Kindern nicht mehr zusammen und auf seine Frage, wie denn das Wetter gewesen sei, antwortete Becci zögernd:

„Warm war es glaub ich schon meistens, aber nachts war´s kalt, gell? Brrr!

Da habe ich immer lange Sachen angezogen ...“

„Du hast nur ein T-Shirt angehabt nachts und

hast nie richtig schlafen können, weil es dir zu heiß war – weißt du das nicht mehr?"

Marco provozierte sie mit der Frage, obwohl er das eigentlich nicht wollte.

„Warum sagst du das? Das stimmt doch nicht, oder? Ich bin doch nicht bekloppt! Es war kalt in der Nacht!"

„Dann schau mal in deiner Tasche nach, was du für lange Sachen dabei hattest zum Anziehen ... Kein Stück, Becci! Sorry, aber da liegst du einfach falsch."

Manchmal konnte er sich nicht zurückhalten, obwohl er genau wusste, sie kann nichts dafür, und wenn er ihr die Fehler unter die Nase rieb, reizte er sie, das ging manchmal so weit, dass sie zu weinen anfing, und dann tat sie ihm wieder unendlich leid, und er hasste sich für seine Unbeherrschtheit. Jetzt schmollte Becci und sagte:

„Ja ja, wahrscheinlich hast du wieder mal Recht, und ich hab mir das bloß alles eingebildet. Und ohne dich könnte ich sowieso nicht zu meiner Familie fahren. Weil ich abhängig bin von dir! Immer bin ich von dir abhängig!"

Rebecca hatte Tränen in den Augen und wurde immer lauter. Die gute Laune von vorhin war beim Teufel, Marco hätte sich ohrfeigen können.

„Es tut mir leid, Becci ... Ich wollte nicht – bitte weine nicht mehr."

Marco versuchte, sie zu beruhigen, erzählte ihr was von der schönen Landschaft, durch die sie fuhren und dass die zwei Wochen bei ihrer Familie toll waren, doch so leicht ließ sich Rebecca nicht trösten, sie schniefte, die Tränen liefen ihr über die Wangen und sie hielt den Blick weiter gesenkt.

„Hör mit der blöden Landschaft auf, die ist mir egal! Ich sag dir immer wieder, wir trennen uns, such dir eine andere, ich bin doch nur noch eine doofe Kuh und ein Klotz am Bein!"

„Hör auf damit! Du weißt, das ist Quatsch, ich lass dich nicht allein!"

Es stimmte, Rebecca fing immer wieder mal damit an, sie wolle sich von ihm trennen, aber das kam jedesmal aus einer Verzweiflung heraus. Und ihr schlechtes Gewissen, ihm bei allem Möglichen hinderlich zu sein, tat ein Übriges. Doch so wie die Dinge lagen, konnte und wollte er sie wirklich nicht alleine lassen. Wie sollte das denn auch funktionieren? Selbständig leben, mit eigener Wohnung und allem war ausgeschlossen, und zusammen mit ihrer Mutter Regina, das konnte nicht gut gehen. Regina wäre damit vollkommen überfordert, obwohl sie das nie zugeben würde. Und sonst? Wahrscheinlich würde sie in irgendeiner Einrichtung landen und komplett verkümmern, das war keine Option. Nein, solange es irgendwie ging, auch mit Hilfe von Lucie, Andrea, natürlich auch von Regina und noch einigen anderen – Reza konnte gut mit ihr, auch seine Schwester Renate hatte sich schon ein paarmal um sie gekümmert, selbst Helmut Brenniger, ihr Freund und Förderer von früher, sie alle hatten einen Draht zu ihr – solange dieses Netzwerk einigermaßen funktionierte, würde er sie nicht verlassen.

Nur, dass sie gerade jetzt damit kam, wo er soeben eine Beziehung oder auch nur eine Affäre vielleicht mit Elena eingegangen war, das gab ihm diesmal länger zu denken, obwohl es nichts am Ergebnis, an seiner Einstellung zu Rebecca ändern konnte. Es ließ sich aber auch nicht ändern, ihn beschlich ein ungutes Gefühl, je länger er über diese Konstellation nachdachte.

Zum Glück konnte Rebecca wieder ganz schnell umschwenken in ihren Stimmungen. Inwieweit das mit ihrem Kurzzeitgedächtnis zusammenhing, sei dahin gestellt, auf jeden Fall war die Auseinandersetzung nach einer minutenlangen Schweigephase Geschichte, und sie alberten herum, wie sehr sich wohl die Therme und die paar Leute, die sie dort kannten, verändert haben könnten in den zwei Wochen.

Rebecca stellte sich vor, dass Rinaldo, dem Cafébar-Besitzer, statt seiner Ohren plötzlich zwei Croissants gewachsen waren. Dass Mara und Luca, die Eltern von Alioscha, in der Zwischenzeit so dick geworden waren, dass sie sich kaum noch bewegen konnten und somit Alioscha und ihr nicht mehr folgen konnten, wenn sie wieder mal auf und davon waren.

Marco lachte zwar über ihre Vorstellungen, aber sobald Alioscha mit ins Spiel kam, konnte er ihren Spaß nur bedingt teilen, waren ihm doch die Probleme, die sich aus der Freundschaft zwischen den beiden ergaben, noch sehr gegenwärtig. Doch er wollte auf keinen Fall Rebeccas gute Laune noch einmal verderben, und so spielte er ihr Spiel mit, so gut er konnte. Ohne weitere Zwischenfälle erreichten sie dann ihr Hotel im Parco Termale in Cola di Lazise am späten Abend. Sie hatten unterwegs zu Abend gegessen, deshalb gingen sie umgehend schlafen. Ihre Reisetaschen ließen sie unausgepackt stehen, sie waren beide sehr müde von der langen Fahrt.

Kapitel 18
– Rebecca und Alioscha, Parco Termale –

Der folgende Morgen begann zunächst ganz friedlich. Nachdem Rebecca ihre allmorgendliche Verwirrung abgelegt hatte – sie brauchte jedesmal eine ganze Weile, bis sie wieder in der realen Welt angekommen war, Marco ließ sie da immer ganz für sich sein, sprach sie nicht an, hielt sich im Hintergrund, jedes Wort konnte sie zu der Zeit aus der Fassung bringen – nachdem sie also erkannt und begriffen hatte, dass sie nun nicht mehr in Pioppi bei ihrer Familie, sondern wieder in Cola waren, lebte sie richtig auf und sie gingen auf ihr Drängen hin gleich in die Bar von Rinaldo, sie wollte ihm unbedingt erzählen, wie er statt seiner Ohren mit zwei Croissants am Kopf ausgesehen hatte.

Sie schnappte sich Marcos Smartphone und bat ihn, tatsächlich zwei Hörnchen an Rinaldos Kopf, vor seinen Ohren zu platzieren. Der machte den Spaß mit, und Rebecca gelang wirklich ein witziges, gutes Foto. Rinaldo wollte es dann auch gleich geschickt bekommen, und sie sandte es ihm zusammen mit ein paar anderen Aufnahmen, welche sie vor einiger Zeit von ihm, von einigen seiner Gäste und seinem Cafe gemacht hatte. Als Rinaldo die Bilder betrachtete, wurde er still, dann trat er zu Marco und sagte:

„Marco, hast du dir diese Fotos schon mal angesehen? Oder hast du die gemacht?"

„Nein, ich habe die nicht gemacht. Zeig mal her, was ist denn mit den Fotos?"

Rinaldo reichte ihm das Smartphone und Marco betrachtete die Aufnahmen interessiert.

„Ich habe diese Fotos noch nie gesehen. Ja, sie nimmt sich manchmal das Handy zum Fotografieren, aber ich habe bisher überhaupt nicht darauf geachtet, was sie da fotografiert." Er besah sich die Fotos genauer und war überrascht.

„Die sind gut! Die sind richtig gut, die Fotos ..."

Er gab Rinaldo das Handy zurück, der meinte:

„Ich fotografiere selbst sehr viel, und meine Aufnahmen sind technisch natürlich besser als die vom Smartphone. Ich habe auch eine richtig fette digitale Spiegelreflex, aber was deine Rebecca da macht, das kann man nicht lernen. Schau dir doch nur ihre Motivwahl an, das ist unglaublich! Da stimmt alles, das macht sie aus dem Bauch heraus. Du musst das fördern, Marco. Und wenn ihr das schon so Spaß macht, wer weiß, vielleicht macht sie das glücklich. Kauf ihr doch eine einfache Digi-Kamera, ist doch einen Versuch wert!"

„Du hast recht, ich besorge ihr gleich heute noch eine, muss sowieso noch runter nach Lazise."

Und so bekam Rebecca noch am selben Tag eine Kamera von Marco geschenkt. Sie freute sich riesig, griff sich das Teil und knipste gleich wild drauf los. Er musste ihr so gut wie nichts erklären, sie bediente die Kamera intuitiv und probierte ohne Hemmungen jede Einstellmöglichkeit aus. Als sie am frühen Nachmittag in die Therme gingen, hatte Rebecca natürlich ihre neue Kamera dabei. Es dauerte nicht lange, dann tauchte Alioscha mit ihren Eltern auf, sie waren also tatsächlich noch da. Marco hatte insgeheim gehofft, sie seien abgereist, und auch Mara Cilic und ihr Mann Luca schauten überrascht, als sie Marco und Rebecca erblickten. Sie hatten wohl ähnliches gedacht Sie begrüßten einander trotzdem freundlich, wusste doch jeder, dass an der Situation niemand Schuld haben konnte. Marco zuckte entschuldigend die Schultern und meinte, da könne man wohl nichts machen. Im Endeffekt sahen es Mara und Luca genauso, und so beobachteten die drei eine Zeitlang beinahe wohlwollend das Treiben der zwei Freundinnen, die sich natürlich gleich jede Menge zu erzählen wussten. Vor allen Dingen Rebeccas neue Errungenschaft, die Kamera, stand alsbald im Mittelpunkt ihres Interesses – auf Rebeccas Anregung hin begann Alioscha auf natürlich naive Art zu posen und sie wurde von ihr vor allen möglichen Hintergründen abgelichtet.

Jetzt lachte sogar Mara Cilic herzlich, und Marco war froh, dass sich die Dinge scheinbar zum Guten lösten. Luca Ruggieri fragte Marco dann nach ihrem Aufenthalt unten im Süden, er zeigte sich recht interessiert an seiner Erzählung über das Naturreservat im Cliento, er wollte da schon immer mal hinfahren. Es wurde eine recht angenehme Plauderei, die jedoch jäh unterbrochen wurde von Mara Cilic´ erschrockenem Ausruf, sie könne die beiden nicht mehr entdecken.

Es stimmte, die zwei waren nirgends mehr zu sehen. Marco und Luca begannen sofort, den Park abzusuchen, Mara blieb am Wasser und befragte die Badegäste auf den Liegewiesen, ob sie nicht etwas beobachtet hätten, eine Frau und ein kleines Mädchen, die mit einer Kamera herumalberten, aber niemand konnte sich an die beiden erinnern. Auch, dass sie noch nicht in Badekleidung waren, sondern in Shorts und Shirt, half nicht weiter.

Marco und Luca fanden keine Spur der beiden und kehrten unverrichteter Dinge von ihrer Tour durch den Park zurück. Mara Cilic war schon am verzweifeln und begann, hysterisch zu werden. Die zwei Männer versuchten, sie zu beruhigen, doch das war aussichtslos. Schließlich bestand sie darauf, die Guardia Civil zu rufen, doch die Aufsichtsleute des Thermalparks rieten ihr, damit noch zu warten, es war noch keine Stunde seit dem Verschwinden der zwei verstrichen, und es könne durchaus sein, dass Rebecca und Alioscha gleich wieder auftauchten und sich alles ganz einfach erklärte.

Nur widerwillig war Mara damit einverstanden, aber sie blieb vor dem Büro der Parkaufsicht – ständig hin und herlaufend – und wartete nervös und aufs äußerste angespannt, während Bademeister und Securities nochmal das Gelände durchsuchten. Doch auch sie kehrten erfolglos zurück und waren nun ebenfalls nervös geworden. Schließlich war es keine gute Werbung, dass im bekannten Parco Termale einfach so zwei Personen spurlos verschwanden. Und tatsächlich hatte sich unter den Gästen auch schon spürbar Unruhe breit gemacht, es hatte sich bereits herumgesprochen, dass jemand vermisst wurde. Die meisten hatten Mara Cilic´ panische Suche mitbekommen.

Nach zwei Stunden, gegen 16:00 Uhr, wurde die Polizei von der Parkleitung informiert. Zwanzig Minuten später fuhren vier Streifenwagen, ein Mannschaftsbus und ein Krankenwagen vor. Gut zwanzig Uniformierte begannen sofort, systematisch die Umgebung der Therme zu durchkämmen, nachdem die Thermen-eigene Security dem Einsatzleiter glaubhaft vermittelt hatte, dass sich die Vermissten sicher nicht mehr im Park aufhielten. Mara Cilic hatte zwischenzeitlich lauthals den Verdacht geäußert, Rebecca hätte ihre Tochter Alioscha entführt, diese Frau sei ja schließlich nicht zurechnungsfähig, der traue sie das unbedingt zu.

Natürlich weckte diese Aussage das Interesse der Beamten, die daraufhin Marco Haller zu sich riefen, um ihn zu befragen, was es denn auf sich habe mit seiner Frau. So gut er es vermochte, erklärte er ihnen den besonderen Zustand Rebeccas, versuchte jedoch gleichzeitig, die Fragen nach ihrer Zurechnungsfähigkeit zu umgehen. Er schilderte Rebeccas Erkrankung als Folgeschaden einer Operation – sie befände sich gerade in einer Art Rekonvaleszenz.

Er wollte unbedingt den von Mara Cilic geäußerten Verdacht entkräften, Rebecca sei verrückt. Ob ihm das gelungen war, konnte er nach der Vernehmung nicht mit Sicherheit sagen.

Um 18:15 ging der Hinweis ein, dass ein Bauer zwei Personen, auf die die Beschreibung passte, auf einem Pfad entlang seiner Wiesen in dem kleinen Tal zwischen Cola und Pacengo gesehen habe. Sofort konzentrierte sich die Suche auf dieses Gebiet, welches allerdings sehr unübersichtlich und zum Teil wild verwuchert war. Obwohl es sich nur um ein relativ kleines Stück Land handelte, fiel es der Suchmannschaft schwer, dieses systematisch zu durchkämmen. Immer wieder versperrten ausgedehnte Dornenhecken und zahlreiche Zäune das Areal. Marco kannte das Tal gut, hatte er es doch bei früheren Aufenthalten sehr gerne durchstreift, da es entgegen der ansonsten so aufgeräumten Landschaft eine gewisse Urtümlichkeit bewahrt hatte. Auch Rebecca kannte das Tal, vielleicht hatte sie sich unbewusst daran erinnert und wollte aus welchen Gründen auch immer mit Alioscha genau dorthin. Aber er war sich auch sicher, dass sie nur per Zufall auch wirklich dort angekommen war. Zurückfinden würde sie bestimmt nicht mehr. Noch dazu wurde es nun langsam dunkel.

Die Zeit drängte. Marco schloss sich nun den Carabinieri an, die inzwischen das Gebiet mit starken Lampen von der oberhalb gelegenen Straße ausleuchteten, was die Suche erleichtern sollte. Die Einsatzleitung hatte ihre Zentrale in den Pizza-Planet verlegt, ein Take-away-Lokal, welches genau an dieser Straße lag.

Anfangs wollte der leitende Kommissar Marcos Beteiligung an der Suche unterbinden, doch Luca Ruggieri, Alioschas Vater, ergriff vehement Marcos Partei und erreichte nach einem kurzen Wortgefecht dessen Einwilligung. Luca war das hysterische Verhalten seiner Frau peinlich, ständig versuchte er auf sie beschwichtigend einzuwirken, aber vergeblich. Schon mehrmals hatte er sich bei Marco Haller entschuldigt, ihm war natürlich auch klar, dass es sich hier keinesfalls um eine mutwillige Entführung handelte. Wieso auch? Was hätte Rebecca für einen Grund, so etwas zu tun? Die zwei wollten Rebeccas neue Digitalkamera ausprobieren, hatten Spaß und verliefen sich blöderweise dabei, weil Rebecca keine Orientierung hatte und Alioscha ein Kind war, das sich hier nicht auskannte. Das war's. Nicht mehr und nicht weniger. Aber weil Mara so eine Riesen-Welle machte und Rebecca aller möglichen Untaten bezichtigte, fuhr die Polizei das ganz große Besteck auf. Musste sie ja auch, die Situation war nicht richtig einschätzbar, und bevor sie sich irgendwelcher Vorwürfe aussetzte – sollte doch etwas passieren – handelte sie eben mit aller Konsequenz. Marco hatte das kapiert, schließlich war das hier Italien und es ging um eine Mutter und ihr Kind. Er konnte nur hoffen, dass alles glimpflich ausging und keiner der Beamten überreagierte.

Marco machte sich also zusammen mit Luca Ruggieri auf die Suche. Sie durchstreiften das Landstück etwas instinktiver als die offizielle Mannschaft das tat, sie nahmen sich eher die seitlichen Ausläufer des kleinen Waldgürtels vor, welcher sich unterhalb des Steilhanges befand, der zur Kirche von Cola di Lazise hinaufführte. Sie liefen kreuz und quer, riefen die Namen und aufmunternde und beruhigende Parolen, denn sie vermuteten, dass die beiden sich inzwischen aus Angst wegen dem ganzen Aufruhr irgendwo versteckt hielten und sich nicht mehr heraus trauten. Woanders konnten sie nicht hin sein, die Polizei hatte das Gebiet engmaschig abgesperrt, sie mussten doch hier sein, es gab keine andere Möglichkeit.

Inzwischen war es Nacht geworden, zehn Uhr durch, die Polizisten wurden langsam unruhig. Marco hoffte insgeheim, sie würden die Suche vielleicht einstellen bis zum nächsten Morgen, ihm wäre das lieber gewesen, er war sicher, Luca und er würden die beiden dann eher finden. Er konnte sich gut vorstellen, dass Rebecca und Alioscha sich schon längst gezeigt hätten, wenn nicht soviele Uniformierte herumgesprungen wären.

Es war schließlich Luca, der die zwei zuerst entdeckte, sie hatten sich tief in einem Brombeer-Gestrüpp versteckt, ganz nahe der Stelle, wo ein Feldweg nur ein paar Meter hoch zur Dorfstraße führte, auf dem die gesamte Suchtruppe eigentlich ständig unterwegs gewesen war, um das Ödland zu betreten oder wieder zu verlassen. So nah an der Straße hatte sie natürlich niemand vermutet. Als Alioscha aus dem Dickicht heraus immer wieder die Stimme ihres Vaters gehört hatte, war sie nicht mehr zu halten und kam aus dem Gebüsch gekrochen. Sie war verkratzt von den Dornen, weinte und rief nach ihrer Mama. Kurz darauf kam auch Rebecca aus dem Versteck, auch sie heulte und war völlig durch den Wind.

Während die Carabinieri Alioscha sofort in die Obhut ihrer Eltern entließen, gab der Commissario Marco nur ein paar Minuten, um mit Rebecca zu sprechen. Und das auch nur, weil Marco heftig protestierte, als er begriff, dass man sie tatsächlich festnehmen und offensichtlich in U-Haft bringen wollte. Daran konnte er nichts ändern, aber die Möglichkeit, wenigstens ein paar Worte mit Rebecca zu wechseln, wurde ihm eingeräumt.

Die verstand überhaupt nicht, was vor sich ging, stotterte, schluchzte und zitterte in einem fort, während Marco versuchte, sie zu beruhigen und ihr klarzumachen, dass er nicht einfach mit ihr von hier verschwinden könne, denn genau das war es, worum sie verzweifelt bettelte.

„Bring mich hier weg, bring mich hier weg!", jammerte sie und klammerte sich an Marco, als mehrere Beamte begannen, sie von ihm wegzuzerren, um sie in Gewahrsam nehmen zu können.

„Verdammt nochmal, sehen Sie denn nicht, was Sie anrichten? Hören Sie auf damit! So können Sie meine Frau nicht behandeln!"

Er brüllte den Kommissar an und warf sich schützend zwischen Rebecca und die Polizisten, er hob die Fäuste und war bereit, zuzuschlagen.

„Das würde ich an Ihrer Stelle besser nicht tun!" rief ihm der Kommissar warnend zu.

„Dann nehmen wir Sie auch mit und Sie hätten keine Chance mehr, Ihrer Frau zu helfen. Wollen Sie das? Sie wissen, dass ich Ihre Frau jetzt erstmal verhaften muss ... Reißen Sie sich zusammen, Mann!"

Marco war schnell klar, dass er im Moment nichts tun konnte, um Rebecca zu helfen, und so musste er hilflos mit ansehen, wie man sie rüde in einen bereitstehenden Polizeibus verfrachtete. Sie strampelte und schlug um sich, doch es nutzte nichts. Die Tür wurde zugeworfen, er hörte sie von drinnen laut seinen Namen schreien, dann startete der Wagen und fuhr schnell davon. Mit Blaulicht und Martinshorn. Denn es hatte sich im Laufe der vergangenen Stunden eine beträchtliche Anzahl von Menschen eingefunden, welche das Geschehen und die Suche neugierig verfolgt hatten und die nun beide Seiten der Straße flankierten. Die Verhaftung Rebeccas wurde von einigen johlend beklatscht, von den meisten jedoch wurde ihr Abtransport mit Pfiffen und Buh-Rufen bedacht.

„Wir werden Ihre Frau in die psychiatrische Klinik nach Verona zur Beobachtung bringen. In ihrem Zustand ist sie nicht vernehmungsfähig. Glauben

Sie mir, das ist das Beste für sie, man kümmert sich dort um sie."

Marco starrte den Kommissar wortlos an, er hatte Tränen in den Augen.

„Hier, die haben wir bei ihr gefunden, für uns ist da nichts Brauchbares drauf."

Er reichte ihm Rebeccas Digitalkamera, die er ihr erst am Vormittag gekauft hatte, und über die sie sich so sehr gefreut hatte. Dann ging er langsam, wie in Trance zum Hotel zurück. Ihm war hundeelend zumute. Er wollte schlafen, schaffte es aber nicht. Er ging zu Rinaldo, doch der hatte schon zu, also holte er sich an der Rezeption zwei Flaschen Rotwein und trank mehrere Gläser. Um ein Uhr nachts endlich rief er Paolo an. Er musste reden.

Kapitel 19 – BKH Verona, Dr. Palucci –

„Ja, Hallo? Wer zum Teufel ...", meldete sich Paolo schlaftrunken.

„Scusa, Paolo. Ich bin´s. Sie haben Becci mitgenommen. Verhaftet."

„Marco? Du? Was redest du da? Wer hat wen verhaftet? Moment, ich brauch meine Brille. Und ein Schluck Wasser. Mann, Mann, Mann ..." Für einen kurzen Augenblick blieb das Telefon stumm.

„So, bin wieder da. Und jetzt nochmal. Was ist mit Becci?"

„Mann Paolo, sie haben sie nach Verona in die Psychiatrie gebracht, in so einer grünen Minna, mit Blaulicht und Sirene, stell dir das mal vor ..."

„Marco! Marco, wart mal, Stop, Stop!" Paolo unterbrach ihn, er musste richtig laut werden, bevor Marco darauf reagierte.

„´Tschuldige, scusa, Paolo, ich hab schon bisschen was getrunken – der Tag war echt hart und ...", wieder unterbrach ihn Paolo.

„Jetzt nochmal auf Anfang. Was ist heute passiert? Der Reihe nach, reiß dich zusammen! Du kannst auch mit zwei Flaschen in der Birne noch gut erzählen, hab ich selbst erlebt – also, daran liegt es nicht. Atme mal durch und dann erzählst du mir alles, ja?"

Marco begann und erzählte Paolo alles, was seit dem Mittag geschehen war. Er redete und redete, und Paolo hakte nur selten ein, um etwas nachzufragen, er ließ ihn einfach reden.

Marco merkte nach einer Weile, wie er ruhiger wurde, wieder klarer denken konnte. Als er endlich geendet hatte, herrschte erstmal Stille. Beide hörten nur das leise Rauschen ihrer Handys. Eine kleine Ewigkeit dauerte das. Paolo war es dann, der das Schweigen brach:

„Marco? Bist noch dran?"

„Ja Paolo, bin noch dran ..., was machen wir denn jetzt?"

Paolo musste nur ganz kurz nachdenken, dann antwortete er:

„Ich komm hoch zu dir. Morgen Mittag bin ich da, du schaffst das nicht alleine, da geht´s um Behörden, vielleicht brauchen wir einen Anwalt. Ich ...", jetzt war es Marco, der unterbrach.

„Spinnst du? Du kannst doch nicht – Das sind tausend Kilometer! Wir können doch per Telefon und ...",

„Eh, du bist hier in Italien, Marco! So eine Situation ist ja bei euch auch schon Scheiße, aber hier? Du bist zwar ihr Mann, aber du bist Deutscher. Sprichst zwar ganz passabel Italienisch, aber du hast keine Ahnung, wie das hier läuft, mit wem du sprechen musst, und wie ... Das ist verdammt heikel, hörst du? Ich bin ihr Bruder, ich bin La Familia, das zählt!"

„Ach komm Paolo, das ist doch kein Mafia-Ding hier. Außerdem hab ich ja auch einen Namen, das kann doch ..."

„Ja, ja, mit deiner Bekanntheit können wir schon was reißen, wenn es sein muss. Aber Marco, mal ehrlich, du hast doch bisher nur Urlaub gemacht

in Italien. Essen gegangen, einkaufen, Sole e Vino
... Hast du hier schon mal mit der Polizei zu tun
gehabt, eh?"

„Nein, natürlich nicht, ich ..."

„Siehst du, ich fahr gleich los!"

Marco wollte noch etwas einwenden, doch es war
zu spät, Paolo hatte schon aufgelegt.

Wie Paolo Panella es vorausgesagt hatte, war es
tatsächlich sehr kompliziert und aufwändig, mit
der Sache umzugehen, und Paolos Anwesenheit
war mehr als notwendig. Um allein nur das erste
Mal mit Rebecca Kontakt aufnehmen zu können,
dauerte es bereits eine Woche. Zwar hatte Mara
Cilic ihre anfängliche Anzeige zurückgezogen, ihr
Mann Luca hatte sie dazu bewegen können,
trotzdem war der Fall natürlich bei der Staatsan-
waltschaft gelandet und die behandelte die Tat
keineswegs als Bagatelle. Für die war das nach
wie vor eine Kindsentführung durch eine psy-
chisch gestörte Frau, deshalb landete Rebecca
erstmal in der forensischen Abteilung des Be-
zirkskrankenhauses Verona und man verhängte
zusätzlich eine Kontaktsperre.

Als Paolo das erfuhr, engagierten er und Marco
sofort einen Anwalt einer sehr bekannten Kanzlei,
die auf Strafrecht spezialisiert war. Bruno Maldini
hieß der Mann – Ende fünfzig, sehr elegante Erscheinung – er sprach auch recht gut deutsch.
Praktischerweise hatte der Mann sein Büro in
Verona und konnte sich auch gleich um den Fall
kümmern. Er erreichte dann auch die Besuchser-

laubnis für Marco und Paolo, und so standen die beiden endlich nach einer Woche im kahlen Besucherzimmer der Klinik und warteten auf Rebecca. Sie kam nach zehn Minuten in Begleitung eines Pflegers und einer Ärztin, welche sich als Dr. Cristina Palucci vorstellte. Rebecca fing zu weinen an, als sie sah, wer sie da besuchte. Anscheinend hatte man ihr gar nichts gesagt. Marco nahm sie in den Arm, Paolo gab ihr einen Kuss auf die Wange.

„Wie geht´s dir? Sind sie gut zu dir?", fragte Marco und sah dabei auch die Ärztin an.

„Kommt ihr mich abholen, ja? Ich kann hier nicht bleiben, Marco!"

„Wir holen dich bald hier raus, Becci, versprochen ... Aber ganz sofort geht das noch nicht."

Paolo zuckte entschuldigend mit den Schultern und fuhr fort:

„Aber wir haben einen sehr guten Anwalt, der kriegt das hin, du wirst sehen ..."

Rebecca begann wieder zu schluchzen, sie zitterte am ganzen Körper. Die Ärztin und der Pfleger kamen dazu, stützten sie und versuchten sie zu beruhigen. Marco drängte sie zur Seite, sah die beiden feindselig an und legte seine Arme schützend um seine Frau. Dann führte er sie zu der ledernen Sitzgruppe und drückte sie sanft in einen der Sessel. Rebeccas Bewegungen waren sperrig, irgendwie hölzern, sie wirkte unsicher beim Gehen. Als sie endlich saß, stierte sie vor sich hin und wiederholte in einemfort:

„Bitte holt mich raus, bitte holt mich raus, ich will hier raus, bitte holt mich raus ..."

Marco runzelte die Stirn, dann wandte er sich an die Ärztin:

„Was geben Sie ihr? Haben Sie überhaupt einen Ahnung, was ihr fehlt? Ihre Vorgeschichte?"

Er hatte sich drohend vor der Ärztin aufgebaut, Paolo ging zu ihm und legte ihm beschwichtigend die Hand auf seinen Arm. Dr. Palucci blickte Marco ruhig an und antwortete:

„Nein, ich weiß nichts von ihr. Sie etwa? Das würde helfen. Man hat sie abgeliefert, sie war völlig außer Rand und Band. Natürlich mussten wir sie sedieren, was glauben Sie denn, wo wir hier sind ..."

Nun meldete sich Avvocato Maldini zu Wort, er hatte sich bisher im Hintergrund gehalten:

„So, ich würde vorschlagen, nachdem wir uns nun alle kennengelernt haben, beruhigen wir uns jetzt, setzen uns und versuchen, ein paar grundsätzliche Dinge zu klären. Einverstanden?"

Alle nickten zustimmend, wenngleich die Stimmung zwischen Marco und der Ärztin alles andere als harmonisch war.

„Herr Haller, würden Sie Dr. Palucci in kurzen Zügen, soweit das möglich ist, erklären, was mit Ihrer Frau passiert ist, beziehungsweise worunter sie leidet. Ich denke, das wäre für den Anfang recht hilfreich."

Marco atmete tief durch, dann begann er zu erzählen. Wieder mal. Fing mit Rebeccas Burnout an, damals vor zwei Jahren im März. Mit den

Sehstörungen, den nachfolgenden Untersuchungen, die allesamt keine Klarheit brachten. Immer wieder der Verdacht, es könnte sich um Multiple Sklerose handeln, die Rückenmark- Punktierungen, welche den Verdacht nie bestätigten. Er berichtete von ihrer zunehmenden Amnesie, dem Verlust der Orientierung, von der sich verändernden Persönlichkeit Rebeccas. Und immer wieder neue Ärzte, neue Neurologen, eine Klinik nach der anderen, bis sie schließlich in der Uniklinik Tübingen die Hirn-Biopsie über sich ergehen lassen musste. Der Tumor-Verdacht, Verdacht auf seltenen Blutkrebs, die unnützen Therapie-Ansätze, nichts half. Das alles sprudelte immer schneller aus Marco heraus, er hatte sichtlich Mühe, sich auf das Wesentliche zu beschränken, die Chronologie der Ereignisse nicht durcheinander zu bringen. Nachdem er fast 15 Minuten durchgehend geredet hatte, stoppte er plötzlich mitten im Satz, blickte in die Runde und sagte knapp:

„Das reicht ..., ich kann nicht mehr."

Rebecca hatte die ganze Zeit da gesessen, ihm zugehört und hin und wieder den Kopf geschüttelt. Jetzt stand sie auf, ging zu Marco und fragte: „Kenn ich die Frau? Das ist ja furchtbar!"

Sie begann wieder zu weinen. Marco sah seine Frau fassungslos an, dann brach auch er in Tränen aus, sprang auf und verließ den Raum. Paolo folgte ihm.

Zusammen mit Anwalt Maldini erreichten sie, dass Dr. Cristina Palucci anordnete, die Sedierung Rebeccas schrittweise zurückzufahren und ihr normale Kontakte und Bewegungsfreiheit zu genehmigen, sollte sich ihr Zustand bessern.

Das geschah dann auch tatsächlich. Die Amnesie bildete sich wieder auf ein normales Maß zurück, wenn man das so nennen wollte. Rebecca erinnerte sich nun zumindest teilweise an den Grund ihrer Verhaftung und der anschließenden Einweisung, ihren Ausflug mit Alioscha, der so aus dem Ruder gelaufen war.

Sie wusste auch wieder um ihre Erkrankung, was unter dem Einfluss der starken Psychopharmaka gänzlich weg war. Sie durfte sich jetzt frei auf dem Klinik-Gelände bewegen, mit anderen Patienten sprechen, mit ihnen Tischtennis spielen, was das einzige Sportangebot der Klinik war und sie durfte vor allen Dingen ihre Kamera benutzen, Marco hatte das durchgesetzt, obwohl Dr. Palucci anfänglich dagegen war. Er musste sie erst von der Wichtigkeit dieser Beschäftigung für Rebecca überzeugen, bis sie schließlich einwilligte. Allerdings behielt sich die Ärztin vor, die Aufnahmen, die Rebecca machte, zu kontrollieren und gegebenenfalls auch zu löschen. Das war ihre Bedingung für die Erlaubnis, von dieser Vereinbarung erzählte Marco seiner Frau natürlich nichts. Mehr konnten sie im Moment nicht tun.

Anwalt Maldini hatte noch verhindern können, dass der Anhörungstermin vor dem Untersuchungsrichter erst in vier Wochen stattfinden sollte und hatte eine Vorverlegung beantragt, der auch stattgegeben wurde. Der Termin wurde nun zwei Wochen früher festgesetzt. Die Zeit nutzten Marco und Paolo, um den Kontakt zwischen Dr. Cristina Palucci und Rebeccas behandelnder Ärzte aus der Tübinger Uniklinik, Professor Bartholdy und Dr. Broder herzustellen, damit die italienische Neurologin endlich eine fachlich klare Vorstellung bekam von der Erkrankung Rebecca Hallers.

Paolo war inzwischen ins Hotel nach Cola di Lazise zu Marco gezogen, zum Glück waren ja gerade die langen italienischen Schulferien, und er hatte frei. Von dort aus hielten sie die gesamte Verwandtschaft und ihre Freunde auf dem Laufenden, sie nannten das Hotel ihre Einsatzzentrale.

Auch wenn der Anlass ihres Zusammenseins nicht gerade der Glücklichste war, so genossen sie doch die Zeit, und Marco ertappte sich mehr als einmal dabei, wie angenehm er es wieder empfand, sich nicht um Rebecca kümmern zu müssen. Wieder erzählte er Paolo davon – der war in diesen Dingen schon sowas wie ein Beichtvater für Marco – doch er winkte ab und meinte, er solle endlich aufhören, ständig ein schlechtes Gewissen zu haben wegen etwas, das er sowieso nicht ändern könne.

„Du tust doch alles, was möglich ist, mehr geht nicht ... Ich sag´s dir nochmal, kümmere dich um dein Leben, nicht dass du das vergisst über all der Fürsorge. In vier Wochen hast du doch die Ausstellung in Amsterdam, die ist doch sehr wichtig für dich, oder? Und du hast dafür noch jede Menge zu tun. Wie willst du das schaffen, wenn du deinen Kopf nicht frei kriegst?"

„Ich weiß, ich weiß ..., du hast ja recht! Trotzdem denke ich manchmal, ich kann das doch nicht tun, die arme Becci hängt jetzt da in der Klapse rum, und ich zieh mit dir um die Häuser und denk dabei auch noch an Elena."

„Du solltest noch ganz anderes tun. Zum Beispiel könntest du Elena fragen, ob sie dich nicht nach Amsterdam begleiten möchte. Ich nehme an, du wirst die Sache dort ja wohl nicht mit Becci im Schlepptau durchziehen."

„Meinst du? Und du fändest das in Ordnung?"

„Willst du jetzt Absolution von mir? Kriegst du nicht! Das tu ich mir nicht an ... Aber wie, glaubst du, dass die Sache mit Elena weitergehen soll? Oder war´s das schon?" Paolo wurde zunehmend ärgerlicher.

„War das bloß ein One Night Stand für dich? Samenstau abbauen? Das hat sie nicht verdient ..."

„Nein, verdammt nochmal! Ganz sicher nicht, und das weißt du auch! Natürlich denk ich drüber nach, sie nach Amsterdam einzuladen, aber ich tu mir da nicht so leicht, ich hab sowas noch nie gemacht, es gab immer nur Becci. Auch wenn sie jetzt so anders ist und ich – ach Scheiße, ich hab trotzdem das Gefühl, sie zu hintergehen!"

Marco trank sein Glas Bier in einem Zug leer und schaute Paolo hilfesuchend an. Sie saßen an der Hafen-Promenade von Lazise in einem der Touristenlokale direkt am See. Viele Menschen schlenderten vorbei, Paare engumschlungen, Familien, deren Kinder an den breiten Treppen zum Wasser spielten und sich lachend nasse Füße holten, überall wurde fotografiert, es war die Stunde vor der Dämmerung, die Sonne neigte sich langsam dem Horizont zu, und die alten Fischer kamen mit Fahrrädern angefahren, bauten ihre Angelutensilien an der Kante der mit Steinplatten befestigten Uferpromenade auf, ließen sich gemütlich nieder, darauf eingerichtet, nun zwei Stunden lang nichts zu tun als zu warten und den Abend zu genießen, auf ihre Weise. Für jeden Touristen das ideale Urlaubsmotiv.

„Schau dir die Leute an, Marco. Von denen bemüht sich gerade ein jeder, glücklich zu sein, sich wohl zu fühlen. Zumindest für diesen Augenblick, an diesem Abend. Da hat jeder seine Geschichte, wir wissen nicht, ob die zwei da drüben wirklich zusammengehören oder ob sie sich nicht heimlich, oder mit einer Ausrede, jeder von seiner Familie weggeschlichen haben, um heute Nacht er seine Ehefrau, sie den Ehemann zu betrügen. Oder die Familie dort hinten, wo sich alle um die große Frau mit dem Hinkebein und der dunklen Sonnenbrille scharen – alle lachen sie, wer weiß, vielleicht ist die Frau, wahrscheinlich ist es die Mutter, todkrank und sie machen alle zusammen nochmal eine letzte Reise, weil sie es sich gewünscht hat ... Was ich dir damit sagen will, für alle, wie du sie hier jetzt siehst, ist die Welt im Moment in Ordnung, ganz egal, was in einer Woche, übermorgen oder sogar schon in ein paar Stunden ist. Und ob sie dann wieder mit ihren

Problemen konfrontiert sind und um ihr Leben, ihre Liebe oder um ihre Existenz kämpfen müssen. Jetzt zählt der Augenblick, das Loslassen. Schau dir diese Szenerie an: Die Abendstimmung, der See, die Wärme, der Geruch. Diese Atmosphäre hier am Lago schafft es, Frieden in die Herzen der Menschen zu zaubern, man muss sich dem Luxus, welchen unser Land in der Beziehung so üppig bietet, nur öffnen, verstehst du? Tu dir den Gefallen, dir und auch deiner Kunst! Und auch Elena, nicht zuletzt Elena."

In die Verlegenheit, sich zusätzlich während seiner Vorbereitungen für die Amsterdam-Ausstellung auch noch um Rebecca kümmern zu müssen, kam Marco nicht. Der Anhörungstermin vor dem Untersuchungsrichter endete damit, dass zwar der Vorwurf der vorsätzlichen Kindesentführung fallengelassen wurde, Anwalt Maldini konnte jedoch nicht verhindern, dass der Richter aufgrund der psychischen Auffälligkeiten Rebeccas eine Verlängerung des Verbleibs in der Klinik um mindestens vier weitere Wochen zur Beobachtung festsetzte. Danach wollte er den Fall noch einmal beurteilen. Nun wäre es, laut Maldini, möglich gewesen, eine Verlegung Rebeccas nach Deutschland zu beantragen, einen größeren juristischen Aufwand vorausgesetzt, allerdings wandte sich dagegen Dr. Cristina Palucci als Rebeccas behandelnde Ärztin.

Sie hatte inzwischen sämtliche Unterlagen aus Tübingen erhalten, mehrmals mit den Kollegen dort Mails ausgetauscht und schien mittlerweile von ihrer neuen Patientin regelrecht angetan, so kam es Marco und Paolo vor.

Sie hatte die beiden nach der Anhörung zweimal zu einem Gespräch gebeten, in dem sie sich jeweils erstaunlich offen und zugänglich zeigte. Gänzlich anders als bei ihrem ersten Zusammentreffen. Sie erzählte, sie habe Zugang zu Rebecca gefunden, und diese vertraue ihr auch inzwischen, ja freue sich regelrecht, wenn sie sie aufsuche, um mit ihr zu arbeiten. Sie übe mit ihr eine Abfolge spezieller klinischer Fresh-Minder Programme zur Schulung von Kombinationsfähigkeiten und logischen Abläufen, außerdem versuche sie Rebecca in eine Patientengruppe zu integrieren, in der es schwerpunktmäßig um Erinnerungsarbeit und Trauma-Bewältigung ginge.

Manchmal spiele sie mit ihr aber auch nur Tischtennis, Rebecca sei eine ausgezeichnete Spielerin. Ob er das wüsste? Und ob Marco das wusste. Wo immer sie wohnten, hatten sie auch eine Tischtennisplatte gehabt, im Garten oder im Dachboden. Rebecca spielte wirklich gut, schmunzelnd erinnerte er sich an eine Vielzahl verlorener Matches gegen sie.

Marco war genau wie Paolo baff und überrascht vom veränderten Verhalten Dr. Paluccis, und nachdem beide auch bei Rebecca selbst eine spürbar positive Reaktion auf die neuen Entwicklungen feststellen konnten, wandten sie sich schließlich gegen eine Verlegung. Noch dazu wusste Marco überhaupt nicht, wohin er denn Rebecca in Deutschland hätte verlegen lassen wollen, am Ende wäre sie von Amtswegen wieder in irgendein dubioses Bezirkskrankenhaus eingewiesen worden. Nein, da war sie hier in Verona eindeutig besser aufgehoben. Und endlich arbeitete mal jemand mit ihr. Das war ja mal was ganz Neues. Sonst war sie immer nur das Versuchskaninchen gewesen, Pillen, Spritzen und OP´s. Und wenn es nichts gebracht hatte, weg mit ihr, ab zum Nächsten!

Als Marco Rebecca dann schonend beibringen musste, dass sie nun doch noch länger hierbleiben müsse, und er demnächst nach Holland abreise – also auch nicht da sei, aber Paolo wenigstens – da antwortete sie nur:

„Das hat mir Cristina alles schon gesagt. Fahr du nur, musst ja arbeiten, weiß ich doch. Aber dafür spielst du noch ne Runde Tischtennis mit mir ...“

Sie lachte und ihre Augen blitzten ihn angriffslustig an, fast wie früher.

Er war so erleichtert, dass er es nicht schaffte, sich auf das Match zu konzentrieren. Sie zog ihn locker ab mit 11: 3 Punkten.

Kapitel 20 – Amsterdam, September 2008 –

Am nächsten Morgen reiste Marco Haller zurück nach Deutschland. Paolo Panella nutzte die Zeit der Entspannung, die sich für ihn so unerwartet ergeben hatte für einen Kurz-Tripp nach Rom, er wollte dort ein paar Freunde besuchen.

Er versprach aber, rechtzeitig wieder da zu sein und nach Rebecca zu sehen, wenn Marco dann endgültig nach Amsterdam abfuhr, um seine Ausstellung zu eröffnen. Diese Zusage beruhigte Marco ungemein und voller Elan stürzte er sich in die Arbeit.

Die folgenden zwei Wochen pendelte er zwischen Schäftlarn, Sindelfingen und München, meistens mit Hagenthal im Schlepptau. Es gab noch jede Menge zu organisieren. Das Verpacken und der Transport der Arbeiten mit einer Spedition aus Stuttgart musste koordiniert werden – ein Groß-teil ociner Plastiken lagerte ja bei Sepp Kuglers Gießerei in Sindelfingen – das war kein Problem, aber dann gab es noch Arbeiten in Münchener Galerien, die mit sollten und weitere, die ihm sehr wichtig waren, mussten von Hamburg und Leipzig direkt nach Holland gebracht werden. Doch Marco taten der Stress und die Hektik, die damit verbunden waren richtig gut, das war seine Profession, sein Leben. Das liebte er. In Stuttgart wohnten sie ganze drei Tage in Helmut Brennigers Wohnung, der kam extra von München angefah-ren, um wieder mal mit seinen Freunden zusam-men sein zu können. Zumindest abends, tagsüber hatten Marco und Hagenthal ja jede Menge zu tun, er kümmerte sich derweil um sein Möbelhaus in der Innenstadt, wurde sowieso wieder mal Zeit.

Auch wenn sie die ein oder andere Flasche Wein köpften, so exzessiv wie die letzten Treffen liefen die Abende nicht ab, Marco war zu fokussiert auf seine Ausstellung, und auch Hagenthal und Brenniger waren im „Schaff-Modus", wie der alte Schwabe Brenniger das nannte. Es waren eher entspannte Zusammenkünfte, wohltuend für jeden nach einem arbeitsreichen Tag. Sie tauschten sich aus, Marco und Hagenthal freuten sich auf eine Woche Amsterdam, seine Freundin Reza kam auch mit und natürlich wollten sie alles wissen von Elena, welche separat mit dem Flieger aus Brindisi angereist kam. Marco hatte seine beiden Freunde eingeweiht, selbstverständlich unter Zusage größter Verschwiegenheit. Er hatte auch mit Reza Aslan telefoniert, um sie auf das Zusammentreffen mit Elena vorzubereiten. Er wollte wirklich nicht riskieren, dass außer den dreien und Paolo irgendwer anderes davon Wind bekam.

Es würde sowieso schwer genug werden in Amsterdam bei all der Öffentlichkeit und dem Rummel um die Ausstellung. Fernsehen, Presse, natürlich auch aus Deutschland waren da, er musste Interviews geben, Beiträge für die Kulturmagazine wurden gedreht, und da sollte sich Elena erstmal im Hintergrund halten. Ihr dabei zu helfen, darum hatte er ganz speziell Reza gebeten, die hatte da ein Händchen für. Sie verstand Marcos Situation, machte ihm überhaupt keine Vorhaltungen, im Gegenteil, auch sie zeigte, wie ihr Freund Armin Hagenthal, größtes Verständnis, ja sogar Freude über die unerwartete Wendung in Marcos Privatleben, auch wenn Reza schon ein paar Tränen in Richtung Rebecca vergoss, welche sie längst ins Herz geschlossen hatte. Helmut Brenniger reagierte etwas zurückhaltender, doch auch er begegnete seinem Freund wohlwollend und betonte mehrmals, dass er das schon nachvollziehen könne.

Elena die ganzen Umstände zu erklären, war nicht ganz so einfach. Sie freute sich riesig über die Einladung nach Amsterdam, allerdings wurde sie immer nachdenklicher während des Telefonats, als Marco ihr so nach und nach die Einschränkungen nahe zu bringen versuchte, die ihren Aufenthalt dort begleiten würden.

„Und du glaubst, das funktioniert? Kein Händchenhalten in der Öffentlichkeit, kein gemeinsamer Ausflug, soll ich so tun, als kenne ich dich gar nicht? Marco, ich frage mich gerade, ob ich das will …"

„Nein, so schlimm wird es nicht werden. Wir müssen nur ein bisschen vorsichtig sein. Und dadurch, dass mein Manager und seine Freundin dabei sind, fällt das mit uns gar nicht so auf, du wirst sie mögen, da bin ich mir sicher!"

„Dein Manager, Presse, Fernsehen … Mir war nicht klar, dass du so ein Promi bist, Marco."

„Ach was, ich bin kein richtiger Promi, ich habe in

der Kunstszene einen Namen, ja, das schon, aber das ist doch so eine Nischen-Geschichte, deswegen tauche ich nicht in irgendwelchen bunten Blättern und Gazetten auf – zum Glück! Aber diese Amsterdam-Ausstellung ist schon eine große Sache für mich, und ich freue mich, dass du dabei bist, auch wenn es etwas umständlich ist. Bitte versteh mich, Elena, ich sorge mich da wegen Rebecca, wenn die das irgendwie mitkriegen würde ..."

„Ich verstehe dich doch, Marco, und ich freu mich auch wirklich! Ich muss mich nur an den Gedanken gewöhnen, dass ich dich nicht so voll und ganz haben kann, wie ich mir das wünsche. Aber mir ist ja auch klar, dass das mit deiner Frau sehr kompliziert ist, und ich möchte auf keinen Fall der Auslöser für irgendwas sein, was dann schief läuft, falls sie unvorbereitet von uns erfährt. Aber es ist bestimmt sowieso nicht falsch, alles erstmal ein bisschen langsamer anzugehen, wir haben uns ja gerade mal erst kennengelernt."

„Genau! Und mit dem Kennenlernen machen wir da weiter. Wir lassen es uns richtig gut gehen dort, wir sind in einem Super-Hotel, und die Abende gehören eh meistens uns, warst du schon mal in Amsterdam? Nein? Eine tolle Stadt, du wirst sehen!"

Elena kam am Vorabend der Ausstellungs-Eröffnung in Amsterdam an, sie wurde am Flughafen von Marco, Reza und Hagenthal erwartet. Zuerst küssten sich die beiden lange und innig, dafür entschuldigte sich Elena anschließend lachend bei Reza Aslan und Armin Hagenthal. Sie begrüßten einander sehr herzlich, Marco spürte sofort, dass seine Freunde Elena mochten.

Das Hotel im Zentrum der Stadt, im Kolonialstil errichtet, war tatsächlich ein Traum, da hatte Marco nicht zu viel versprochen. Einerseits rustikal mit viel Holz altehrwürdig wirkend und mit geschichtsträchtigen Elementen ausgestattet, verband es sich andrerseits mit einem kompromisslos modernen und luxuriösen Ambiente, was speziell die Gestaltung der Suiten betraf, welche sie ganz oben jeweils paarweise bewohnten. Allein schon deren Größe verschlug Elena die Sprache. Mit knapp achtzig Quadratmeter übertraf sie ihre Wohnung in Pioppi um einiges. Den größten Teil der Suite beanspruchte der Wohnbereich als Lounge mit kleiner Bar und einer aufwändig bestückten Medienwand mit riesigem Flachbild-TV, Sound und Lichtanlage und einem Computer-Arbeitsplatz. Das Bad glich einer Wellness-Oase mit eigenem Jacuzzi und Mini-Sauna und war einfach nur atemberaubend. Daran anschließend gab es ein Ankleidezimmer mit wandflächigen Spiegeln, Schminkkommode und geräuschlos laufenden Schrankwänden, die Schränke selbst hätte man auch locker als Kinderzimmer nutzen können.

Das Schlafzimmer schließlich war ein Traum in Weiß und Gold, mit einem dunkelblauen Boxspringbett in Kingsize-Größe. Durch das Panorama-Fenster glitzerte der Amsterdamer Nachthimmel herein, sanft koloriert vom bunten Lichtermeer der Grachtenstadt, welche tief drunten gerade den Auftakt eines langen Wochenendes zelebrierte. Musik von der Straße klang herauf, schwebte durch die geöffnete Balkontür des Wohnraums bis ins Schlafzimmer und umhüllte Elena und Marco, die ihre Wohnungsbegehung beim Anblick des Luxusbettes spontan unterbrochen hatten, um sich erstmal richtig zu begrüßen – mit allen Sinnen.

Seit sie sich das letzte Mal gesehen hatten, waren ja schon ein paar Wochen vergangen, und dementsprechend leidenschaftlich liebten sie sich nun. Marco hatte über all die Aufregung der letzten Wochen schon fast vergessen, wie toll sich Elenas Körper anfühlte, wie aufregend und spannend und humorvoll ihr Liebesspiel ablief, er entdeckte das alles neu, kam sich vor, als wäre er gerade achtzehn geworden und erlebe diese intensiven Glücksgefühle zum ersten Mal.

Er weinte fast, so stark war sein Empfinden. Elena erging es nicht viel anders, als er in ihre großen dunklen Augen sah, bemerkte er die Tränen, die über ihre Wangen liefen. Sie lachte und schluchzte gleichzeitig.

Später am Abend gingen sie noch aus. Zusammen mit Reza und Hagenthal besuchten sie einen Nachtclub, den Hagenthal noch von einem früheren Besuch her in guter Erinnerung hatte. Man konnte dort gut essen, die Küche hatte durchgehend geöffnet, und es gab eine Bühne, auf der sich verschiedene Musiker und kleine Bands in loser Folge abwechselten. Es war so eine Art Open Stage für Talente, die sich einmal ausprobieren wollten, erfahren wollten, ob und wie ihre Songs beim Publikum ankamen. Dementsprechend bunt und schräg war dann auch das Programm. Die vier hatten auf jeden Fall ihren Spaß. Hagenthal hatte in weiser Voraussicht einen Tisch, besser gesagt eine Koje mit Tisch und Couchgarnitur vorab reserviert, zum Glück, denn der Laden war brechend voll. Hier in diesem angesagten Club so eine VIP-Loge als Nicht-Amsterdamer buchen zu können, führte Elena noch einmal vor Augen, was für einen Status ihr neuer Freund tatsächlich genoss. Er war prominent, da konnte er sagen, was er wollte. Erst recht, als später auch noch zwei Fotografen an ihren Tisch kamen und um ein Foto baten. Der eine war vom Club beauftragt, der andere so ein nächtlicher Fotojäger, der seine Bilder am nächsten Tag diversen Redaktionen anbot. Sie ließen die beiden ihre Fotos machen, doch Marco bat Elena mit einem entschuldigenden Blick, sich doch neben Reza an die andere Tischseite zu setzen, was sie auch tat. Sie hatten ja darüber gesprochen. Das war eine der Situationen in der Öffentlichkeit, welche Marco so unverfänglich wie möglich gestalten wollte. Sie blieb dann aber gleich länger bei Reza sitzen, die beiden Frauen verstanden sich blendend. Reza erzählte Elena, wie sie Marco und dann natürlich Hagenthal – auch sie nannte ihren Freund meistens so – kennengelernt hatte, damals in Leipzig vor knapp zwei Jahren.

Wie sie Rebecca geholfen hatte, die so verzweifelt in der Stadt herumgeirrt war und sie zurückbegleitet hatte in die Kunsthalle. Für Rebecca war Reza Aslan seit damals eine Freundin, ihre Vertraute, ihr schüttete sie ihr Herz aus, rief sie sogar an, wenn sie mal wieder gar nicht weiter wusste oder einen schlimmen Streit mit Marco hatte. Und Reza war immer für sie da, geduldig und einfühlsam half sie ihr über die Klippen der Amnesie und versuchte sie zu trösten, was ihr auch meistens gelang. Sie kannte Rebecca und deren Probleme inzwischen sehr genau, wusste, wie sie litt unter ihrem Zustand. So erfuhr Elena vieles, was Marco ihr bisher nicht erzählt hatte, entweder weil er es nicht wusste, oder weil er manche Dinge einfach anders bewertete als Reza das tat.

Sie war wirklich ausgesprochen offen zu Elena, widersprach ihr auch, als sie von dem schlechten Gewissen anfing, dass sie überfiel, wenn sie mit Marco zusammen war. Sie spürte, wie schwer Elena dieses Versteckspiel hier fiel, und auch, dass sie prinzipiell ein Problem hatte mit ihrem heimlichen Verhältnis zu Marco, der ja trotz allem ein verheirateter Mann war. Da war sie einfach ganz die Italienerin aus dem Süden, aufgewachsen mit Moral- und Wertevorstellungen, die heute so nicht mehr gelten. Das erkannt zu haben und sich davon befreien zu wollen, waren allerdings zwei grundverschiedene Dinge.

Reza nahm Elenas Hand, beugte sich nahe zu ihr hin und sprach mit vorgehaltener Hand in ihr Ohr. Die Musik war recht heftig im Moment, sie hätte sehr laut sprechen müssen, wollte aber nicht, dass Marco auf ihre Unterhaltung aufmerksam wurde.

„Weißt du, das mit Rebeccas Krankheit ist wirklich schlimm und tragisch, keine Frage, aber daran kann niemand etwas ändern, du schon gar nicht. Es geht darum, dass beide, Marco und gerade auch Rebecca wieder eine Art Leben finden, die nicht mehr von Schuldgefühlen und Abhängigkeiten geprägt sind. Das zieht die zwei immer nur weiter runter. Sie sind kein Ehepaar mehr, keine Liebenden. Becci ist ein anderer Mensch geworden, sie ist krank und Marco ist ihr Betreuer, wenn sie zusammen sind, so ist das. Und das muss jeder der beiden kapieren!"

Elena schaute Reza mit großen Augen an und erwiderte:

„Das klingt aber ganz schön hart. Kennst du Rebecca denn von früher?"

„Nein, aber das ihre Uhr etwas anders tickt, ist ja offensichtlich. Und ich habe Fotos und Videos gesehen. Von früher. Hagenthal hat sie mir gezeigt, er hat sie sich von Helmut ausgeliehen, den kennst du noch nicht. Brenniger Helmut, Uralt-Freund von Marco und Rebecca, War auch so was wie Rebeccas Mäzen, hat sie gefördert bis sie ihre eigene Möbeldesign-Marke auf dem Markt etabliert hatte."

„Ja doch, Marco hat mir von ihm erzählt. Ich habe ihn aber noch nicht kennengelernt."

„Wirst du sicher bald. Auf jeden Fall, auf diesen Aufnahmen, das ist eine komplett andere Frau, das ist frappierend erstmal – und dann erschütternd, wenn du nur die Rebecca von heute kennst..."

Reza Aslan schüttelte den Kopf und wandte sich wieder der Bühne zu, da sang jetzt eine junge Frau, eine Afrikanerin der Sprache nach. Es war ein einfaches, ruhiges Lied, und sie hatte es damit geschafft, dass der ganze Club ihrem Vortrag lauschte.

„Auf jeden Fall, meinen Segen habt ihr, das wollt ich dir damit nur sagen. Wäre ja auch schade um den Mann ..."

Reza lächelte verschmitzt und schmachtete Elena gespielt an. Die musste daraufhin lachen und sagte:

„Danke, das tut echt gut!"

„Psst, nicht so laut!", wandte sich Marco an die zwei Frauen.

„Worüber habt ihr es denn so lustig?"

„Ach, nicht so wichtig ...", meinte Elena und Reza fügte hinzu:

„Frauengespräche Marco. Komm, Zuhören, die ist toll!"

Die Sängerin war wirklich toll, und auch die nachfolgenden Musiker waren es, genauso wie überhaupt der ganze Abend toll verlief. Besser gesagt die Nacht. Denn es war fast fünf Uhr morgens, als die vier in ihr Hotel zurückkehrten. Sie hatten getrunken, und das nicht zu knapp, später tanzten sie auch noch, wild und übertrieben, sie lachten sich schlapp über die seltsamen Verrenkungen, die Hagenthal aufs Parkett zauberte. Einer der Besucher – sie hatten das übrige Publikum längst angesteckt mit ihrer guten Laune, bezeichnete ihn als `Groovy Cannonball´, als groovige Kanonenkugel, wie er da mit seinen knapp 170 Zentimetern und seinem Schmerbauch hin und her flitzte, aber dabei immer den richtigen Takt, den Groove fand, denn tanzen, das hatte er drauf.

Auf jeden Fall waren alle bester Dinge, aber auch todmüde, als der Nachtportier ihnen endlich die Zimmerschlüssel aushändigte. Vorher mussten sie ihm noch eine Kurzfassung des Abends liefern, er hatte sich höchst amüsiert gezeigt über ihren Zustand und wollte den Grund dafür wissen. Für den nächsten Tag verabredeten sie sich zu einem späten Brunch gegen Mittag, Marco hatte keine Termine mehr zugelassen im Vorfeld der Vernissage, so konnten sie sich den Luxus des langen Ausschlafens leisten.

Der nächste Tag war nach dem ausgiebigen und gemütlichen Frühstück um die Mittagszeit geprägt vom Warten auf die Ausstellungseröffnung am Abend. Zu viert bummelten sie in der näheren Umgebung des Hotels die Schaufenster der vielen kleinen Läden ab, spazierten an den Grachten entlang und sahen dem Treiben auf den Wasserstraßen zu. Die Fröhlichkeit des vergangenen

Abends hatte sich gehalten, und so blödelten sie sich gutgelaunt durch den Tag, bis Hagenthal so gegen 17:00 Uhr die Rückkehr ins Hotel anmahnte, damit sie sich langsam vorbereiten konnten für den festlichen Anlass, den Marcos Vernissage bieten würde. Nochmal Duschen, die richtigen Klamotten finden, und dann ab mit dem Taxi zur Galerie der städtischen Kunstsammlung, wo die Ausstellung stattfand.

Die Vernissage war dann tatsächlich das große Schaulaufen, als das es Hagenthal vorab schon tituliert hatte, obwohl Marco da immer noch abgewunken hatte, er wollte die Erwartungen nicht so hoch hängen wie sein Freund und Manager. Aber er hatte sich getäuscht. Die Vernissage war ein einzigartiger Auflauf von Prominenz aus Politik und Gesellschaft, große Reden wurden gehalten, Lobreden auf Marco Haller, den neuen Star am europäischen Kunsthimmel, wie es der Amsterdamer Oberbürgermeister sehr blumig formulierte. Unter den Besuchern fanden sich bekannte Schauspieler und Musiker, Schriftsteller und Regisseure, aber auch viele bunte und schräge Vögel aus der Amsterdamer Subkultur und auffallend viele junge Leute. Marco hatte darauf bestanden, dass auch schon die Vernissage zu seiner Werkschau öffentlich ist, was definitiv als unüblich gilt im normalen Kunstbetrieb. Da erscheinen nur ausgewählte und geladene Gäste, was natürlich den Unterhaltungswert solch einer

Veranstaltung gelinde gesagt doch etwas schmälert.

Die niederländischen Austellungsmacher sind da von Natur aus toleranter und aufgeschlossener und konnten sich recht schnell mit Marcos Vorstellung vom Auftaktabend der Ausstellung anfreunden. Schließlich stand auf der Schublade, in die Marcos Skulpturen von der Fachwelt eingeordnet wurde, junge Kunst drauf, und es war auch das überwiegend junge Publikum gewesen, das seinen Erfolg mit befeuert hatte, indem es seine Ausstellungen mit beeindruckenden Besucherzahlen edelte, bis denn auch endlich die etablierten Kunstliebhaber und bekannten Größen des Metiers auf ihn aufmerksam wurden.

Und so geriet der Abend bald zu einem bunten, lauten und fröhlichen Spektakel, eine Band – ihre Mitglieder stammten aus Trinidad – spielte eine Art Steeldrum-Salsa, die Musik und das Drumherum paooten perfekt zu den farbig gefassten Bronzen Marco Hallers. Natürlich war jede Menge Presse anwesend, die internationale Kultur-Journaille tat das Ihrige dazu, dass diese Ausstellung für den Bildhauer Haller ein wichtiger Meilenstein in seiner Laufbahn werden würde, wenn nicht sogar den endgültigen Durchbruch bedeutete. Marco gab ein Interview nach dem anderen, kam kaum einmal weg von den Mikrofonen, und wenn, dann wartete schon ein Offizieller oder ein anderer Wichtiger, ein Promi oder ein Museumsdirektor für ein kurzes Gespräch mit ihm. Hagenthal sauste verschwitzt, mit hochrotem Kopf hin und her und managte die ganzen Anfragen und Gesprächswünsche so gut es ging, und Marco war Profi genug, dass er wusste, da musste er jetzt durch, das war sein Job heute Abend. Und es fiel ihm nicht schwer. Sein Lächeln, die gute Laune, mit denen er seinen Gesprächspartnern begegnete, war nicht aufgesetzt, er freute sich und war stolz auf seinen Erfolg. Wenn er Elena und Reza erblickte – sie hielten sich etwas abseits des Trubels und beobachteten und besprachen den Auflauf auf ihre, wie es schien sehr amüsierte Weise – winkte er ihnen kurz zu, hob sein mit Wasser gefülltes Sektglas in ihre Richtung oder reckte schnell und unauffällig seinen Daumen in die Höhe zum Zeichen für den guten Verlauf des Abends.

Gegen 22:00 Uhr endete allmählich der offizielle Teil der Vernissage, die Prominenz hatte sich verabschiedet, befand sich auf dem Heimweg oder auf dem Weg zu einem nächsten Event, übriggeblieben waren die Ausstellungsmacher, einige Künstler und ein paar der bunten Vögel, die noch weiterfeiern wollten.
Und die Party ging weiter. Irgendwer der Organisatoren hatte in einem Nobelhotel die Kellerbar gemietet, und dorthin begab sich nun die ganze Gesellschaft. Gut fünfzig Leute waren es noch, die kurz vor Mitternacht in das imposante Kellergewölbe strömten, wo sie schon von einigen Servicekräften und nochmals einem reichhaltigen Buffet erwartet wurden.

Und hier konnte Marco sich nun endlich Elena widmen, keine Presseleute, keine Kameras, niemanden kümmerte es, mit wem er sich da amüsierte. Er wich nicht mehr von ihrer Seite. Sie küssten sich ständig, obwohl, das traf es nicht richtig, sie knutschten regelrecht, wie Teenager hingen sie zusammen, sie lachten und tanzten mit den anderen und feierten ausgelassen bis in die Morgenstunden. Später dann im Hotel – ein eigens für sie organisierter Shuttle-Dienst hatte die zwei Paare dorthin zurückgebracht – konnten sie es kaum erwarten, in ihr Zimmer zu kommen, und trotz der langen Nacht oder vielleicht gerade deswegen liebten sie sich leidenschaftlich. Wild und ungestüm fielen sie übereinander her, auch diesmal konnten sie nicht genug voneinander kriegen. Es war schon Vormittag, als sie endlich für ein paar Stunden in einen dämmerigen, erschöpften Schlaf fielen.

Die nächsten Tage genossen sie ihr Hotel, welches über einen großen Wellness-Bereich verfügte, mit verschiedenen Saunen, einem großzügigen Schwimmbad und mehreren Massage-Angeboten. Sie hatten sogar ein Hamam, was Elena und Marco besonders schätzten. Es war in einem kleinen Gewölbe untergebracht, wunderschön mit orientalischen Fliesen ausstaffiert und wurde von einem Marokkaner betrieben, der sein Handwerk im besten Sinne verstand. Und Elena liebte den süßen, grünen Minztee, den er zu jedem Badegang reichte.

Reza und Hagenthal machten seltener Gebrauch von den Wellness-Möglichkeiten des Hotels – sie noch öfter als er – Hagenthal meinte, er schwitze ja so schon genug, und mit Massagen habe er es auch nicht so – wenn da eine schöne Masseurin an ihn Hand anlege, wie er das ausdrückte, dann bekäme er leicht körperliche Anwandlungen und das wäre ihm doch sehr peinlich. Reza lachte sich schlapp, als er das beim gemeinsamen Abendessen mit Elena und Marco erzählte. Die Abende verbrachten sie regelmäßig zu viert, tagsüber trennten sich ihre Wege und Interessen. So nahmen Marco und Hagenthal noch einige Termine wahr, Interviews und Treffen mit potentiellen Kunden oder Marketing-Meetings. Hagenthal war da sehr rührig und erlaubte seinem Schützling in der Hinsicht keine Nachlässigkeiten, auch wenn Marco das eine oder andere Mal schon protestierte und lieber etwas mit Elena unternommen hätte. Aber dafür blieb ja doch auch noch viel Raum und Zeit. So schlenderten die beiden Verliebten engumschlungen durch Amsterdams Innenstadt, entdeckten kleine Läden und Cafés, mieteten ein Elektro-Boot und erkundeten auf eigene Faust die unzähligen Grachten.

Am Tag vor ihrer Abreise verfuhren sie sich rettungslos in immer kleineren Wasserwegen, bis sie bei einem Hausboot um Hilfe fragen mussten. Das junge holländische Pärchen half bereitwillig, erst recht, als es mitbekommen hatte, dass die beiden total bekifft und nur am Kichern waren.

Vor ihrer Bootsfahrt hatten Elena und Marco einen Coffee-Shop besucht und zum grünen Tee einige sehr leckere Hanf-Cookies verzehrt. Marco hatte in dieser Hinsicht etwas mehr Erfahrungen gemacht, speziell Marokko war da sehr lehrreich gewesen, und er wollte damit vor Elena ein bisschen angeben. Allerdings hatte er unterschätzt, dass er keine zwanzig mehr war und schon seit Jahren keinen Joint, geschweige denn Hanfplätzchen konsumiert hatte. Dementsprechend bedröhnt war er dann auch und versuchte ständig, Elena klarzumachen, warum sie denn so viel lachen müssten und dass sie bestimmt bald einen Mordshunger bekommen würden. Das interessierte die aber gar nicht, so ganz unbedarft war Elena nämlich gar nicht in Sachen Kiffen, und so lachte sie sich nur noch mehr schlapp über Marcos dämliche Erklärungen.

Nun ja, und deswegen passte keiner von beiden mehr auf den Weg auf, sie schifften kreuz und quer durch Amsterdam – wie durch ein Wunder rammten sie kein anderes Boot – bis sie eben bei besagtem Pärchen und ihrem Hausboot ankamen. Das ließ es sich nicht nehmen, sie bis zum Anleger der Bootsvermietung zu geleiten, wo sie, nachdem alle wieder festen Boden unter den Füßen hatten, mit dem bekifften Künstler und seiner italienischen Freundin eine Bar aufsuchten, um noch ein paar Bierchen zu kippen.

Es wurde ein sehr lustiger Abend, allerdings lange nicht so exzessiv wie der erste, denn es war ihr letzter Abend in Amsterdam.

Am Morgen, nach dem Frühstück in ihrem Hotel und kurz vor dem Check-Out, er fuhr mit Elena gerade im Aufzug nach unten, fiel Marco plötzlich und gänzlich unvermittelt ein, er hatte tagelang nicht an Rebecca gedacht.

Elena fuhr mit Marco zurück nach Deutschland, in Stuttgart besuchten sie Helmut Brenniger, Marco wollte ihm unbedingt seine Freundin vorstellen. Viel Zeit hatten sie nicht, denn am frühen Abend ging Elenas Flieger zurück nach Italien, und so verabredeten sie sich in einem Café in Fellbach, etwas außerhalb der City und nahe dem Flughafen.

Brenniger verspätete sich etwas, wie immer eigentlich, wenn man ihn während seiner Arbeitswoche treffen wollte. Das Handy am Ohr und außer Atem kam er daher. Er entschuldigte sich, begrüßte Elena etwas steif, sprach viel und lachte schnell. Er wollte natürlich alles wissen von der Ausstellung und ihrer Zeit in Amsterdam, dabei wandte er sich immer wieder freundlich Elena zu, aber Marco spürte seine Anspannung und Unsicherheit ihr gegenüber sofort. Das Treffen lief sehr bemüht ab und war geprägt von der Anstrengung aller, möglichst gut mit der Situation zurechtzukommen. Elena ging, nachdem sie bezahlt hatten, kurz auf die Toilette. Wie sie später sagte, machte sie das nur, um Marco und Helmut Brenniger die Möglichkeit zu geben, alleine miteinander zu sprechen. Ihr war nicht entgangen, dass Brennigers Unwohlsein nur mit ihr zu tun hatte.

„Was war das denn, Helmut?", fragte Marco seinen Freund auch gleich, nachdem Elena außer Hörweite war.

„Ja sorry, tut mir leid! Aber ich musste die ganze Zeit über an Rebecca denken. Elena ist ja nett und alles, an ihr liegt es nicht, und sie kann für das alles nix, trotzdem ..."

„Oh Mann, ja ich weiß ..., was glaubst du, wie oft ich ein schlechtes Gewissen hatte wegen Becci. Aber ich kümmere mich ja weiter um sie, brauchst dir keine Sorgen zu machen. Und wer weiß, ob das überhaupt was wird mit Elena und mir, wir kennen uns doch erst seit ein paar Wochen."

„Ich gönn dir das doch, Marco, tut mir leid, dass ich mich so benommen habe, das hatte ich echt nicht vor. Aber als ich da zu euch an den Tisch kam, euch da zusammen sitzen sah, ich weiß nicht ... Hat mir einen Stich gegeben. Ach vergiss es! Wird schon werden   Vorsicht, da kommt sie wieder."

Auf dem Weg zum Flughafen, kaum dass sie alleine waren, meinte Elena:

„Er mag mich nicht, oder? Ihr habt doch über mich gesprochen ..."

„Bist du deswegen vorher ...?"

„Natürlich, was denkst du denn. Dass da was nicht passt zwischen euch, war nicht zu übersehen. Ich wollte, dass ihr miteinander sprecht. Und?"

„Nein, es stimmt nicht, dass er dich nicht mag. Du kannst nichts dafür, es liegt an Becci. Er ...",

„An Becci, klar!"

„Ja, Elena, du musst das verstehen, er kennt sie seit vielen Jahren. Er hat sie unterstützt und gefördert. Er war ihr Mäzen und ich glaube, vielleicht war's noch viel mehr als das ... Manchmal habe ich das Gefühl, sie ist sowas wie eine Tochter für ihn, er hat ja nie eine Familie gehabt, weiß nicht, irgendwie ist sie immer mehr für ihn gewesen als nur die begabte junge Designerin ..."

Inzwischen waren sie am Flughafen angekommen, Marco trug ihren kleinen Koffer in das Terminal, sie suchten den Flugsteig und die Flugnummer auf der großen Anzeigetafel, ein bisschen Zeit blieb noch.

„Und jetzt komme ich daher, die kleine Italienerin und nehme ihren Platz ein. Versteh´ schon, das ist hart für ihn. Ach Marco, wie soll das weitergehen mit uns? Was werden erst deine Familie, ihre Mutter, eure Freunde dazu sagen? Und eure Trauzeuginnen, diese Lucie, sie hat sich doch so gekümmert um sie, sie werden mich nie akzeptieren ...!"

Elena fing zu weinen an, mit einem Mal war die Leichtigkeit der vergangenen Tage dahin, es war wie das Erwachen aus einem zu schönen Traum. Nun standen sie hier am Stuttgarter Flughafen, gleich mussten sie sich voneinander verabschieden, dann war Elena allein und flog zurück nach Hause. Ohne ihn. Wann sah sie ihn wieder? Hatten sie denn überhaupt eine Zukunft? Und wenn ja, wie könnte die aussehen? Diese Gedanken schossen alle auf einmal durch ihren Kopf, während Marco sie still umarmt hielt. Elenas Flug wurde aufgerufen, sie machte sich von ihm los und schaute ihn lange an. Dann küssten sie sich, und sie flüsterte ihm ins Ohr:

„Ruf mich bitte bald an – auch wenn es das letzte Mal sein sollte …"

Sie drehte sich um und ging schnell davon.

„Elena!"

Marco lief ihr nach, doch sie war schon durch die Schleuse und drehte sich auch nicht mehr um.

Kapitel 21 – BKH Verona, Rebeccas Fotos –

Dr. Cristina Palucci empfing Marco Haller, obwohl es schon weit nach zehn Uhr abends war. Marco hatte im Sanatorium angerufen, als er in Verona angekommen war und wollte einen Termin für den nächsten Tag mit ihr ausmachen, doch sie sagte, wenn es ihm nichts ausmache, solle er gleich noch vorbeikommen, sie hätte sowieso noch zu tun. Außerdem möchte sie ihm gerne etwas zeigen.

Das machte Marco neugierig, er war gespannt, was es wohl Wichtiges wäre, dass die Neurologin ihn noch am selben Abend seiner Ankunft zu sich bat.

Von Paolo hatte er derweil erfahren, dass Bruno Maldini endlich die Aufhebung der Sicherheitsverwahrung erreicht hatte und dass auch die Ausreisegenehmigung für Rebecca durch war, und so hatte sich Marco gleich auf den Weg nach Italien gemacht.

Er war nur kurz in Schäftlarn vorbeigefahren, hatte ein paar frische Sachen zusammengepackt, kurz mit seiner Mutter telefoniert, um einen Besuch mit Rebecca anzukündigen – sie freute sich riesig darüber – und war weitergefahren. Nach dem seltsamen Abschied von Elena in Stuttgart hatte er noch eine Nacht im Hotel geschlafen, er wollte alleine sein, obwohl Helmut Brenniger ihn zu sich eingeladen hatte.

Da hatte er auch entschieden, seinen Eltern in Garmisch mal nach langer Zeit wieder einen Besuch abzustatten, seine Schwester war ja auch da, mit ihr verstand sich Rebecca besonders gut, beide würden sich über ein Wiedersehen freuen. Und er selbst könnte noch etwas ausspannen, er brauchte auch einfach Zeit, um nachzudenken, sich vielleicht klarzuwerden, wie es nun weitergehen sollte mit Elena und ihm, mit Rebecca. So jedenfalls nicht, da hatte Elena schon recht.

„Buona sera, Signore Haller! Schön, Sie zu sehen. Und Glückwunsch zu Ihrem tollen Erfolg in Amsterdam. Ich habe Sie tatsächlich im Fernsehen gesehen!"

Dr. Palucci lachte und begrüßte ihn beinahe herzlich. Marco merkte ihr an, dass sie sich wirklich freute über sein Kommen. Erleichtert erwiderte er ihre freundliche Begrüßung, nun war er sicher, dass es nichts Negatives war, was ihm die Ärztin gleich zu Rebecca eröffnen würde.

„Allora, erstmal ist es gut, dass Ihre Frau nun wieder sozusagen auf freiem Fuß ist. Zusammen mit Rechtsanwalt Maldini habe ich Ihre Entlassung ohne Auflagen befürwortet, Rebecca ist stabil und hat die Geschichte weitgehend verarbeitet. Ohne größere Schäden, da hat die Amnesie in diesem Fall tatsächlich auch ihre guten Seiten ..."

„Hat sie das alles vergessen? Die Polizeiaktion? Alioscha?", hakte Marco erschrocken ein.

„Nun, nicht direkt vergessen, nein, aber die Dramatik der Geschehnisse hat das Gehirn einfach nicht auf ihrer Erinnerungsplattform abgespeichert, weil negativ belastet. Das können Sie sich als eine Art Schutzmechanismus vorstellen, nicht ungewöhnlich bei solchen Patienten. Sie spricht von einem spannenden Ausflug mit einer kleinen Freundin aus dem Bad, der Name fällt ihr auch nicht immer ein, aber das kennen Sie ja."

„Ja ja, die Namen, da würfelt sie immer alle durcheinander ... Und was gibt es darüber hinaus zu berichten? Ihre Ankündigung klang irgendwie spannend und hat mich neugierig gemacht."

„Setzen Sie sich Signore Haller. Ich will Ihnen etwas zeigen."

Sie ging zu ihrem Schreibtisch, holte den Laptop und nahm dann auf einem Stuhl neben Marco Platz.

„Rebecca hat doch diese Kamera von Ihnen bekommen, ja? Und ich erlaubte ihr, mit bestimmten Einschränkungen und unter meiner Aufsicht, zu fotografieren. Was sie dann auch tat. Ich habe erwartet, dass sie wild drauf los knipsen würde, alles was ihr vor die Linse kommt, doch als ich sie beobachtete, wurde ich stutzig. Wollte sie eine Aufnahme machen, stand sie zuerst immer ganz ruhig und schaute sich die Szene oder die Person oder was auch immer aufmerksam an. Und plötzlich, wie einem Instinkt folgend, reißt sie die Kamera hoch und macht ein Bild. Manchmal auch zwei. Aber meistens drückt sie den Auslöser nur einmal. Und jetzt schauen Sie sich die Fotos mal an."

Dr. Palucci klappte den Laptop auf und öffnete einen Ordner mit der Bezeichnung Fotografia Rebecca H. Dann rückte sie zur Seite, um Marco Haller Platz zu machen.

„Prego! Klicken Sie in Ruhe durch. Wollen Sie ein Glas Wein? Ich nehme eines, das ist so meine Zeit."

„Ja gerne, da mache ich mit, Grazie!", antwortete Marco und konzentrierte sich dann auf die Aufnahmen.

Was er sah, verblüffte ihn augenblicklich. Es waren hauptsächlich Motive aus der Zeit, die Rebecca hier im Sanatorium verbracht hatte, aber auch einige aus der Zeit davor, aus der Therme, mit Alioscha, mit ihm und einigen, welche sie scheint´s gemacht hatte, als sie schon außerhalb des Parco Termale waren, sie und Alioscha, an dem Tag, der so dramatisch endete.

Was alle Aufnahmen einte, war ein perfekter Bildausschnitt, und eine ausgewogene Choreografie des Augenblicks. Die Menschenbilder, die Portraits waren von solch einer Intensität, die zeigten, da war ein Fotograf am Werk, der den absoluten Moment des Auslösens beherrschte. Nach einiger Zeit hielt Marco inne und schaute Dr. Cristina Palucci beinahe fassungslos an.

„Aber es ist doch Rebecca, die diese Fotos geschossen hat! Becci, die noch nie groß etwas mit Fotografieren zu tun hatte ... Wie ist das denn möglich? Die Aufnahmen sind – sie sind unglaublich gut! Ich fass es nicht ... Ich habe das bisher gar nicht so ernst genommen."

Die Ärztin lächelte und meinte:

„Ja, nicht wahr? Ich würde sagen, da hat sich ein Naturtalent entpuppt. Sie denkt nicht nach, sie macht die Aufnahmen rein intuitiv. Da hilft ihr natürlich die Qualität der Digitalkamera, denn der technische Aspekt des Fotografierens ist ihr egal. Ihr reichen die paar unterschiedlichen Aufnahme-Modi, die die Kamera vorgibt. Der Blick, es ist ihr Blick und ihr Gespür, welche die Bilder so gut machen. Sie sollten das fördern, Herr Haller. Das ist eine Chance für Rebecca."

„Das ist mir jetzt klar. Das hat schon mal wer zu mir gesagt. Der gute Rinaldo von der Bar aus Cola. Und ich weiß auch schon, wen ich ihr da noch zur Seite stellen will – Sie kennen doch Paolo, ihren Bruder?"

„Ja, natürlich, er ist sehr um sie bemüht, wir hatten zuletzt auch ein paarmal telefoniert. Für Rebecca ist er eine wichtige Bezugsperson, absolut."

„Ich rufe ihn morgen Vormittag gleich an, und dann hole ich Rebecca ab, wenn das in Ordnung ist?"

„Aber sicher, die Entlassung ist organisiert und ich habe Rebecca die letzten Tage auch darauf vorbereitet. Sie freut sich, klar, aber sie müssen sich die ersten Tage vermehrt um sie bemühen, sie hat sich hier doch sehr eingelebt und leidet nun etwas wegen dem Abschied, so seltsam das auch klingen mag. Übrigens weiß Paolo schon von den Fotos, ich habe ihn darüber in Kenntnis gesetzt. Er kennt sie aber noch nicht. Ohne Ihre Zustimmung wollte ich sie ihm nicht mailen."

„Wäre kein Problem gewesen, Doktor. Aber bitte, haben Sie eine Erklärung für diese plötzliche Fähigkeit? Wie geht das?"

„Nun, Signore Haller, Ihre Frau hat sich, wie Sie selbst am besten wissen, sehr verändert. Charakterlich, intellektuell und es sind auch Begabungen und handwerkliche Fertigkeiten verschwunden, die vor dem Crash, scusi, ich nenne das jetzt mal so, ganz selbstverständlich waren. Sie kann nicht mehr kochen, nicht mehr zeichnen oder in der Schreinerei arbeiten. Durch den Crash, aber auch sicher durch die Biopsie sind Bereiche im vorderen Gehirnlappen in Mitleidenschaft gezogen worden, so dass das Gehirn nun gezwungen ist, neue Wege zu suchen und zu gehen, um die entstandenen Schäden zu kompensieren, Sie können mir folgen?"

Marco nickte.

„Leider kann es Jahre dauern, bis solche Umleitungen, wie wir das nennen, fertig sind. Wenn sie es überhaupt werden. Wir wissen darüber sehr wenig, doch es gibt immer wieder erstaunliche Studien von Menschen, bei denen genau das passiert ist, deren Hirn sich ganz offensichtlich selbst reparierte, und das oft nach langer Zeit noch. Das Gehirn ist auch für uns Neuro-Spezialisten noch immer eine große Wundertüte. Noch dazu wenn man weiß – und das ist gesichert, dass wir unser Gehirn nur zu einem Fünftel überhaupt nutzen, der Rest ist Terra incognita. Nun ja, und auf diesen Umwegen kann es eben sein, dass ganz andere, bisher noch nicht tätige kleine Bereiche akti-

226

viert werden und der Mensch, wie hier in unserem Fall bei Rebecca, plötzlich tolle Fotos macht, oder ein anderer wird vom Tanzmuffel zum Showtänzer, alles schon dagewesen."

Marco lachte und meinte:

„Na, das Tanzen hat sie nicht verlernt! Das ist schon verrückt, kaum hört sie Musik, legt sie los. Die Leute, die das mitbekommen und sie kennen, sind dann immer total baff."

„Ja, sehen Sie, das meine ich! Warum kann sie tanzen, tut sich aber andererseits mit dem Laufen schwer, oder Tischtennisspielen. Da ist sie ein Crack, aber geben sie ihr einen Hammer oder eine Säge in die Hand, was ja früher ihr Werkzeug war, dann muss man Angst haben, sie verletzt sich damit! Sie entwickelt die kreative Fähigkeit des Fotografierens, hat aber das Zeichnen komplett verlernt. Die Autoimmunerkrankungen im neurologischen Bereich sind eben gerade deshalb so tückisch, weil wir keine, oder zu wenige logische Muster erkennen können. Das macht eine Therapie auch so schwer bis unmöglich. Also lassen sie uns zuversichtlich bleiben, dass Beccis Gehirn noch mehr positive Überraschungen parat hält wie die Sache mit den Fotos."

Marco registrierte, dass Dr. Cristina Palucci ihre Patientin zum ersten Mal Becci genannt hatte, was seine Vermutung bestätigte, dass sie sie mehr mochte, als es ihre beruflich bedingte Distanz eigentlich zuließ. Er lächelte sie an, sie prosteten sich zu und alsbald verabschiedeten sie sich bis zum nächsten Tag, an dem er Rebecca abholen würde.

Wie er es vorgehabt hatte, rief er morgens nach dem Frühstück erst mal Paolo an, um mit ihm über Rebeccas Foto-Arbeiten zu sprechen. Dr. Palucci hatte sie ihm am Abend noch per Mail geschickt, und Paolo hatte sie schon ausführlich begutachten können. Er war wie Marco überrascht und begeistert und erklärte sich sofort bereit, seine Schwester zu unterstützen, sollte sich daraus wirklich mehr entwickeln. Marco wollte natürlich zuerst mit Rebecca darüber sprechen, in aller Vorsicht, ohne sie zu überrumpeln. Sie musste das schon auch selbst wollen, ihre Fotos einer Öffentlichkeit zugänglich machen mit Ausstellungen, Katalogen und ähnlichen Projekten. Marco und auch Paolo sahen durchaus das Potential, und mit Marcos Beziehungen wäre alles etwas einfacher. Sie verabredeten gleich am Abend nochmal zu telefonieren, da würde er schon mit Rebecca gesprochen haben, dann fuhr er los, um sie vom Sanatorium abzuholen.

Rebecca stand schon im Empfangsraum bereit, sie wartete dort seit sieben Uhr, wie ihm Dr. Palucci berichtete, die ihn am Parkplatz erwartet hatte, um noch ein paar Worte mit ihm wechseln zu können, ohne dass Rebecca dabei war.

„Nochmal. Seien Sie bitte sehr vorsichtig anfangs, überfordern Sie sie nicht emotional. Sie ist stabil, ja, aber sie ist noch lange nicht über dem Berg. Sie freut sich jetzt, dass sie wieder raus darf, aber das Haus hier wurde für sie auch sowas wie ein Schutzraum die letzten Wochen, wer weiß, wie sie reagiert, wenn sie diese Struktur nicht mehr hat, den geregelten Tagesablauf. Helfen Sie ihr durch den Tag, geben Sie ihr Halt, soweit es ihre Zeit zulässt. Unternehmen Sie was mit ihr, Freunde besuchen, Ausflüge, sowas in der Art. Reden Sie über die Fotos, aber auch mit Bedacht, und bleiben sie immer ruhig ..."

Man merkte Cristina Palucci eine nervöse Gespanntheit an, Marco war etwas irritiert.

„Aber sicher werde ich vorsichtig sein, Cristina, das verspreche ich Ihnen. Schließlich gehe ich diesen Weg ja schon recht lange mit ihr. Kann es sein, entschuldigen Sie bitte, dass Ihnen meine Frau sehr am Herzen liegt, mehr vielleicht als sie sollte?"

Er sah sie freundlich lächelnd an, dabei nahm er ihre Hand. Dr. Palucci errötete und sagte:

„Nun, Rebecca ist ein sehr besonderer Mensch und wir haben uns gut verstanden. Es tut mir leid, wenn nun der Eindruck entsteht, dass ich dabei die nötige ...",

Marco unterbrach sie und meinte:

„Und wenn es so wäre, ich bin Ihnen sehr dankbar für das, was Sie für sie getan haben. Sie ist ein sehr emotionaler Mensch, und genau auf dieser Ebene haben Sie ihr geholfen. Nicht nur das Haus hier wurde zu ihrem Schutzraum, glaube ich, nein, auch Sie als Bezugsperson waren mindestens ebenso wichtig, damit sie mit einem guten Gefühl von hier gehen kann."

Cristina Palucci lachte erleichtert auf.

„Bravo Marco! Wollen Sie hier anfangen? Ich könnte gut noch einen Psychologen brauchen! Aber Sie haben recht ... Ich habe mich ein bisschen in Ihre Frau verliebt. Und deshalb bitte ich Sie auch darum, halten Sie mich auf dem Laufenden, wie es weitergeht mit ihr. Und sollten Sie wieder mal zu Rebeccas Familie nach Salento fahren, kommen Sie doch kurz vorbei. Ich würde mich freuen!"

„Das machen wir sicher, auch versprochen. So, jetzt will ich Becci aber nicht länger warten lassen. Kommen Sie mit?"

Dr. Palucci nickte. Dann gingen sie in den Aufenthaltsraum, wo Rebecca Haunstein Nägel kauend auf und ab ging.

„Marco! Endlich, endlich, endlich! Ich warte schon ewig ..!" Sie lief auf ihn zu und sprang ihm beinahe in die Arme. Marco lachte und gab ihr einen Kuss auf die Wange.

„Du hast es geschafft, Becci! Wir können fahren – und dank Dr. Palucci geht es dir auch wieder gut, ich freu mich für dich."

„Ach ja, meine Cristina, sie ist mein Engel! Wegen ihr würde ich fast gerne dableiben!" Rebecca lachte, ging zu Dr. Palucci und umarmte sie:

„Danke, Danke, Danke! Darf ich dich mal besuchen kommen?"

„Ich habe schon mit deinem Mann gesprochen, natürlich besucht ihr mich, wenn ihr wieder in Italien seid. Ich will doch wissen, wie es weitergeht in deinem Leben. Hast du alles gepackt? Nichts vergessen?"

Cristina hatte sich aus Rebeccas Umarmung gelöst und untersuchte oberflächlich ihr Gepäck, viel war es ja nicht. Ein kleiner Rollkoffer mit Klamotten und zwei paar Turnschuhen und Rebeccas bunte Umhängetasche mit ihren wenigen persönlichen Dingen, Portemonnaie, ein Buch - sie las seit Monaten *Der kleine Prinz* von Antoine de Saint-Exupéry, Marco hatte es ihr zum letzten Geburtstag geschenkt – und natürlich die kleine Digitalkamera.

„Ah, da ist ja das kleine Wunderding. Marco hat deine Fotos schon angeschaut.

„Echt? Und? Wie findest du sie?"

„Na sie sind toll! Ehrlich. Hab sie auch Paolo geschickt, und der findet sie auch supergut. Wir reden später noch darüber, vielleicht wird das so eine Art neue Arbeit für dich, wer weiß … Aber erstmal fahren wir jetzt zu meinen Eltern, meine Schwester ist auch da, hat sich extra frei genommen."

„Renate ist da? Oh da freue ich mich! Wir haben uns lange nicht mehr gesehen, oder?"

Sie klatschte in die Hände, dann nahm sie ihr Gepäck. Marco half ihr mit dem Koffer.

„Ja, ihr habt euch lange nicht mehr gesehen. Das letzte Mal, glaube ich, war kurz nachdem du aus Tübingen heimgekommen bist. Da hat sie uns ein paar Tage besucht. Aber telefoniert habt ihr immer wieder mal."

„Ja, telefoniert, stimmt. Aber ich weiß es nicht mehr, schöner Scheiß! Also los, fahren wir zu Renate! Ciao Cristina!"

Nochmal umarmte sie die Ärztin, auch Marco verabschiedete sich, dann verließen sie das Gebäude und stiegen in den Wagen.

Kapitel 22 – Familie Haller, Garmisch-Partenkirchen –

Marco war an diesem Morgen nicht besonders gut gelaunt, ihm war nicht nach Reden, er dachte an Elena und daran, dass er eigentlich vorgehabt hatte, mit Cristina Palucci über die Situation zu sprechen, er hatte sich vielleicht einen Rat, eine Art Unterstützung erhofft, doch als er mitbekam, wie sehr die Ärztin Rebecca mochte, hatte er davon wieder Abstand genommen. Die Reaktion von Helmut Brenniger saß ihm noch zu sehr in den Knochen.

Elena hatte schon recht, wie sollte das weitergehen? Aber er wusste auch – und da war er ganz sicher in seinem Gefühl – es würde weitergehen, nur das Wie war nicht klar. Er hatte sich verliebt in Elena, und er wollte das auch leben, ohne die ganze Heimlichtuerei. Er musste sich der Sache stellen, aber das musste auch sein Umfeld tun, früher oder später würden ihre Freunde und auch der ganze Bekanntenkreis das akzeptieren müssen, auch Rebecca, auch ihr musste er die Wahrheit erzählen. Leicht würde ihm das nicht fallen, aber wollte er Elena nicht wieder verlieren, gab es keine andere Möglichkeit. Während er so vor sich hin grübelte und dabei fast automatisch den Wagen über die vertrauten Straßen Richtung Deutschland lenkte, plapperte Rebecca munter und ohne Pause vor sich hin. Sporadisch warf er zerstreut ein *Ach*, oder ein *Nein Wirklich?* oder ein

Tatsächlich, Na sowas, ein, um zumindest den Anschein zu erwecken, als hörte er ihr zu.

„... und wenn wir dann bei Renate sind, dann zeig ich ihr auch meine Fotos. Was glaubst du, ob sie ihr gefallen? Und deine Eltern, na, was deine Mutter wohl dazu sagen wird ... B, Berlin! Und das? Ist das Österreich? BL? Da, M, M ist München! Ich weiß es! MTK, was heißt das denn, das weiß ich nicht, wo ist das, Marco?"

„Das ist keine Stadt, das heißt mittlerer Taunuskreis, ist ein bisschen schwierig zu erklären ..."

„Komisches Kennzeichen, mittlerer Taunus Dingsbums, was soll das denn? Augsburg! Augsburg! A. Da wohnt die Mama!"

Sie waren mittlerweile schon über den Zirler Berg und auf der Bundesstraße Richtung Garmisch unterwegs. In circa einer Stunde würden sie bei Marcos Eltern ankommen. Rebecca spielte wieder mal das Auto-Kennzeichenspiel. Dabei versuchte sie, so viele Kennzeichen wie möglich zu erkennen oder zumindest zu erraten. Das lief bei ihr unter Gedächtnis-Training. Bei den LKW´s waren es die Länder-Zeichen, die sie interessierten. PL für Polen, davon gab es die meisten, NL war Holland, das wusste sie auch noch, A für Austria, CH die Schweizer, danach wurde es dann schwierig – SK für die Slovakei, H für Ungarn, das verstand sie überhaupt nicht – und dann erst die ganzen Kennzeichen der ehemaligen Sowjetunion, LT für Litauen zum Beispiel, oder BY für Weißrussland, da meinte sie jedesmal, das müsse doch Bayern sein, und ob das denn ein eigenes Land wäre, Bayern. Und Marco erklärte ihr jedesmal aufs Neue, dass dem nicht so sei, aber das blieb bei ihr einfach nicht hängen.

Jetzt rief sie freudig immer öfter:

„Da, schon wieder! GAP! Und da nochmal – Garmisch Partenkirchen, jawohl!"

„Ja, wir sind ja auch bald da, Becci. Darum siehst du jetzt so viele Autos mit GAP."

Denn Rebecca wusste nie, wo sie sich gerade befanden, in welchem Land, in welcher Stadt. Außer zuhause in Schäftlarn, da kannte sie sich aus und fand die Geschäfte für die täglichen Besorgungen, ebenso die Bank, die Tankstelle, die Apotheke – sie kam zurecht, da konnte sie auch mit dem Auto unterwegs sein. Auch in ihrer Heimatstadt Augsburg kam sie einigermaßen klar, zumindest in dem Stadtteil, in dem sie aufgewachsen war. Aber überall sonst, auch in München, wo sie ja auch eine ganze Weile gelebt hatten, in Haidhausen, einem noch immer eher übersichtlichen Wohngebiet, versagte ihr Orientierungssinn, war sie auf Hilfe angewiesen.

Sie wusste auch lange nicht, wo sich welche Länder befanden oder wie sie hießen. Ganz zu Anfang, nach ihren Klinikaufenthalten, fragte sie Marco einmal nach einer Stadt namens China, sie hätte da was von besonderen Ärzten gelesen. Marco verstand erst gar nicht, von was sie sprach, bis ihm klar wurde, sie hatte überhaupt keine Ahnung mehr von der Welt. Das war alles weg. Er hätte ihr erzählen können, die Erde sei eine Scheibe, und der Mond sei bewohnt, sie hätte ihm geglaubt. Vieles hatte sich mit der Zeit gebessert, ein einfaches fundamentales Grundwissen hatte sich wieder eingestellt, Rebecca las sich einiges an, lernte vieles neu, aber viele Dinge blieben einfach verschwunden. Ihre gemeinsamen Reisen, die Urlaube, die Zeit ihrer erfolgreichen Designerkarriere bei Brenniger – alles weg. Und wie oft scheiterte sie am PC, wenn sie nur einen einfachen Brief schreiben wollte, eine Email, oder etwas googeln, Klamotten bestellen wollte, immer musste er ihr helfen. Und wie sauer und deprimiert sie oft war, weil sie diese Abhängigkeit von ihm so sehr hasste.

Je länger Marco darüber grübelte, desto trauriger, verzweifelter wurde er. Immer deutlicher spürte er, dass er diesen Spagat zwischen seinem Leben und seiner Beziehung zu Rebecca nicht mehr lange gut hinbekommen würde. Ja, jetzt fiel es ihm auf, er dachte an ein Leben abgetrennt von ihrem. Früher hatten sie ein Leben, ein gemeinsames, ein gutes, jetzt hatte er nur noch eine Beziehung zu einer Frau, die so anders war als die, die er einmal geliebt hatte, um die er sich kümmern musste, die Betreuung brauchte.

Er sah Rebecca von der Seite her an, ohne dass sie es bemerkte. Wie sehr sie sich doch verändert hatte, auch äußerlich. Obwohl sie noch aussah wie Rebecca Haunstein, seine Frau, hatte sie nichts mehr von dem, was sie einmal ausmachte. Ihr Gesicht war zu einem Allerweltsgesicht geworden, ein schönes, ja noch immer, aber das Feuer darin, die Spannung, die Ausstrahlung, mit der sie früher alle Menschen hatte für sich einnehmen können, all das war verschwunden. Sie tat ihm leid, und er tat sich leid, und er fühlte schon wieder ein Schuldgefühl aufsteigen, und dafür hätte er sich schon wieder ohrfeigen können.

Er musste mit ihr reden, bald, er musste mit allen reden, so konnte es nicht weitergehen. Selbst wenn es mit Elena auseinander gehen sollte, woran er gar nicht denken wollte, selbst dann müsste er klar Schiff machen, er konnte sein Leben so nicht weiterführen. Es wäre verlogen und nur seinem Pflichtgefühl geschuldet. Rebecca würde ihm glauben, sie würde sein Kümmern sicher als Zuneigung interpretieren, je länger das alles dauerte, desto mehr gewöhnte sie sich an seine Anwesenheit, seine Betreuung, und umso schwerer würde es sein, ihr dann eines Tages die Wahrheit zu sagen. Nein, es musste so bald als möglich geschehen. Auch wenn Dr. Christina Palucci da anderer Meinung war – sie hatte ihn vor einer emotionalen Überforderung Rebeccas gewarnt – glaubte er, die richtige Entscheidung zu treffen.

Mit dieser festen Überzeugung fielen ihm die letzten Kilometer zum Haus seiner Eltern richtig leicht, er lachte und freute sich mit Rebecca, dass sie tatsächlich das richtige Haus erkannte, als sie in die Bergstraße einbogen.

Per Handy hatte Marco ihre Ankunft gemeldet, und so stand seine Familie auch gleich bereit, sie in Empfang zu nehmen. Seine Mutter Ute winkte ihnen fröhlich entgegen, sein Vater Gregor Haller, ganz Advokat der alten Schule, blickte distanziert und ernst, mit leicht gerunzelter Stirn auf die Ankommenden. Marco kannte diesen Ausdruck nur zu gut, daher wusste er, dass sich sein Vater sehr wohl auch über ihr Kommen freute, er hatte sich dieses Pokerface, wie Marco es nannte, im Laufe seines Berufslebens zugelegt und bekam es nun im Alter einfach nicht mehr weg.

Er und seine Geschwister Renate und Hans Peter machten sich oft darüber lustig, was ihnen Herr Haller Senior aber nicht übel nahm. Im Gegenteil, er musste selbst dabei schmunzeln.

Renate drückte ihren Bruder kurz zur Begrüßung, lief dann sofort zum Wagen, um Rebecca beim Aussteigen behilflich zu sein. Die zwei Frauen umarmten sich herzlich, freuten sich sehr über das Wiedersehen nach so langer Zeit. Hans Peter, Marcos älterer Bruder, war wie immer etwas förmlich, er begrüßte die beiden per Handschlag und mit einem angedeuteten Kopfnicken.

Als Außenstehender hätte man meinen können, er verhielte sich abweisend, doch genau wie der alte Herrn Haller konnte auch Hans Peter nicht aus seiner Haut. Er arbeitete als System-Administrator bei einem großen IT-Unternehmen, war äußerst intelligent, galt aber als leicht autistisch veranlagt. Was die beiden Männer an emotionalen Defiziten hatten, machten die Haller-Frauen im Gegensatz dazu wieder mehr als wett.

Marcos Mutter litt eigentlich an einer Empathie-Überdosis, wie Renate Haller das einmal scherzhaft ausgedrückt hatte. Es stimmte aber. Ute Haller engagierte sich in allen möglichen Kreisen und Vereinen, die irgendwie sozial ausgerichtet waren, verstrickte sich in zahllosen Ehrenämtern, ihr Mann mutmaßte, sie kompensiere damit die nach wie vor anhaltende Enkelflaute ihrer Nachkommenschaft. Obwohl sie das weit von sich wies, beklagte sie diesen Zustand doch ein ums andere Mal, wohl befürchtend, dass sich daran vielleicht tatsächlich nichts mehr ändern würde. Hans Peter hatte noch nie, zumindest wusste niemand davon, eine Beziehung zum anderen Geschlecht gehabt, nicht wenige seiner Bekannten und Arbeitskollegen glaubten sowieso, er wäre homosexuell, seine Familie hingegen war der Meinung, es interessiere ihn einfach nicht. Sexualität fand in Hans Peters Welt nicht statt. Da er ansonsten völlig normal war, gab es auch niemals einen Anlass, diese Sache zu thematisieren, womöglich sogar therapeutisch zu behandeln. Seine autistische Neigung lieferte ja auch eine durchaus haltbare Erklärung für sein Verhalten. Früher hatten sie manchmal Witze über sein Asketentum gemacht, besonders natürlich seine Geschwister, aber das hatte er sich irgendwann verbeten mit der Aufforderung, man möge ihn doch sein Leben so leben lassen, wie er das für richtig halte. Dabei beließ man es dann auch.

Renate hatte durchaus ein veritables Liebesleben vorzuweisen, allerdings waren Selbstständigkeit und Unabhängigkeit immer das Wichtigste in ihrem Leben. Sie hatte nach ihrem BWL-Studium sehr konsequent und zielgerichtet eine Karriere als Unternehmensberaterin verfolgt und war damit seit Jahren sehr erfolgreich. Als Ausgleich zu dieser eher nüchternen Tätigkeit unternahm sie viele Reisen und pflegte einen großen Freundes- und Bekanntenkreis. Wo Renate Haller auftauchte, stand sie immer gleich im Mittelpunkt, sie hatte ein sehr einnehmendes Wesen und verfügte über einen schier unerschöpflichen Vorrat an guter Laune.

Und sie hatte dauernd irgendwelche Männergeschichten am Laufen. Allerdings nie etwas Festes, darauf wollte sie sich nicht einlassen. Und genau das war auch meistens der Punkt, an dem ihre Liebschaften dann scheiterten. Ihre jeweiligen Begleiter zogen da irgendwann nicht mehr mit und trennten sich von ihr, wenn nicht vorher sie selbst schon von ihr in die Wüste geschickt worden waren. Den Status einer Femme Fatale hatte sie deswegen aber beileibe nicht, sie sah auch überhaupt nicht danach aus. Ihre Figur bezeichnete sie selbst als vollschlank, groß war sie, knapp 180 cm, etwas ungelenk wirkend, sie hatte ein nettes, etwas rundliches Gesicht und ja, das fiel auf, langes blondes Haar, welches in weichen Locken weit über ihre Schultern reichte. Gepaart mit ihrer selbstbewussten gewinnenden Art genügte das anscheinend, um damit Männern reihenweise den Kopf zu verdrehen. Ihr machte das Spaß, und mehr wollte sie nicht. Enkel für Ute sprangen dabei natürlich nicht heraus. Marco fand ihre Art zu leben stets aufs Neue frappierend, wie er das nannte, er mochte seine Schwester aber sehr und schätzte ihre Offenheit, Dinge beim Namen zu nennen, was hingegen seinem Bruder oft tabulos erschien. Hans Peter war seine Schwester schnell peinlich.

Und so blieben also Marco und Rebecca Utes einzige Hoffnungsträger, was das Thema Enkelkinder betraf. Doch das hatte sich ja schon viel früher erledigt. Damals nach der missglückten Schwangerschaft mit der eingeleiteten Totgeburt. Sie hatten das lange Zeit niemandem erzählt, doch nach Rebeccas Erkrankung kam nochmal die Sehnsucht und Trauer nach verpasster Mutterschaft hoch, sie hatte vergessen, dass sie keine Kinder mehr bekommen konnte, und da eröffnete Marco seiner Familie, was damals geschehen war. Seine Mutter hatte daran schwer zu knabbern, einerseits bedauerte sie nun noch mehr das Schicksal ihrer Schwiegertochter, andererseits haderte sie mit der Erkenntnis, dass sie wohl nie Großmutter werden würde.

Trotzdem, im Großen und Ganzen war die Haller´sche Familie intakt, es gab keine Leichen im Keller, keine ungelösten Konflikte, die Verhältnisse untereinander konnte man durchaus als freundschaftlich bis herzlich bezeichnen. Gut, bei Hans Peter mussten sie manchmal bei der Herzlichkeit etwas nachhelfen, aber auch das gelang meistens.

Auf jeden Fall freute sich Marco Haller ehrlich, wieder mal zu Hause zu sein, gerade jetzt nach der schweren Zeit mit Rebecca, seinem Erfolg in den Niederlanden und der Geschichte mit Elena, von der er im Moment nicht wusste, wie sie ausging. Das alles hatte viel Kraft gekostet, und er wollte die paar Tage hier bei seinen Eltern nutzen, um etwas auszuspannen. Seine Mutter würde es sich nicht nehmen lassen, ihn mit ihrer Kochkunst zu verwöhnen, darauf freute er sich richtig. Sie war wirklich eine ausgezeichnete Köchin. Dazu die ein oder andere gute Flasche aus dem wohlsortierten Weinkeller seines Vaters – den er darum auch nicht extra würde bitten müssen – und einem angenehmen Aufenthalt stand nichts mehr im Wege. Er hatte sich auch vorgenommen, von hier aus ein paar Telefonate zu führen, er wollte Regina Haunstein, Lucie und Andrea und auch Rebeccas Vater ausführlich von der letzten Zeit berichten, das hatte er alles etwas schleifen lassen.

Mit Andrea musste er außerdem noch einiges an Geschäftlichem besprechen, sie machte ja seine Steuer und wartete schon länger auf Unterlagen, die er inzwischen beisammen hatte und ihr zukommen lassen wollte. Außerdem hatte er vor, Rebeccas Fotografien noch ein paar maßgeblichen Leuten aus der Fotokunst-Szene zukommen zu lassen.

Rebecca war auch gleich wieder mit ihrer Kamera unterwegs. Besonders nachdem sich Renate so begeistert gezeigt hatte als sie die Bilder betrachtete, war das für sie Ansporn und Motivation, sofort damit weiterzumachen. Fortan machte sie Garmisch und Umgebung mit ihrer Kamera unsicher. Meist hatte sie Renate im Schlepptau, die hatte sich ja extra freigemacht für die Tage, um mit Rebecca Zeit verbringen zu können. Die beiden mochten sich einfach, und auch wenn Rebecca sich so verändert hatte, ihrer Zuneigung füreinander hatte das nichts anhaben können. Renate war auch ständig am Recherchieren und Googeln, ob es nicht doch irgendeinen Weg gab, der Rebecca helfen könnte. Jetzt allerdings fand sie es am Besten, ihre Schwägerin bei deren Fotoausflügen zu begleiten. Dabei schaffte sie es immer wieder, geschickt kurze Auszeiten in Cafés und Wirtschaften einzubauen, wo sie nur gemütlich zusammensitzen und reden konnten. Denn sie hatte das Gefühl, das es genau das war, was fehlte zwischen Marco und Rebecca. Es kam ihr so vor, als ob ihr Bruder seine Frau nicht mehr richtig wahrnahm, nur noch um sie herum die Dinge organisierte, damit alles lief. Irgendwas hatte sich verändert, das spürte sie deutlich. Aber was?

„Tanzt du noch Becci?", fragte sie Rebecca am Nachmittag eines Tages, an dem sie vorher am Ufer der Partnach unterwegs gewesen waren und Rebecca jede Menge Aufnahmen vom Wasser des Flusses gemacht hatte und noch ein paar von den wenigen Spaziergängern, die bei dem nasskalten Herbstwetter anzutreffen waren. Jetzt saßen sie in einem Café in der Ludwigstrasse im Stadtteil Partenkirchen – Renate mochte diesen Teil der Stadt lieber als das elegantere und leicht snobistische Garmisch. Außerdem hatten die hier ihren Lieblingskuchen, einen Apfelkuchen mit Baiserdecke. Rebecca hatte sich zwei Stück Käsekuchen bestellt, wie immer, das war ein ähnlicher Spleen wie ihre Vorliebe für Chickenwings. Obwohl sie vor der Bestellung jedesmal die komplette Angebotskarte studierte und dabei immer nervöser wurde, weil sie sich nicht entscheiden konnte. Ein kleiner Tipp von Renate oder wer immer sie begleitete genügte dann, um sie zum Üblichen zu überreden. Das machte die Sache zum Glück einfacher, allerdings durfte man nicht den Fehler machen, sie zu früh auf die Idee mit dem Käsekuchen zu bringen, denn dann fühlte sich Rebecca unter Druck gesetzt und konnte sehr ungehalten werden, was dann schon mal zu Tränen und dem Verlassen des Lokals führen konnte. Doch Renate kannte ihre Schwägerin ziemlich genau und wusste sehr gut mit ihren Eigenarten umzugehen. „Nein, nicht. Nur manchmal, wenn wir auf eine Party eingeladen sind, oder auf einem Fest, wenn Marco eine Ausstellung hat, und dort wird dann Musik gespielt, manchmal. Aber ich weiß nicht, wann das letzte Mal war. Willst du von meinem Kuchen probieren? Der schmeckt toll!“

„Nein lass nur, ist mir sonst zu viel. Danke. Und was macht ihr so zusammen? Du und Marco?“

Renate wusste, die Fragen, die sie stellen wollte, musste sie behutsam stellen, ohne dass Rebecca sie als Kritik oder Zweifel an ihrer Beziehung zu Marco wahrnehmen konnte. Geschähe das, könnte es passieren, dass Rebecca einen Wutanfall bekam, in dessen Verlauf sie auch ihre Freundin Renate angriff, vielleicht sogar einen Teller nach ihr warf. Auch wenn sie Marco oft übel beschimpfte und ihm vorwarf, immer alles besser zu wissen und zu können – was ja auch stimmte, aber das war ja genau das Problem, sie hasste es, von ihm so abhängig zu sein – trotzdem war er immer noch ihr Held, der Mann, den sie uneingeschränkt liebte.

„Na ja, wir gehen gern zusammen essen. Da gibt´s in Schäftlarn einen Italiener, da können wir zu Fuß hingehen, und in Icking sind wir oft beim Griechen, da muss ich immer fahren, weil Marco so gern Retsina trinkt."

Sie lachte und stocherte in ihrem Käsekuchen herum.

„Da kriegst du aber keine Chickenwings, was isst du denn da?"

„Ich ess da immer das Gleiche. Beim Italiener Spaghetti mit Hackfleischsoße und beim Griechen bestelle ich immer so Hähnchenspieße mit Bratkartoffel und Zaiziki. Und Salat! Salat ess ich ja auch immer. Zuhause mach ich auch hin und wieder selber Salat."

„Du kochst wieder?"

„Nein, nicht kochen, das bekomm ich nicht hin. Marco ist da immer viel schneller, und das stresst mich. Dann streiten wir, und ich mach dann auf Rückzug. Meine Therapeutin sagt, ich soll das Kochen planen – was ich machen will. Dann einkaufen und dem Marco sagen, wann ich das machen will. Zusammen kochen, an einem Herd, das geht nicht. Oder er macht den Hahn am Spülbecken auf heißes Wasser, und ich brauch kaltes, für den Salat ... Ich pack das nicht. Da soll ich dann auf Rückzug gehen."

„Na, da ist essen gehen einfacher, klar!"

„Ja, und dann ist Marco gut drauf, wir haben Wein getrunken, oder ich trinke ja lieber Bier inzwischen, Pils, das schmeckt mir. Und daheim schauen wir dann Filme."

„Was seht ihr euch denn an?"

„Och, meistens so Liebesfilme und Schnulzen. Schmonzetten sagt Marco dazu. Manchmal auch Krimis, aber nur, wenn sie auch lustig sind."

Renate wusste von ihrem Bruder, dass Rebecca große Probleme hatte, komplexen Handlungen in Filmen zu folgen. Lange Zeit ging Fernsehen überhaupt nicht, inzwischen war er froh, dass sich das gebessert hatte, obwohl sie wirklich fast nur verfilmte Bestseller und Schnulzen im Stile von Rosemarie Pilcher schauten, die hatten einfache, für Rebecca einigermaßen nachvollziehbare Handlungsstränge und immer ein Happy-End. Allerdings wusste sie schon nach zwei Tagen nicht mehr, was für einen Film sie geschaut hatten. Ohne weiteres hätte Marco ihr denselben Film gleich nochmal zeigen können. Mehr als vage Ahnung daran war in ihrem Gedächtnis nicht vorhanden.

„Spazierengehen? So wie wir heute? Hast doch früher so gern gemacht."

„Nö ... machen wir nicht. Marco ist ja auch oft nicht da. Und allein will ich nicht."

„Aber dann sind doch oft deine Mutter oder Lucie und Andrea da, oder?"

„Ja schon, aber oft bin ich auch alleine. Die Wäsche, der Haushalt, das dauert bei mir alles so lange ..., da helfen die mir dann dabei. Und meine Mutter macht sich immer Sorgen, das nervt dann."

Je länger sie sich unterhielten, desto mehr wurde Renate klar, dass Marco sich schon lange nicht mehr so um Rebecca bemühte, wie er das früher getan hatte, in der Zeit kurz nachdem sie erkrankt war. Was hatte er da nicht alles getan, um ihr beizustehen. Sogar seine Karriere hatte er hintangestellt, hatte Termine platzen lassen. Hagenthal hatte mehrmals bei ihr angerufen, ob sie nicht auf ihren Bruder einwirken konnte, dass er nicht alles in den Sand setzte bei vollem Verständnis für die Situation.

Klar, er begleitete sie nach wie vor, wenn es seine Zeit zuließ, fuhr mit ihr nach Italien, hielt Kontakt zu Rebeccas Familie in Pioppi, aber ihr kam es vor, als habe sich das automatisiert, es musste funktionieren.

Über Rebeccas Klinikaufenthalt in Verona nach der Geschichte mit dem kleinen Mädchen aus der Therme hatte er bisher noch kein Wort verloren. Sie wüsste nichts darüber, hätte sie nicht mal mit Paolo telefoniert, der hatte ihr, soweit er es konnte, alles erzählt. Gut, da war dann die Ausstellung in Amsterdam, vielleicht war ihm alles zu viel, konnte sie verstehen, aber es war schon seltsam, wie er das so auf die Seite schieben konnte.

Sie spürte seine Liebe zu Rebecca nicht mehr, das war es, was Renate in den Sinn kam.

– Kapitel 23 – Gespräche

„Ja Papa, Amsterdam war wirklich ein Riesen-Erfolg. Hagenthal meint, mit der Ausstellung und dem ganzen Drumherum etabliere ich mich langfristig auf dem Markt. Schon toll, wenn´s so kommt."

Marco saß mit seinen Eltern im Wohnzimmer, sie hatten früh zu Abend gegessen und Gregor Haller wollte nun seinem Sohn zwei neue Weine aus seinem Weinkeller probieren lassen, wozu Marco natürlich gerne bereit war. Wein war das Hobby seines Vaters, welches sich im Lauf der Jahre zur Leidenschaft entwickelte. Er hatte sich großes Fachwissen angeeignet, Seminare besucht und Weinreisen unternommen, er war schon sowas wie ein Fachmann inzwischen.

Mit einem in Garmisch ansässigen Weinhändler veranstaltete er regelmäßig Weinverkostungen, und für das Restaurant eines guten Bekannten gab er einmal im Monat den Sommelier bei sogenannten Gourmet-Abenden. Er machte das ohne Geld dafür zu nehmen, das hatte er nicht nötig, ihm machte es einfach Spaß, und mit großer Freude brachte er den Leuten sein Wissen über Wein nahe. Seine Familie allerdings beglückte er damit weniger, die war für sein Faible nicht zu begeistern.

Hans Peter war sowieso Antialkoholiker, Renate liebte und trank fast ausschließlich Prosecco, sie konnte er zumindest hin und wieder zu einem guten Glas Weißwein überreden. Seine Frau Ute trank Pils, und wenn es doch mal Wein sein musste, dann bevorzugte sie süßes Zeug, wie ihr Mann das abfällig bezeichnete.

So war Gregor Haller richtig froh, dass mit Marco endlich wer zu Besuch war, der ebenfalls etwas von Wein verstand und einen guten Tropfen zu schätzen wusste.

„Das freut mich, mein Junge. Und deshalb bekommst du jetzt auch was richtig Gutes zum Probieren. Hier, ein Primitivo aus Apulien, Jahrgang 2000, hat ein unglaubliches Geschmacks-Tableau, und dieses Farbenspiel ... Herrlich!"

„Du musst mir die Flasche nicht verkaufen Papa!", lachte Marco.

„Ja ja, aber da überkommt mich die Leidenschaft. Übrigens konnte man deinen Erfolg hier auch verfolgen. In den Feuilletons, ttt hat einen Beitrag gebracht, im WDR hab ich ein Interview gesehen, und sogar dem bayrischen Rundfunk warst du einen Beitrag wert, also im Fernsehen mein ich. – Aber jetzt trink mal einen Schluck!"

Marco nahm einen kräftigen Schluck, spielte ein bisschen herum damit, ließ ihn am Gaumen wirken. Schließlich nickte er anerkennend, pflichtete seinem Vater bei, da hätte er wirklich einen vorzüglichen Wein aus seinem Keller geholt.

Ute Haller, die sich inzwischen dazugesellt hatte, lächelte amüsiert und schüttelte den Kopf.

„Ihr mit eurem Traubensaft! Einer wie der andere, sauer und staubig schmecken die doch ... Prost die Herren!"

Sie hob ein Pilsglas hoch, daneben reckte sie den Daumen ihrer anderen Hand in die Höhe und schaute die beiden triumphierend an.

„Rebecca ist noch mit Renate unterwegs?", fragte sie Marco.

„Ja, sie wollten zum Italiener ... Anscheinend hat Becci noch immer nicht genug von Italien ..."

Er lachte etwas bitter.

„Nachdem, was sie gerade hinter sich hat, meine ich."

„Na ja, aber sie macht mir doch jetzt einen ganz stabilen Eindruck, oder nicht?"

Marco nippte an seinem Weinglas, überlegte kurz, dann stellte er es vor sich auf den Couchtisch und blickte seine Eltern an.

„Ich habe gerade gedacht, ob ich euch jetzt mit irgendeiner – *Wird schon wieder werden* – Floskel abspeisen sollte. Aber das ist Quatsch, habt ihr auch nicht verdient ... Ihr wollt wirklich hören, wie es so läuft mit Becci?"

Ute und Gregor Haller schauten sich an und antworteten beinahe gleichzeitig:

„Ja sicher, freilich!"

„Klar wollen wir das, was glaubst du denn!"

Und so begann Marco zu erzählen. Er hatte seinen Eltern meistens – wie vielen anderen Bekannten eben auch – immer nur kurze Statements zu Rebecca geliefert, und die waren eher beschwichtigend. Er hatte wie so oft keine Lust gehabt, immer wieder auf dieselben Fragen ausführlich zu antworten, hatte sich einige Floskeln und Allgemeinplätze zugelegt, mit denen er darauf reagieren konnte, ohne ins Detail gehen zu müssen.

Außer mit Paolo, Hagenthal und Reza hatte er schon lange nicht mehr ausführlich über Rebecca gesprochen. Und mit Elena natürlich. Lucie, Andrea und auch Regina wussten Bescheid, die hatten ja immer mal wieder länger mit ihr zu tun und wussten, was Sache war. Denen brauchte er nichts erklären.

„Ja, wenn Rebecca zusammen mit anderen ist, wenn wir auf Besuch bei jemandem sind, einfach in Gesellschaft, da macht sie wirklich einen ganz guten Eindruck, da hast du schon recht, Mama. Aber da reißt sie sich auch unheimlich zusammen und strengt sich an, damit das so ist. Hinterher, wenn wir wieder alleine sind, da bricht sie oft regelrecht auseinander, so nenn ich das mal. Und ein paar Tage später weiß sie nicht mal mehr, wen wir da wann besucht haben."

„Was? Aber das ist ja schrecklich! Ich dachte, das ist schon viel besser mit dem Vergessen ..."

Ute war echt schockiert.

„Nein, leider nicht. Ihre Amnesie ist nach wie vor massiv. Gut, wenn ich ihr dann auf die Sprünge helfe und sie vielleicht ihren Kalender zu Hilfe nimmt, dann bekommt sie wieder eine Ahnung davon,– sagt sie zumindest. Und ganz eindrückliche Besuche und Ereignisse, die bleiben dann schon mal hängen. Bei ihrer Familie in Pioppi, wenn sie da war, oder jetzt auch hier bei euch, mit Renate, die liebt sie ja, dass weiß sie dann schon noch. Allerdings kann sie nicht sagen, vor sieben Tagen waren wir in Garmisch, und das und das haben wir gemacht. Zeitlich und örtlich ist ihre Orientierung einfach gestört."

„Aber bei euch zuhause, sie fährt doch Auto?" warf Gregor Haller ein.

„Ja, das schafft sie in einem kleinen Umkreis. Da wo sie tagtäglich hinkommt. Zum Bäcker, zum Supermarkt, natürlich in die Apotheke, wo sie sich ihre ganzen Pillen kauft ... Nach Starnberg rüber geht noch halbwegs, obwohl, da muss es bloß mal regnen, dann schaut alles anders aus, dann verfährt sie sich und ruft mich irgendwann an, heulend und wütend, weil sie es nicht mehr checkt."

„Und was ist das mit der Apotheke? Was kauft sie denn da für Mittel?"

„Ach, alles mögliche. Schmerzmittel, Schlaftabletten, jede Menge Globuli, Halstabletten, Vitamine, mal ist es die Verdauung, dann wird es ihr immer schlecht, sie kriegt nix runter, meint sie, und die Schmerzmittel gegen alles. Viel zu viele schluckt sie davon. Auch von den Schlafpillen. Beipackzettel interessieren sie nicht. Wir streiten deswegen oft, aber von mir nimmt sie da nichts an. Wenn's mir zu bunt wird, mache ich einen Termin bei unserem Hausarzt, den akzeptiert sie so halbwegs, und eine Zeitlang hält sie sich dann an seine Ansagen. Bis sie es eben wieder vergessen oder verdrängt hat. Und dann die vielen Kleinigkeiten im Alltag, die ich schon automatisch erledige. Sie verlegt alles mögliche – Schlüssel, Zettel, Termine, ihren Geldbeutel, die Handtasche – und so weiter.

Ich finde immer alles, das regt sie dann auch wieder auf. Vieles sage ich ihr gar nicht mehr.

Hat sie das Licht ausgemacht im Schuppen? Ich kontrolliere die Wäsche, ihre Post, ihr Konto. Wenn sie putzt, putze ich hinterher, ohne dass sie es mitkriegt. Sie kann das nicht mehr richtig, aber sag ihr das mal ... Und dann die Kocherei, jeden Abend ein Drama ..."

„Wieso das denn? Das hat ihr doch immer soviel Spaß gemacht? Ich hatte gehofft, sie lernt das wieder." Ute Haller sah ihren Mann an.

„Weißt du noch, wie du dich immer gefreut hast, wenn Rebecca auf Besuch hier war und dieses geniale asiatische Hühnchengericht für dich gekocht hat? Das hast du dir jedesmal gewünscht!"

Gregor Haller nickte bedächtig, dann wandte er sich an seinen Sohn:

„Und sie kann das wirklich nicht mehr? Was heißt das? Sowas verlernt man doch nicht."

„Doch, Papa. Oder nein, sie hat es nicht verlernt, es ist einfach nicht mehr da. Dieses Areal, das in ihrem Gehirn dafür zuständig war, arbeitet nicht mehr, ist nicht mehr aktiv,– so hat es mir zumindest Cristina Palucci erklärt, ihre Ärztin in Verona. Und Becci weiß das, wie gut sie gekocht hat. Aus Erzählungen, es gibt Fotos von Festen und Partys, die sie als Hauptakteurin am Herd zeigen. Sie wird ja heute noch darauf angesprochen, viele meinen, die Kocherei könnte für sie ein Weg zurück ins Leben sein. Wir haben immer gesagt, spaßeshalber – wenn nix mehr geht, machen wir ein Restaurant auf. Das lag wohl in ihren Genen, bei dem Vater ... Und jetzt wird sie fast verrückt, wenn sie was versucht, stresst sich total, zittert, stottert, fängt zum Heulen an, ich hab echt manchmal Angst, jetzt dreht sie durch. Dann misch ich mich ein, auch wieder schlecht, dann brüllt sie mich an, ich soll mir eine andere Frau suchen, sie trennt sich, sie macht mein Leben kaputt, so geht das dann. Natürlich koche ich für uns, meistens zweierlei, weil sie isst ja vieles nicht, was ich mag, also mach ich ihr was eigenes. Dann jammert sie wieder, ich bin so schnell in allem, ich kann alles besser und so weiter. Ja was soll ich denn machen? Ich lasse ihr den Salat machen, das kriegt sie inzwischen so einigermaßen hin, auch wenn er oft zu sauer ist oder manchmal zu fad, aber immerhin. Mehr ist aber nicht drin. Versucht sie mal Spaghetti mit `ner Fertigsoße zu machen, kann es sein, sie kocht als erstes die Nudeln. Stellt sie ins Rohr, dann macht sie die Soße und wundert sich, warum die Nudeln hart werden. Ich sag euch, der Wahnsinn! Darum gehe ich auch so oft wie möglich mit ihr zum Essen, dauernd halte ich das sonst nicht aus."

Er machte eine kleine Pause, dann sagte er:

„Es bekommt ja kaum einer mit, wie es bei uns zugeht, im Alltag mein ich."

Marco griff sich das Glas und nahm einen großen Schluck Wein.

Seine Eltern schwiegen bedrückt.

„Ja sorry, tut mir leid, ich wollte euch nicht damit belasten. Aber ihr habt ja gefragt. Und das ist nur ein kleiner Teil des Dramas. Rebecca Haunstein, so wie ihr sie gekannt habt, gibt es leider nicht mehr."

„Hallo Regina, ich bin´s. Marco."
„Marco! Ach schön, dass du anrufst, Becci meldet sich gerade gar nicht bei mir. Wie geht´s euch? Seid ihr bei deinen Eltern?"
„Ja, sind wir. Becci ist viel mit Renate unterwegs. Es geht ihr soweit ganz gut, glaube ich ..."
„Wie, du glaubst? Wie hat sie denn die Klinik und das alles überstanden? Das war doch sicher sehr schlimm für sie?"
„Na ja, du weißt doch, wie das ist mit ihr. Vieles hat sie bestimmt schon wieder vergessen. Die Gerichtsverhandlung, die Einweisung, wie das alles ablief mit ihrer Verhaftung, da sagt sie nur – wenn ich sie danach frage – ja, das war schlimm, aber sie kann nichts näher darüber erzählen. Sie erinnert sich an ihre Ärztin, Cristina Palucci, die zwei mochten sich sehr, das ist hängengeblieben. Und das kleine Mädchen, wegen dem das alles passiert ist, Alioscha, an die denkt sie auch noch. Wie eine schöne Erinnerung sei das, sagt sie. Sie hat Fotos von ihr gemacht, die sieht sie sich gerne an. Aber was genau ablief, dass sie mit ihr abgehauen ist, sich verlaufen hat, meine ich, und das sie von der Polizei stundenlang gesucht wurden, wie sie festgenommen wurde, die Verhöre, das ist weg. Vielleicht auch verdrängt, was weiß ich ..."
„Das kann man ja auch verstehen. Aber jetzt seid ihr ja wieder da. Was macht ihr denn so? Sicher freuen sich deine Eltern, oder?"

„Ja, ja, die sind schon happy, dass wir wieder mal da sind. Ansonsten, ich ruhe mich aus, Entspannung ist angesagt, war ja doch viel los bei mir die letzten Wochen. Ja und Becci, wie gesagt, Renate kümmert sich viel um sie. Mit Paolo versuche ich gerade was wegen ihrer Fotografiererei zu organisieren, er will ihr da helfen. Das könnte Sinn machen, glaube ich, die Fotos sind stark, wirst ja mal sehen."

„Sag mal, was ist los, Marco? Irgendwie klingst du, als sei dir unser Gespräch, wie soll ich sagen, lästig? Du erzählst so belanglos, so distanziert, es ist doch so viel geschehen, verheimlichst du mir was? Ist doch noch was mit Rebecca?"

„Nein, Regina ... Was soll sein, ich bin bloß erschöpft und müde. Und mit Becci ist auch weiter nichts. Ich weiß nur nicht, was ich noch erzählen soll. Du kennst doch schon alles – nur wieder eine weitere blöde Episode aus ihrem Leben, ich kann sie bald nicht mehr hören, die Fragen, wie geht es ihr denn jetzt? Und, was macht ihr denn jetzt? Und da kann man wirklich nichts dagegen tun? Ach Regina, manchmal steht es mir bis hier, und dann habe ich eben keinen Bock, darüber zu reden, auch mit dir nicht, sorry ..."

„Kann ich ja verstehen, Marco. Das du mal Abstand brauchst. Hast ja jetzt wochenlang gehabt. Aber ich mach mir eben Sorgen, ständig, ich bin ihre Mutter, und wenn ihr euch nicht meldet, dann werde ich verrückt hier. Ich will einfach Bescheid wissen, hörst du? Vielleicht hat es dir ja auch zu gut gefallen, dass Becci so lange nicht da war. High Live in Amsterdam oder wo du sonst noch warst, und jetzt ist sie dir zu viel ..."

„Jetzt hör aber auf Regina!", fiel ihr Marco ins Wort.

„Du weißt genau, ich habe die meiste Zeit gearbeitet, auch wenn du das vielleicht nicht so nennen würdest, aber das ist nun mal mein Beruf, und den nehm ich sehr ernst, falls du das vergessen hast!"

„Ja, ja! Trotzdem ... Keine Nachricht? Kein Anruf zwischendurch mal? So kenne ich dich nicht Marco! Ich frag mich bloß, was ist da passiert? Ich versuche mit dir zu reden, und jetzt streiten wir, Herr Gott nochmal!"

Regina schimpfte noch eine Zeitlang weiter, sie war regelrecht wütend. Marco ließ sie reden und entgegnete kaum etwas, bis er schließlich auflegte. Nachdenklich saß er da, starrte das Telefon an und bekam ein schlechtes Gewissen. Das hatte Regina nicht verdient, dass er sie so auflaufen ließ. Aber er konnte ihr doch nicht die Wahrheit sagen? Wann würde er das überhaupt können?

So konnte das nicht weitergehen. Er musste reinen Tisch machen, wollte sich zu Elena bekennen, besser früher als später. Das wurde ihm immer klarer. Auch wenn einige Menschen, die ihm lieb und wichtig waren, damit nur schwer würden umgehen können, verletzt sein würden. Und wie wohl Rebecca darauf reagieren wird? Sie wird ja die erste sein, mit der er sprechen müsste. Bei diesen Gedanken verließ ihn gleich wieder der Mut, und Marco beschloss, die Entscheidung über den richtigen Zeitpunkt noch ein paar Tage zu verschieben. Er wollte sich darauf vorbereiten, vorher nochmal mit Elena sprechen, unbedingt.

Andrea Maiser ließ das Handy noch dreimal läuten, dann wollte sie schon auflegen, als am anderen Ende doch noch jemand abhob. Lucie meldete sich außer Atem.

„Ja Hallo? Lucie Taurich hier ...“

„Wo hab ich dich jetzt hergeholt? Andrea hier, hast kurz Zeit?“

„Andrea! Hey, grüß dich! Wart mal, ich steig mal von dem Stepper runter, bin gerade im Fitness, weißt du ...“

„Na toll, kriege ich gleich ein schlechtes Gewissen ... Bei dir purzeln die Pfunde, und mir passt bald nix mehr! Und in ein paar Wochen fängt schon wieder die Vorweihnachtszeit an, Plätzchen und Co, da geht dann gar nix mehr ... Oh je!“

Andrea Maiser haderte immer mit ihrer Figur, das war Dauerthema bei ihr. Ständig probierte sie neue Diäten aus, was aber nichts brachte, sie aß einfach zu gerne.

So richtig dick war sie dabei trotzdem nicht, sie war eben nur recht proper. Ihr Freundeskreis ging auch gar nicht mehr weiter darauf ein, so auch Lucie nicht. Das war einfach Andreas Tick.

„Lass mich raten ... Du hast mit Marco gesprochen.“ Andrea war baff.

„Woher weißt du ...?“

„Weil er mich gestern Abend angerufen hat, deshalb weiß ich, dass du wegen seinen Steuersachen mit ihm zu tun hattest. Und ihr natürlich auch über Becci gesprochen habt, stimmt´s?“

„Genau! Und ich sag dir, irgendwas ist da im Busch. Er hat so Andeutungen gemacht, um den heißen Brei rumgeredet. Als wollte er was sagen, traut sich aber nicht und ...“

Andrea wollte direkt weiterreden, doch Lucie unterbrach sie kurz.

„Wart mal gerade – ich zieh mir schnell was über – so, und jetzt geh ich vor zum Tresen, da steht mein Wasser. Also, Andeutungen hast du gesagt – und weißt du was? Ich sag dir, der hat jemanden kennengelernt!“

„Das denkst du auch? Dann hat er bei dir auch so seltsam geklungen? Von wegen, alles mal überdenken, jetzt, nachdem Amsterdam so gut gelaufen ist, und das Becci mit der Fotografiererei vielleicht doch wieder selbständiger werden könnte, er wird ja doch noch mehr unterwegs sein. Also für mich klang das – zuerst dachte ich, er bittet mich wieder mal, Becci zu begleiten oder so. Aber das war´s nicht. Wie du sagst, Marco wollte was los werden!“

„Hat er dir denn was gesagt in der Richtung?“

„Na ja, nicht direkt. Wir haben darüber gesprochen, wie es denn so allgemein wäre, wenn er nicht mehr so für Becci da sein könnte. Ich hab ihn dann gefragt, ob es denn einen bestimmten Grund gibt dafür. Das klang ja zumindest so, als ob er was vorhat, was plant, wo er Becci nicht brauchen kann, sag ich jetzt mal ganz brutal ...“

„Und? Hat er dazu was gesagt? Ich hab mich nicht getraut, so nachzuhaken, bin aber auch stutzig geworden, wie er dann sagt, er sei so froh, dass er durch seinen Erfolg jetzt Becci ganz sicher versorgt wisse, wenn mal was wäre mit ihm."

„Das hat er dir gesagt? Wenn mal was mit ihm wäre? Bei mir hat er dann nur so herum gedruckst, um den heißen Brei geredet hat er, dass er sich eben seit Amsterdam Gedanken mache, nix Konkretes, aber er hat doch Verantwortung, und wie er dem allem gerecht werden soll. Ich sag dir, der denkt über `ne Trennung nach, der hat eine andere Frau kennen gelernt!"

„Wundern tät es mich ehrlich gesagt nicht – so wie Marco überall rum kommt. Aber wie finden wir das denn, Lucie?"

„Ehrlich gesagt, ich weiß es nicht, Andrea. Einerseits habe ich geahnt, dass sowas mal kommen wird, ich verstehe das auch. Becci ist doch nicht mehr die Frau für Marco, seien wir doch ehrlich. Uns geht es doch ähnlich mit ihr. Auch wenn ich sie trotzdem noch immer gern hab, sie bleibt unsere Rebecca. Aber sie ist doch jetzt mehr jemand, auf die wir Acht geben müssen. Und als Partnerin für Marco? Mit Sex und so? Ich weiß nicht … Kann ich mir nicht mehr vorstellen."

„Na ja, laut Becci war das sowieso noch nie so dolle bei ihnen. Aber meinst du, Becci weiß davon? Oder spürt das? Früher, wenn sowas passiert wäre, sie hätte ihm die Hölle heiß gemacht, aber sowas von!"

„Ich glaub nicht, dass sie was ahnt ..., also, falls es wirklich stimmt. Eigentlich reden wir über etwas, was wir nicht wissen, Andrea."

„Ach komm, Lucie, wir kennen die beiden so gut, und Marco ist nun wirklich nicht der Geschickteste darin, Dinge zu verheimlichen, auch wenn er es versucht. Er kann es ja eh kaum für sich behalten, haben wir doch beide bemerkt."

„Sollen wir was tun? Ihn darauf ansprechen?"

„Wäre nicht schlecht, denke ich. Am besten aber, wenn sie wieder zuhause sind. Ich schnapp mir Becci, dann kannst du dich mit Marco treffen. Oder umgekehrt, wie du willst ..."

„Sehen wir dann. Hoffentlich geht das gut, hab kein gutes Gefühl, Andrea ..."

Ciao la mia Cara!
Liebste Elena, leider erreiche ich dich nicht am Handy. Von Paolo weiß ich, dass du vielleicht irgendwo in Sizilien unterwegs bist, irgendwas für das Gastro-Geschäft deines Vaters. Und das es da kaum Empfang gibt. Ich hoffe aber, dass du diese sms bekommst, das sollte funktionieren. Melde dich, wenn du das liest. BITTE! Es geht um Rebecca, ich werde ihr von uns erzählen. Es geht ihr gerade recht gut, wir sind bei meinen Eltern und meine Schwester verbringt viel Zeit mit ihr. Die zwei lieben sich, hab ich dir ja erzählt. Und ICH LIEBE DICH! Ich mag das Versteckspiel nicht mehr. Werde mich natürlich weiter um Rebecca kümmern, klar. Ich vermisse dich! Bitte melde dich!

Mi Amore,

Es ist schön von dir zu hören! Und ja, es ist schön, dass du mich liebst. Und ich liebe dich auch. Ich bin wirklich auf Sizilien, Paolo hat recht, und ich sitze hier in meinem Hotelzimmer, schreibe dir und möchte, dass du bei mir bist! Ich weiß nicht, ob es gut ist, Rebecca von uns zu erzählen, ich kann dir da nicht helfen. Natürlich freue ich mich, dass du zu mir stehen willst, aber ich habe auch immer noch Angst davor, wie alles weiter geht. Wir wollen doch niemandem weh tun. Hast du es noch jemand erzählt? Das mit uns? Vielleicht schreibst du nochmal, bevor ich schlafen geh. Das wäre schön! Tanti Baci!

Noch wach? Nein, habe es niemandem erzählt. Aber ich glaube, die, mit denen ich rede, ahnen etwas. Weil ich will ja reden, also rutschen mir dann schnell Andeutungen raus, die ich so gar nicht sagen wollte. Im selben Moment, wo ich es sage, fällt es mir schon auf, aber dann ist es zu spät. Dann stottere ich so herum und merke genau, wie mein Gegenüber zum Grübeln beginnt. Kannst du das verstehen? Ist das blöde? Und ich glaube, bevor ich es Rebecca sage, werde ich meine Schwester einweihen. Die kann Becci auch gut auffangen, falls nötig. Vielleicht geht aber auch alles ganz easy, kann auch sein, oder? Schlaf gut, ti amo Bella!

Buon Giorno mio Bello Ragazzo!

Muss gleich weg, darum schreibe ich dir noch schnell, gestern war ich zu müde, habe aber deine sms noch gelesen. Ich finde es gut, dass du deiner Schwester von uns erzählst und was du vorhast. Ich weiß, Rebecca liebt dich noch immer, und du weißt nicht, wie sie damit umgehen wird, wenn du ihr die Wahrheit sagst. Hoffentlich wird alles gut, ich wünsche mir das so sehr für uns. Und auch für Rebecca und deine Familie, einfach für alle! Halte mich auf dem Laufenden, ich liebe dich, ich küsse dich, du fehlst mir so!!! Deine Elena.

„Was erzählst du mir da, Bruderherz? Du hast eine Geliebte? Warum überrascht mich das jetzt nicht wirklich ... Ehrlich gesagt, habe ich mir sowas gedacht."

Renate Haller lehnte sich in dem Drehstuhl mit der Wipplehne weit zurück und fixierte ihren Bruder mit leicht zusammengekniffenen Augen. Sie hatten sich in ihrem Büro in der Stadt getroffen, Marco hatte sie um dieses Treffen gebeten, und das hier war der beste Ort, um sich ungestört zu unterhalten. Rebecca war zuhause bei Hallers und half so gut sie es vermochte, Ute Haller beim Backen der ersten Weihnachtsplätzchen.

„Sie heißt Elena, lebt im Salento, genau wie Rebeccas Familie, und sie ist mehr als nur eine Geliebte, eine Affäre, wenn du das meinst. Ich liebe sie, und ich will dieses Versteckspiel beenden. Ich will nicht mehr lügen und weiter so tun, als wäre alles wie immer bei Becci und mir – und das auf ewig."

„Und du erwartest jetzt was genau von mir?"

Renate zog eine Augenbraue hoch und fixierte ihren Bruder mit einem leicht spöttischen Blick. Marco kannte diesen Blick und ihr Gesicht mit der Augenbraue nur zu gut. Sie war seine ältere Schwester, und sie schaute ihn immer so an, wenn sie sich stritten und sie sich ihm überlegen fühlte. Das war schon so, als sie noch Kinder waren.

„Ich will keine Absolution von dir, keine Erlaubnis, ich will, dass du mich verstehst, mit mir darüber sprichst ... Ich brauch dich, Schwester. Hilf mir, gib mir einen Rat, bitte!"

Renate atmete tief durch, ihr Gesicht entspannte sich, ihre Züge wurden wieder weich.

„Du meinst es echt ernst, oder? Du willst reinen Tisch machen und es Becci sagen?"

„Das habe ich vor, ja. Aber ich werde sie nicht verlassen, ich will nur, dass alle Bescheid wissen und es akzeptieren. Vor allem natürlich Rebecca."

„Das wäre dein Ideal, verstehe ich. Aber das ist alles verdammt hypothetisch, das ist dir klar? Du kannst nicht wissen, wie Becci reagiert. Und ist es überhaupt nötig, dass sie es weiß? Kann man nicht wenigstens sie vielleicht im Glauben lassen, dass alles gut ist?"

„Darüber habe ich auch schon nachgedacht ... Aber das funktioniert nicht, Renate. Wenn mich Elena mal in Deutschland besucht, muss ich sie dann immer vor Becci verstecken, oder wie soll das gehen? Außerdem verplappert sich immer wer. Nein, ich muss da durch, hilft alles nix! Oh Mann, Renate, ich hab echt Schiß."

„Das glaube ich dir. Pass auf, natürlich müsst ihr das zusammen durchstehen, wie immer ihr das auch hinkriegen wollt. Aber ich werde versuchen – du weißt ja, wie nahe mir Becci steht – ihr beizustehen, wenn es soweit ist. Ich wünsche es dir zwar, aber ich glaube nicht, dass das alles problemlos über die Bühne geht. Sie tut mir jetzt schon leid!"

„Na, du machst mir Mut, Schwester. Ich will sie doch auch nicht verletzen, ihr weh tun ... Aber ich kann so nicht weiterleben. Seit vier Jahren geht das jetzt so. Und du weißt doch auch genau, dass sie nicht mehr die Frau für mich sein kann, die sie mal war. Oder muss ich mich damit abfinden?"

„Marco, jetzt jammer nicht herum! Natürlich könntest du dich damit abfinden. Es gibt genügend Menschen, denen Ähnliches widerfährt und die ihren Partner nicht alleine lassen, aber..."

„Aber ich lasse sie doch nicht alleine, ich ..."

„Nein, das glaube ich dir – auch wenn ich nicht weiß, wie das praktisch aussehen soll. Aber was ich sagen wollte, du hast ja trotzdem ein geiles Leben, bist privilegiert, erfolgreich, Geld spielt keine Rolle mehr, und Becci ist kein Pflegefall, du musst sie nicht im Rollstuhl durch die Gegend fahren, musst sie nicht waschen und wickeln, sie kann einigermaßen autark leben, wenn man ihr ein bisschen hilft. Aber ich kann dich natürlich verstehen, die Frau an deiner Seite, in all der Öffentlichkeit, diese Rolle kann Becci nicht mehr erfüllen. Oder die Geliebte – das geht ja auch gar nicht mehr, weiß ich schon. Ach Marco, das ist doch alles Mist, tut mir so leid für euch!"

Renate stand vom Stuhl auf, ging zu ihrem Bruder und umarmte ihn.

Kapitel 24 – Notfall –

Am nächsten Tag war Marco Haller mit seiner Frau mittags zum Italiener essen gegangen, danach spazierten sie noch durch die kleine Fußgängerzone von Partenkirchen, schauten sich Geschäfte an, Rebecca war fröhlich und lachte viel. Es war ziemlich kalt geworden, und sie hing sich fröstelnd bei ihm ein, während sie durch die Straßen schlenderten. Am späten Nachmittag kehrten sie zurück, Marco kochte eine Kanne Tee, damit machten sie es sich im Wintergarten bequem, seine Eltern hatten den Anbau erst vor kurzem fertiggestellt. Seine Mutter nutzte ihn seitdem für ihre Leidenschaft, das Schneidern. Überall lagen und standen ihre Utensilien herum, Stoffe, Schnittmuster, Scheren, ein kleiner Zeichentisch und zwei Nähmaschinen. In dem Raum herrschte eine große Unordnung, doch er hatte etwas von einem Atelier, und Marco fühlte sich sehr wohl darin. Rebecca alberte herum und wollte Rum in ihren Tee, also holte Marco die Flasche, und sie peppten beide ihren Tee damit auf. Das heiße Getränk mit dem Alkohol entspannte Marco und ließ ihn mutiger werden. Er hatte den ganzen Tag über ein mulmiges Gefühl gehabt, wollte er doch heute mit Rebecca reden und ihr von Elena erzählen, und wie er sich die Zukunft so vorstellte. Seit dem Frühstück hatte er auf den richtigen Zeitpunkt gewartet, aber so richtig gepasst hatte es bisher nicht. Gab es für das, was er vorhatte überhaupt den richtigen Zeitpunkt? Er zweifelte noch immer, doch er sah auch keinen anderen Weg, als ihr die Wahrheit zu sagen. Rebecca saß ihm gegenüber und musterte ihn mit schräg gelegtem Kopf.

„Macht das der Rum, oder warum schaust du so dumm?"

Sie lachte laut auf.

„Ey, das reimt sich! Aber echt, was starrst du mich so an? Stimmt was nicht an mir?"

Sie schaute kichernd an sich runter, ob sie etwas Imaginäres entdecken könnte. Marco atmete tief durch, dann sagte er:

„Nein Becci, an dir ist schon alles in Ordnung ..., aber ich möchte dir gerne etwas sagen. Besser gesagt, ich muss dir was beichten, nein, auch blöd – es geht einfach darum, dass ..."

„Dass wir wieder heimfahren? Nein, bitte noch nicht Marco! Es ist so schön hier, mit Renate, und deine Eltern sind auch so nett. Ich will noch da bleiben, bitte, bitte!"

Rebecca schaute ihn flehend an, sie hatte wirklich keine Ahnung. Marco wollte fast schon einen Rückzieher machen, doch dann überlegte er es sich und begann nochmal:

„Nein Becci, darum geht es gar nicht. Natürlich bleiben wir noch hier. Ich will dir was ganz anderes sagen. Da geht es um uns. Hör mal, es ist so, also es geht jetzt nicht darum, dass ich mich von dir trennen möchte, keine Angst. Aber es ist etwas passiert. Mit mir. Becci, ich habe jemanden kennengelernt. In Italien. Sie heißt Elena. Und ich will das einfach nicht länger verheimlichen. Nicht vor dir, nicht vor meinen Eltern oder auch nicht vor deiner Familie, vor Regina. Aber ich verspreche dir, dass ..."

Er wollte weiter sprechen, stockte aber mitten im Satz. Rebecca starrte ihn an, und irgendetwas in ihrem Blick ließ ihn verstummen, alarmierte ihn. Sie schob ihre rechte Hand auf dem Tisch in seine Richtung, Marco wollte sie schon ergreifen, doch sie zog sie wieder zurück. Sie stammelte irgendetwas Unverständliches, dann langte sie neben sich, ihre Finger ertasteten eine der langen Zuschnitt-Scheren Utes, sie packte sie, und blitzschnell, ohne dass er noch hätte reagieren können, rammte sie sich die Schere kurz hintereinander dreimal in den Hals. Marco schrie auf, er sprang auf, stürzte sich auf Rebecca, die sofort heftig blutete und presste seine Hände auf die Wunden. Doch das nützte nichts, das Blut quoll zwischen seinen Fingern hervor, er konnte es nicht stoppen. Mit einer Hand langte er in einen Korb mit Stoffresten, der neben dem Tisch am Boden stand und zerrte ein großes Bündel heraus und versuchte damit, den Blutfluss etwas einzudämmen. Rebecca starrte ihn aus weit aufgerissenen Augen unverwandt an, sie blieb stumm, auch aus ihrem Mund drang nun Blut. Marco schrie in einemfort um Hilfe, schrie nach seinen Eltern, nach Renate, die mussten irgendwo im Haus sein. Endlich kamen Ute und Renate angerannt, seine Mutter bekam beim Anblick des vielen Blutes augenblicklich einen krampfartigen Heulanfall.

„Den Notarzt, schnell! Die 112! Mach, Renate!",
brüllte Marco seine Schwester an, die hatte aber
längst schon das Telefon am Ohr, hatte sofort das
Schlimmste vermutet, als sie Marco wenige Sekunden vorher so entsetzt hatte schreien hören.
Nachdem sie den Notruf abgesetzt hatte, kniete
sie sich neben Rebecca auf den Boden und nahm
ihre Hand. Alles war voller Blut, auch Marco war
voll von ihrem Blut, der Boden um sie herum war
verschmiert, und es lief weiter und weiter aus
Rebeccas Hals. Verzweifelt wechselten Marco und
seine Schwester ein Stück Stoff ums andere, Ute
wimmerte vor sich hin und begann völlig verwirrt,
die blutigen Fetzen aufzusammeln und mit sauberen Tüchern den Boden zu wischen. Renate
bekam das mit und schrie sie an:
„Lass den Scheiß, Mama! Hör auf damit! Geh raus
vor die Tür und warte auf den Sanka, bitte!"
„Verdammt! Sie wird ohnmächtig ...!" Marco
schüttelte Rebecca, und Renate ohrfeigte sie, um
sie wach zu halten.
„Becci! Bleib da! Komm, mach keinen Scheiß ...
Wachbleiben, sag ich! Es kommt gleich Hilfe ...
Bitte, Becci, tu uns das nicht an! Hey! Ich red mit
dir!"
Renate weinte und redete auf ihre Schwägerin
ein. Unentwegt, dabei drückte sie ihre Hand und
schlug ihr mit der anderen ins Gesicht. Rebecca
verdrehte die Augen, ihr Blick wurde starr, die
Augen ganz fahl, sie drohte wegzukippen, als endlich der Notarzt gefolgt von zwei Rettungssanitä-
tern in den Wintergarten gerannt kam. Sofort be-

gannen sie sich um Rebecca zu kümmern, der Arzt gab knappe Kommandos, die beiden Sanis, ein junger Mann und eine Frau, rissen ihre Taschen auf und holten alle möglichen Dinge heraus. Mullbinden, Kompressen, setzten ihr eine Sauerstoffmaske auf das blutverschmierte Gesicht, zogen Spritzen auf, alles wirkte sehr hektisch anfangs, Marco und Renate beobachteten die Szenerie erschrocken und atemlos, sie hielten sich umarmt, die Hände, die Kleidung voller Blut.

„Spülen! Spülen ... Das Spray, schnell! Geben Sie mehr Adrenalin, her damit! Nein, die Spritze!"

Trotz der Hektik gewannen die Geschwister den Eindruck, das Team arbeite von Sekunde zu Sekunde orientierter, jeder schien nach kurzem genau zu wissen, was zu tun sei. Aus den Worten, die gewechselt wurden, blieben bei Marco zwei hängen, die der Arzt in Richtung seiner Helfer von sich gab:

„Keine Schlagader..."

Nach circa zehn Minuten, welche Renate und Marco wie eine Ewigkeit vorkamen, hatten sie Rebecca transportbereit. Der junge Sanitäter hatte die fahrbare Trage geholt, zu dritt hoben sie Rebecca hoch und legten sie darauf. Schnell fuhren sie sie nach draußen zum Wagen, während der Notarzt noch kurz bei den Geschwistern anhielt, um sie knapp zu informieren.

„Wir fahren Frau Haller jetzt in die Klinik. Wir haben sie soweit versorgt, die Blutung geblockt. Ihre Frau muss sofort operiert werden, in ihrem Hals ist alles Mögliche verletzt, das ganze Ausmaß wird sich auf dem OP-Tisch zeigen. Wenigstens hat sie keine Arterie getroffen. Sie wollen mitfahren? Bitte vorne im Sanka, hinten brauchen wir den Platz, falls noch etwas passiert ..."

Die beiden Männer liefen zum Sanka, Marco stieg auf der Beifahrerseite ein. Renate Haller und ihre Mutter waren auch mitgelaufen, Renate rief ihrem Bruder nach:

„Wir fahren hinterher! Ich rufe Paps an ... Und Regina. Soll ich auch Hans-Peter ...?" Aber da war der Rettungswagen schon losgefahren. Die beiden Frauen liefen zu Renates Wagen. Der verfügte über eine Freisprechanlage, und so rief Renate noch während der Fahrt in die Klinik ihren Vater an, dann Rebeccas Mutter, Lucie und zum Schluss auch noch Paolo. Sie redete schnell und hektisch, erklärte nur stichpunktartig, was passiert war und versicherte, sich sofort wieder zu melden, wenn es Neues gab. Sie tat das, um sich selbst zu beruhigen und wieder in Griff zu kriegen.

Regina Haunstein setzte sich allerdings sofort ins Auto, um nach Garmisch zu kommen, sie wollte bei ihrer Tochter sein.

Ute Haller bot ihr gleich an, bei ihnen im Haus zu wohnen. Auch sie wollte etwas beitragen. Frau Haunstein nahm dankend an.

An der Notaufnahme der Klinik wurde der Rettungswagen mit Rebecca schon erwartet. In aller Eile wurde sie ausgeladen und sofort auf der Rollbahre Richtung OP-Saal transportiert, wo schon ein Ärzteteam wartete. Bis zur Schleuse in den OP begleitete Marco seine Frau, dann wurde er zurückgehalten und eine Schwester brachte ihn in den Wartebereich der Intensivstation.

Es dauerte nur Minuten, dann tauchten auch Renate und Ute Haller auf. Kurz darauf traf auch Gregor Haller ein.

Und bereits zwei Stunden später kam Regina Haunstein an. Sie musste die Strecke von Augsburg bis Garmisch gerast sein, was sie auf Marcos Nachfrage auch unumwunden eingestand. Und Regina war es nun, die ihm die Frage stellte, welche alle interessierte. Nicht nur die Anwesenden, sondern auch Lucie Taurich und Andrea Maiser in München, die Trauzeuginnen der beiden. Die Familie von Rebeccas Vater, die Panellas in Pioppi, grübelte genauso über die Ursache der Tat wie Armin Hagenthal und Reza Aslan, wie Helmut Brenniger und viele andere, die inzwischen von dem dramatischen Vorfall wussten.

Die Nachricht hatte sich einem Lauffeuer gleich verbreitet, nachdem Marco Haller auch seine alten Freunde Hagenthal und Brenniger informiert hatte. Und Paolo hatte Elena angerufen, Marco hatte ihn darum gebeten, er konnte jetzt nicht mit ihr sprechen, das hätte ihn überfordert. Erst später, wenn er wusste, wie das hier ausging, wollte er sich bei ihr melden. Paolo und Renate Haller, sie waren die einzigen, die den Grund für Rebeccas Verzweiflungstat kannten, denen sofort klar war, was der Auslöser dafür war. Und natürlich Elena, sie brach in Tränen aus, als Paolo sie anrief und erzählte, was er wusste. Sie war verzweifelt und machte sich die größten Vorwürfe, sie fühlte sich schuldig und verantwortlich für das Geschehene. Paolo braucht lange, bis er sie einigermaßen beruhigen konnte.

„Marco, was ist passiert? Warum liegt meine Tochter dort auf dem OP-Tisch mit aufgeschlitztem Hals?"

Regina Haunstein hatte sich vor Marco Haller aufgebaut und sah ihm direkt in die Augen. Sie wirkte komplett ruhig, nur ihre Hände, deren Finger unablässig gegeneinander trommelten, verrieten ihren wahren Zustand.

„Und erzähle mir keinen Scheiß, hörst du?"

Und Marco begann zu erzählen. Von Elena. Dass er sich verliebt habe. Und dass er es heute Rebecca erzählt hat. Weil er es nicht mehr verheimlichen wollte. Er erzählte von den letzten vier Jahren mit Rebecca. Wie sehr er sich seine Frau zurück gewünscht habe. Seine Rebecca, so wie sie vor dem Burnout war. Wie er um ihrer beider Liebe gekämpft und dann doch gemerkt habe, dass er sich immer nur weiter von ihr entfernte, sich nur noch um sie kümmerte und dafür sorgte, dass alles lief. Er erzählte von dem Spagat zwischen dem Leben mit Rebecca und seinem Leben in der Öffentlichkeit, wie unvereinbar es oft war, er habe es ja versucht, aber es war nie mehr einfach, unbelastet, fröhlich wie früher. Das habe ihn zerrissen, ihm wehgetan, er war unendlich traurig deswegen. Aber weiterleben so wollte er auch nicht länger. Er erzählte von Italien, als er

Elena traf, von der unbeschwerten Zeit, die er in Amsterdam mit ihr verbrachte, und wie ihm immer klarer wurde, dass er dazu stehen wollte, vor allen, zu allererst natürlich vor Rebecca. Dass was nun passiert war, dafür könnten sie ihm die Schuld geben, wenn es das leichter mache, aber ob sie ihn auch verstehen könnten, ein bisschen? Gerade Regina?

Während er redete und redete, rannen ihm die Tränen übers Gesicht, und irgendwann musste er sich setzen, er begann zu zittern, der Schock des Geschehens hatte ihn vollends erreicht.

Die Operation dauerte nun schon über fünf Stunden, jegliche Versuche, von vorbeieilenden OP-Schwestern Informationen zu erhalten, quittierten diese mit entschuldigenden Gesten und dem Hinweis, sie könnten darüber keine Auskunft geben. Einmal ließ sich sogar der Klinik-Seelsorger blicken, was bei Ute Haller erst einmal Panik auslöste, interpretierte sie dessen Auftreten doch völlig falsch. Allerdings lehnten alle sein Angebot an Beistand ab, sie waren sich in der Situation als Gruppe selbst genug, was gegenseitigen Halt und Zuspruch anbelangte. Auch Regina hatte sich nach anfänglichem Entsetzen über Marcos Beichte wieder beruhigt und sich für ihre zuerst geäußerten Vorwürfe ihm gegenüber sogar entschuldigt. Sie wusste ja, was Marco alles für ihre Tochter getan hatte, aber ihr war auch klar, und das nicht erst seit heute, dass Rebecca nicht mehr die Partnerin für Marco sein konnte, die er brauchte, die er lieben konnte. Tat sie sich selbst doch oft genug schwer mit ihrer Wesensänderung. Und sie war die Mutter. Immer wieder hatte sie sich deswegen Vorwürfe gemacht. Nein, sie konnte ihm wirklich nicht die Schuld dafür geben, was passiert war. Das sagte sie auch ihrem Schwiegersohn, und der war froh darüber. Auch die anderen waren sich einig, dass es hier nicht um Schuld ging, es war etwas Schreckliches geschehen, und jeder hoffte und betete für Rebecca. Denn ein jeder hatte sie auf seine Weise ins Herz geschlossen, ganz egal, wie sehr anders sie auch geworden war. Kurz vor Mitternacht kamen endlich der Chefarzt und sein OP-Assistent zu ihnen. Sie sahen erschöpft und müde aus. Und doch erkannten die Anwesenden, welche ihnen mit Spannung entgegenblickten, sofort an ihrem Gang, an ihren Augen, an ihrer Ausstrahlung, dass Rebecca leben würde. Sie hatte es geschafft. Die Ärzte hatten es geschafft.

„Frau Haunstein ist über den Berg, soviel kann ich sagen. Zu ihrem eigenen Schutz haben wir sie in ein künstliches Koma versetzt, denn ihre Verletzungen im Hals sind so massiv, dass sie erst einmal zwei Tage in Ruhe anheilen sollten, ohne dass die Muskeln, die Stimmbänder in irgendeiner Weise belastet werden. Das erreichen wir damit. Aber sie hat überlebt, wenngleich wir noch nicht sagen können, ob ihre Stimme eventuell beeinträchtigt bleibt. Und wie sich das Ganze danach auf ihre psychische Verfassung auswirkt – ich kenne ja jetzt ihre Geschichte. Die ist doch

sehr außergewöhnlich. Nun entschuldigen Sie uns, alles Gute. Sie können sie natürlich sehen, aber wie gesagt, sie liegt im Koma. Gute Nacht."
Er gab allen die Hand, dann verließ er mit seinem Kollegen den Warteraum. Renate Haller umarmte ihren Bruder, ihr liefen nun auch die Tränen herunter, doch es waren Tränen der Erleichterung. Auch bei den anderen löste sich langsam die Anspannung und wich einer übermüdeten Erheiterung. Gemeinsam machten sie sich auf den Weg zur Intensivstation, um Rebecca zu besuchen.

Kapitel 25 – ein halbes Jahr später –

„Und sie will nach wie vor nicht mehr wissen, wer ich bin?"

Marco sah Paolo fragend an.

„Nun, zumindest sagt sie das. Sie weiß nichts von einem Marco Haller, der mal ihr Mann gewesen sein soll. Verrückt oder?"

„Und dass Marco sich versteckt halten soll und sie nicht sehen darf, ist auch verrückt!", gab Elena ziemlich ungehalten von sich.

„Aber ich werde mich dran halten ... Ich habe schon einmal Dr. Paluccis Warnung nicht ernst genommen. Hätte ich besser mal gemacht."

Die drei saßen in Marcos Wagen, etwa 150 Meter vom Ristorante der Panellas entfernt und beobachteten Rebecca, die auf der Terrasse Gäste bediente. Marco war vor zwei Tagen angekommen, er wohnte bei Elena und traf sich heute heimlich mit Rebeccas Bruder. Auch mit Lucio, ihrem Vater und Ornella hatte er schon gesprochen, sie waren am Vorabend nach Pioppi gekommen und hatten ihn und Elena besucht.

Rebecca lebte nun schon fast vier Monate bei ihrem Vater und seiner Familie. Ende Februar hatte Regina sie in den Süden gebracht, mit einem Koffer und einer Reisetasche, darin war alles, was sie mitnehmen wollte. Die Wochen vorher, nach ihrer Entlassung aus der Klinik in Großhadern, wohin sie nach der Not-Operation in Garmisch verlegt worden war, hatte sie in Verona bei Dr. Cristina

Palucci verbracht. Eine Art Reha, wie die Neurologin es nannte. Sie wollte Rebecca wieder fitmachen und vorbereiten auf ihr neues Leben. Ein Leben in Italien. Marco Haller hatte das alles organisiert, und er übernahm auch die Kosten, doch er hatte striktes Kontaktverbot. Paolo hatte sie in München abgeholt und nach Verona gebracht.

Als Rebecca nach ihrem Suizidversuch wieder aus dem Koma geholt worden war, hatten die Hallers und Regina Haunstein sie im Krankenhaus besucht. Sie waren guter Dinge, hatten die Ärzte doch verlauten lassen, es wären keine bleibenden Schäden zu befürchten, nur die in Mitleidenschaft gezogenen Stimmbänder bräuchten eine Weile, bis sie wieder uneingeschränkt funktionierten. Und so krächzte Rebecca also bei diesem Besuch nur unverständlich, doch was deutlich wurde war, dass sie ihren Mann völlig ignorierte, ihn nicht mal anschaute. Mit allen anderen nahm sie Blickkontakt auf, lächelte auch, so gut sie es vermochte, doch ihn ließ sie komplett außen vor. Er war Luft für sie.

Als sie dann wieder sprechen konnte, besuchte Marco Haller sie noch einmal zusammen mit Regina, er wollte ihr anbieten, sich um sie zu kümmern, wenn sie, was für den nächsten Tag geplant war, nach Großhadern verlegt werden sollte. Doch kaum, dass sie das Zimmer betreten hatten, fing sie an zu brüllen und hörte nicht mehr auf.

Sofort eilten ein Arzt und zwei Schwestern herbei und versuchten sie zu beruhigen, doch vergeblich. Bis der Arzt begriff und Marco aus dem Raum schickte. Augenblicklich verstummte Rebecca. Allerdings waren einige der Nähte durch den Pressdruck ihres Geschreis wieder aufgegangen, und sie musste gleich nochmal operiert werden. Danach war klar, Marco musste sich von ihr fernhalten.

Das war es auch, was ihm Cristina Palucci geraten hatte, mit der er zwischenzeitlich telefoniert hatte, und die sich sehr gerne bereit erklärte, Rebecca zu betreuen, nachdem sie Großhadern hinter sich gebracht hätte. Und danach würden die Panellas sie aufnehmen, was Dr. Palucci ausdrücklich befürwortete. Lucio hatte sich bei Marco gemeldet und ihm mitgeteilt, dass er und seine Familie beschlossen hatten, Rebecca dauerhaft aufnehmen zu wollen. Er hatte schon mit Rebecca selbst und auch mit ihrer Mutter gesprochen. Rebecca hatte sich riesig gefreut und sofort ja gesagt. Regina Haunstein war freilich nicht begeistert, die Aussicht, ihre Tochter aufgrund der Entfernung nur noch sehr selten zu sehen, gefiel ihr nicht, doch ihr war klar, dass in dieser Entscheidung auch eine große Chance für Rebeccas zukünftiges Leben lag.

Sie hatte die Panellas kennengelernt, Lucio war kurz nachdem Rebecca nach Großhadern verlegt worden war, mit der kompletten Familie angereist, um seiner Tochter beizustehen. Sie blieben eine ganze Woche in München und besuchten Rebecca jeden Tag. Regina bekam mit, wie sehr ihre Tochter da auflebte, wie gut es ihr tat, diese laute und quirlige Familie um sich zu haben, wie sie versuchte, mit derselben Fröhlichkeit bei den Gesprächen mitzuhalten, auch wenn es ihr anfangs schwerfiel. Regina schloss die Familie ihres ehemaligen Geliebten ins Herz, sie und Ornella fanden recht schnell zueinander, und nachdem Rebeccas Umzug nach Pioppi feststand, wurde sie gefühlte hundert Male von allen Panellas aufgefordert, so oft es ihr möglich war, zu ihnen zu kommen. Sie sei immer willkommen und ab sofort hielten sie ein Zimmer für sie bereit.

„Was machen ihre Fotos? Du hast erzählt, eine Galerie in Neapel stellt sie aus?"

Marco hatte sein Engagement, Rebeccas Fotos mit seinen Kontakten zu fördern, komplett eingestellt. Auch wieder auf Cristina Paluccis Rat hin. Die Gefahr war zu groß, dass sie herausfinden könnte, wer hinter ihren Anfangserfolgen steckte, was einen erneuten Zusammenbruch zur Folge haben könnte. Obwohl sie ja vorgab, einen Marco Haller nicht zu kennen. Eine Schutzbehauptung, das war allen inzwischen klar. Danach hatte ihr Bruder Paolo alleine das Management für Rebecca übernommen.

„Ja, die Galerie gehört einem Freund von mir, naja, Giovanni ist mein echter Freund, du verstehst? Du hast ihn kennengelernt, damals bei dieser Party in der Villa, als du auch Elena zum ersten Mal gesehen hast."

„Ah ja, ich weiß! Aber an ihn kann ich mich nicht erinnern, sorry ..."

„Ich schon, ich kenne Giovanni ein bisschen. Er ist nett, ich finde, ihr passt gut zusammen."

Elena zwinkerte Paolo zu und lachte.

„Aber ich wusste gar nicht, dass er eine Galerie hat ..."

„Ja doch, schon ein paar Jahre. Nichts Großes, aber er kümmert sich um Rebeccas Bilder. Verkauft auch mal welche, vermittelt ihr kleine Ausstellungen. Es ist okay, Becci mag ihn, und sie ist zufrieden. Weißt du Marco, die ganz große Karriere ist vielleicht nicht so ihr Ding, wenn du weißt, was ich meine. Versteh mich nicht falsch, aber ..."

Paolo druckste etwas unbeholfen herum, doch Marco unterbrach ihn gleich.

„Alles gut, Paolo. Du machst das schon richtig. Sie so zu pushen, das war falsch von mir. Ich dachte, da tu ich ihr was Gutes. Aber da hab ich wohl zu sehr an mich gedacht."

Er legte Paolo seine Hand auf die Schulter und sagte nochmal:

„Es ist schon gut so..."

Dann schwiegen alle drei und beobachteten weiter Rebecca, die gerade vorsichtig und mit kleinen Schritten ein Tablett mit mehreren Gläsern zu einem der Tische trug. Selbst auf die Entfernung konnten sie erkennen, dass sie dabei lächelte.

Kapitel 26 – Epilog –

Elena und Marco zogen nach Florenz, Marco kaufte dort einen kleinen Palazzo. Er war sündhaft teuer, doch er wollte unbedingt in der Stadt von Michelangelo leben. Das Haus von Helmut Brenniger in Schäftlarn gab er auf, er sagte, die vielen Erinnerungen an sein Leben mit Rebecca dort belasteten ihn. Brenniger bot ihm daraufhin eine Wohnung in Stuttgart an, für die Zeit, in der Marco sich in Deutschland aufhielt. Mit ihm hatte er sich wieder versöhnt, auch wenn Brenniger es nach wie vor nicht gut fand, dass er sich von Rebecca getrennt hatte. Und zu Elena fand er nie einen Draht, was zur Folge hatte, dass Marco meistens alleine nach Deutschland fuhr. Elena wollte sich dem nicht aussetzen und blieb eigentlich immer in Italien. Nur manchmal begleitete sie Marco zu seinen Ausstellungen.

Am liebsten war es ihr, wenn Reza Aslan auch dabei war, die beiden verband eine lebenslange Freundschaft. Die hielt auch noch, als sich Elena und Marco nach nur drei Jahren wieder trennten. Der Grund dafür war einerseits, dass sich Elena nach wie vor schuldig fühlte an Rebeccas Selbstmordversuch, andererseits spürte sie, dass Marco nicht loskam von Rebecca, sie immer noch liebte. Oder zumindest ein Bild, ein Ideal der Frau, die Rebecca einmal gewesen war. Dagegen kam Elena nicht an. Sie würde allen Beteuerungen Marcos zum Trotz immer nur die zweite Wahl bleiben, das war ihr in den drei gemeinsamen Jahren klar geworden, nachdem die erste Verliebtheit, die große Leidenschaft abgeflaut war.

Reza Aslan hatte es geschafft, auch mit Rebecca in Kontakt zu bleiben. Besser gesagt, wieder in Kontakt zu kommen. Irgendwann fing sie an, ihr Briefe zu schreiben. Da lebte Rebecca schon über ein Jahr in Pioppi. Sie erwähnte darin nichts von Armin Hagenthal, kein Wort über Marco Haller und auch nichts aus der Zeit, als sie sich kennengelernt hatten. Damals, bei der Leipziger Ausstellung und danach. Sie fing einfach mit der Jetztzeit an, wollte wissen, wie es ihr geht, wie das Wetter gerade im Salento ist und dass sie sie gernhat. Und Rebecca schrieb zurück. Dass es ihr gut ginge bei ihrer Familie, dass das Wetter schön sein und dass sie gerne ein Foto von Reza hätte. Das Foto brachte Reza Aslan dann persönlich vorbei. Seitdem besuchte sie Rebecca regelmäßig zweimal pro Jahr.

Lucie Taurich und Andrea Maiser hatten dagegen kein Glück gehabt. Auch sie hatten versucht, wieder vorsichtig in Kontakt zu treten mit ihrer früheren Freundin, doch davon wollte Rebecca nichts wissen. Scharf wie mit einem Messer hatte sie die Trennungslinie zu ihrem vorigen Leben gezogen, nur ihre Mutter und eben Reza Aslan hatte sie mit hinein genommen in ihr jetziges Neues.

Und so zog dann Marco Haller alleine durch die Welt, begleitet von seinem Freund und Manager Armin Hagenthal. Erfolgreich unglücklich, wie Hagenthal das treffend benannte. Viele Male beschwor er seinen Schützling, etwas zu ändern in seinem Leben, loszulassen, eine Zeitlang mal ganz etwas anderes zu machen, wieder eine Partnerin zu suchen. Um Geld musste er sich keine Sorgen mehr machen, davon hatte er mehr als genug. Doch Marco schaffte das nicht. Bis auf ein paar flüchtige Affären blieb er allein.

Heimlich, mit Hilfe von Paolo, unterstützte er weiterhin Rebecca wenigstens mit etwas Geld. Auch für Lucio und seine Familie wollte er finanziell etwas tun, doch das lehnte Lucio strikt ab. Mit den Panellas hielt Marco über die Jahre losen Kontakt, manchmal, wenn es seine Termine zuließen, fuhr er auch mal für ein paar Tage runter in den Süden, sie besuchen. Natürlich ohne dass Rebecca davon etwas mit bekam. So war er zumindest immer auf dem Laufenden, was sie betraf, wusste, wie es ihr ging. Außerdem traf er sich regelmäßig mit Regina, ihrer Mutter, sie hatten im Laufe der Zeit wieder ein gutes Verhältnis zueinander gefunden, und sie hatte Marcos Hilfe auch angenommen. Er bezahlte ihre Reisen in den Süden und griff ihr unter die Arme, wenn es mal eng wurde.

Doch nichts und niemand konnte etwas an der Situation ändern, das es Marco erlaubt hätte, mit

Rebecca ins Reine zu kommen. Oder wenigstens einmal mit ihr sprechen zu können. Von Angesicht zu Angesicht. Jegliche Versuche in der Richtung liefen ins Leere, sie hatte Marco komplett aus ihrem Bewusstsein gelöscht. Selbst Dr. Cristina Parlucci, die Rebecca sehr mochte und sie nach wie vor in längeren Abständen betreute, riet irgendwann dazu, diese Versuche zu unterlassen und den Zustand so zu akzeptieren, wollte man vermeiden, dass Rebecca einen traumatischen Rückfall erlitt.

Für Rebecca Haunstein entpuppte sich das neue Leben bei ihrem Vater und seiner Familie immer mehr als Glücksfall. Zwar änderte sich an ihrem Zustand nichts Wesentliches, ihre intellektuellen Fähigkeiten stagnierten auf einem überschaubaren Niveau, ihre Amnesie bildete sich nur wenig zurück, das galt im besonderen für die Zeit vor ihrem Burnout, von der Zeit hier in Ploppi speicherte ihr Gedächtnis wieder einiges. Speziell die Perioden, die ruhig und unaufgeregt verliefen, blieben hängen. Und von denen gab es genug in ihrem neuen Umfeld. Nicht, dass sie alles behielt, aber mit bestimmten Übungen, auch mit Hilfe ihrer Fotos gelang es ihr, Teile dieses neuen Lebens dauerhaft festzuhalten.

Mit Personen verhielt es sich ähnlich. Sie hatte keine Probleme mit der großen Familie ihres Vaters und den nahen Freunden der Panellas, nur die Namen würfelte sie oft durcheinander, was aber eher zur Erheiterung denn zu einer Verwirrung der Beteiligten beitrug. Andere Personen, auch Gäste, die öfter wiederkamen, konnte sie sich wiederum selten merken und Menschen, die sie nicht mochte oder die auf die eine oder andere Weise belanglos für sie waren, vergaß sie einfach. Mit ihrer Orientierung war es dasselbe. Manche Wege und Strecken merkte sie sich gleich, andere konnte sie zwanzig Male und mehr trainieren, sie verlief oder verfuhr sich trotzdem jedesmal wieder. Das machte ihr nach wie vor zu schaffen. Aber dank ihrer wiederwachten Lebensfreude und der stets vorherrschenden Leichtigkeit bei den Panellas gelang es ihr, viele der Einschränkungen, die ihr Leben nun mal bestimmten, nicht mehr so dramatisch zu empfinden. Sie konnte endlich wieder lachen und sich freuen.

War sie dann doch mal traurig – was zum Glück selten vorkam – heiterte sie Lucio wieder auf, indem er ihr eine große Portion seiner Spezial Chickenwings zubereitete. Mit Jasmin – so nannte er spaßeshalber die gegrillten Zwiebelringe, welche er immer dazu servierte. Rebecca liebte dieses Gericht, und so spielte sie ihrem Vater die traurige Tochter mit herzzerreißender Mimik vor, so oft es ihr danach gelüstete. Das wurde zu einer liebgewonnenen Gewohnheit zwischen den beiden, ein Running Gag, der von der ganzen Familie immer wieder aufs Neue belacht wurde.

Und nach einigen Jahren gab es sogar wieder einen Mann in ihrem Leben. Felipe Cantucci hatte ein kleines Weingut in der Gegend und war ein Freund der Familie Panella, für deren Lokal er auch den Wein lieferte. Er war seit langem Witwer, hatte seine Frau in jungen Jahren bei einem Autounfall verloren, und ein jeder dachte, er würde sein Leben nun alleine verbringen. Er ging kaum noch unter Leute, vergrub sich in die Arbeit mit seinen Rebstöcken und wurde immer einsilbiger. Doch als er Rebecca kennenlernte, kam er wieder öfter ins Restaurant, frisch rasiert, und jedesmal mit einem sauberen weißen Hemd, was sehr ungewöhnlich für ihn war. Die Wandlung fiel natürlich allen auf, und ein jeder war gespannt, wie das ausgehen würde. Rebecca hatte in ihm etwas entfacht, wovon er geglaubt hatte, es für immer verloren zu haben. Er verliebte sich in sie, und auch wenn es noch viele Monate dauerte, bis sie seinem Werben endlich nachgeben konnte, fand er doch während dieser Zeit neuen Sinn für sein Leben.

Nachdem sie endlich ein Paar geworden waren, was von allen Freunden, Bekannten und Verwandten freudig begrüßt und gefeiert wurde, trug Felipe seinen neuen Schatz auf Händen, und es war berührend, mit anzusehen, wie vorsichtig und liebevoll, aber auch neugierig und fröhlich die beiden ihre ramponierten Leben in ein gemeinsames verwandelten.

Allerdings zog Rebecca nicht zu ihm auf das Weingut, sie blieb bei den Panellas wohnen, so nach und nach wurde sie vollwertiges Familienmitglied. Sie wurde eine echte Panella. Von allen geschätzt und geliebt. Rebecca Haunstein hatte ihren Frieden gefunden.

ENDE

Der Autor

Walter Bachauer, geboren 1957, war neben der Schreiberei viele Jahre als bildender Künstler, Musiker, Galerist und Kulturveranstalter tätig. Er bestritt zahlreiche Ausstellungen und brachte zwei CDs als Singer/Songwriter heraus.
Als Selfpublisher veröffentlichte er 2016 einen Band mit Erzählungen und Kurzgeschichten.
Jasmin und Chickenwings ist sein erster Roman.
Er lebt in einem kleinen Weiler im Allgäu.